Copyright © 2023 Ler Editorial

Texto de acordo com as normas do novo acordo ortográfico da língua portuguesa (Decreto Legislativo Nº54 de 1995).

Todos os direitos reservados. Proibida a reprodução total ou parcial, de qualquer forma ou por qualquer meio, mecânico ou eletrônico, incluindo fotocópia e gravação, sem a expressa permissão da editora.

Editora – Catia Mourão
Capa – Joice Dias
Fotografia da capa: Rafael Freire
Modelos da capa: Esteffany Monteiro e Maxuel Moura
Diagramação – Catia Mourão
Ilustração – Juliana Banana Art
Revisão – Isadora Duarte e Halice FRS

CIP-BRASIL. CATALOGAÇÃO NA PUBLICAÇÃO
SINDICATO NACIONAL DOS EDITORES DE LIVROS, RJ

R139b

Rammos, Patrícia
   Os babados de Tamôra / Patrícia Rammos. - 1. ed. - Rio de Janeiro : Ler, 2023.
   208 p. ; 23 cm.

ISBN 978-65-86154-95-5

1. Romance brasileiro. I. Título.

23-84330   CDD: 869.3
                          CDU: 82-31(81)

Meri Gleice Rodrigues de Souza - Bibliotecária - CRB-7/6439
02/06/2023 07/06/2023

Foi feito o depósito legal.
Direitos de edição:

Os babados de TAMÔRA

PATRÍCIA RAMMOS

1ª edição
Rio de Janeiro – Brasil

SUMÁRIO

006	DEDICATÓRIA	108	CAPÍTULO 21
007	PREFÁCIO	112	CAPÍTULO 22
008	CITAÇÃO	121	CAPÍTULO 23
009	CAPÍTULO 1	125	CAPÍTULO 24
012	CAPÍTULO 2	128	CAPÍTULO 25
015	CAPÍTULO 3	132	CAPÍTULO 26
018	CAPÍTULO 4	137	CAPÍTULO 27
022	CAPÍTULO 5	139	CAPÍTULO 28
027	CAPÍTULO 6	142	CAPÍTULO 29
030	CAPÍTULO 7	149	CAPÍTULO 30
037	CAPÍTULO 8	155	CAPÍTULO 31
040	CAPÍTULO 9	158	CAPÍTULO 32
048	CAPÍTULO 10	162	CAPÍTULO 33
053	CAPÍTULO 11	168	CAPÍTULO 34
059	CAPÍTULO 12	172	CAPÍTULO 35
063	CAPÍTULO 13	176	CAPÍTULO 36
068	CAPÍTULO 14	189	CAPÍTULO 37
073	CAPÍTULO 15	193	CAPÍTULO 38
077	CAPÍTULO 16	198	CAPÍTULO 39
089	CAPÍTULO 17	202	CAPÍTULO 40
095	CAPÍTULO 18	207	AGRADECIMENTOS
098	CAPÍTULO 19		
105	CAPÍTULO 20		

Aos meus pais que já partiram. Meus amores, meus alicerces, meus guerreiros. De onde eu vim, quem eu sou, quem eu serei, pra onde vou e retornarei sempre. Porque eles sou eu.

PREFÁCIO

Tamôra tem uma linda história, e você leitor está prestes a descobrir sobre essa jovem soteropolitana, que galgou seu lugar ao sol entre tantos obstáculos, sem nunca perder sua essência.

Esse livro é sobre isso: *essência*. É sobre você se conhecer e se reconhecer, saber quem você é, sua verdade, e deixá-la prevalecer.

É sobre lutar pelo que acredita, não se dobrar ao que a sociedade dita. É sobre ousar viver como deseja, é sobre se desafiar e pagar o preço. Viver do sonho, ter sua vida virada de cabeça para baixo. Sorrir, chorar, vibrar, tremer, se enfurecer e delirar.

É sobre amizades, amores que vão e amores que vêm. Sobre laços de família. Sobre ser forte quando se tem vontade de deitar e permanecer em posição fetal, frente aos desafios da vida. É sobre sonhar...

É sobre o céu ser o limite!

Tamôra embarca em uma viagem só de ida para um destino conhecido, que se torna desconhecido à medida que ela é surpreendida pelos acontecimentos que a cercam e se permite viver cada um deles à sua maneira, contagiando as pessoas com sua energia, trilhando seu caminho tão almejado, conquistando o merecido reconhecimento, perdendo-se e se encontrando. E, no fim de tudo, desvendando aquilo que ela sequer imaginou encontrar.

A máxima utilizada por ela: "coisas boas acontecem para pessoas boas no que fazem", faz todo o sentido quando chegamos ao fim do romance, fim digno de ser adaptado para a telinha (Paty, já mentalizei para o universo). E tenho certeza de que, assim como para Tamôra as coisas boas aconteceram por ela ser boa no que faz, também acontecerão para você e para as demais personagens, que eu desejo com afinco, ganhem as páginas dos seus próximos romances.

Paty, agradeço imensamente a confiança e o carinho que teve em dividir comigo esse belíssimo romance.

Paro por aqui. Não me estenderei, não quero dar spoilers. E acreditem, tentei ao máximo medir minhas palavras e conter meus arroubos literários.

A vocês, leitoras e leitores, preparem-se para Tamôra, a *Bárbara*!

Jana Perla (autora)
@janaperlaautora

Meu coração é criança
Ele canta, ele dança
Bate e balança
Meu coração, alegria
Ele é sonho e fantasia

Com Carinho – Jau

CAPÍTULO 1

— "*Good things happen to people who are good at what they do*", ou no velho e bom português, "*Coisas boas acontecem para pessoas boas no que fazem*", certo?

Bufo enquanto desligo o carro, após estacionar na frente de casa. Pelo menos era assim que deveria ser, segundo o que aprendi no ginásio há alguns anos.

Demorei a entrar. Gosto de aproveitar o bonito e vasto jardim que temos, com árvores, enormes palmeiras que, segundo meu pai, Ricardo, foram trazidas em especial da Califórnia. A ideia foi essa: parecer com as ruas de lá, como nos filmes hollywoodianos.

— E aí, como foi, Tamôra? — Minha mãe, Melinda, intercepta meus passos assim que entro em casa.

— Perdi.

Sei que minha mãe há horas espreita a entrada de casa, ansiosa pela minha chegada, como de costume quando se espera por notícias dos filhos. Esses olhinhos não me enganam.

Ao escutar minha resposta, ela segura minha mão, serena, e atravessamos o jardim em direção a mesa com frutas, salgados e sucos que ela costuma postar em especial para o nosso café da manhã ou para quando recebe uma visita sempre que o tempo está bom. Ela considera um desperdício ter o lugar e não o aproveitar. Perspicaz, previu a minha chegada, que, diante das circunstâncias e do meu histórico, exigiria um refúgio, e preparou a recepção fora do nosso horário habitual.

— Mas você não fez um bom teste?

— A diretora não foi com a minha cara. — Faço uma careta ao relembrar e aceito o suco oferecido. — Já nos encontramos em outra oportunidade. Lembra daquele evento de verão na praia que eu esqueci o texto na hora e mal consegui contornar a situação?

— Oh, não! Aquele evento de quatro sábados que você só fez um? — Ela me olha surpresa com a coincidência. — Era aquela diretora que te substituiu logo depois desse dia, sem nenhuma explicação e finalizou o contrato com uma mensagem sobre o pagamento estar na conta informada e um aviso para não retornar?

— Ela mesma. O evento é parecido. Na praia. E, aqui pra nós, mãe, eu acho que fiz um bom teste, sim.

Eu me perco em pensamentos observando a paisagem. Como eu amo esse lugar! É o meu porto seguro. Nele eu me acalmo e reflito em situações complicadas. Tenho sorte. Tem gente que foge de sua casa para lugares como esse para se reconectar, eu faço isso em meu lar.

Moro com a minha família numa casa dentro do *Hermosa Beach*, um resort na Praia das Pérolas, pedaço de paraíso, próximo à Praia do Forte e a 80 km de Salvador. Minha ambição me impede de passar o resto de minha vida desfrutando dessa paz, porém é uma sorte a possibilidade de poder voltar quando eu quiser.

— Você acha que ela te reprovou pelo que aconteceu no evento anterior?

Saboreia um pedaço pequeno de croissant. Ela e a mania de partir as coisas em mil partes.

— Com certeza. Estou queimada com ela e com quem ela conhecer e puder me queimar também. — Aceito a porção que ela me oferece na boca. — Mãe, a senhora mudou a receita disso? O que tem de novo aqui? Meu Deus!

— Chocolate. Gostou? — A cara dela de "eu sei que é a coisa mais incrível que você comerá hoje" é a melhor. — Tamôra, vale a pena insistir?

— Melinda Diniz, eu sou mulher de desistir por causa de uma diretora ressentida? — Ela me olha com receio. — Esquece isso, mãe. Tem outro resultado, até mais importante, e estou otimista. Eu faria os dois, mas paciência.

— Você já pensou sobre como seu pai reagirá a isso?

Eu sabia que ela diria algo do tipo. Do jeito que coloca, faz meu pai parecer um entrave para mim. Não posso esquecer que moramos juntos. É por isso que a minha vontade é ter o meu próprio canto, apesar de ser apaixonada pelos meus pais e pelo meu irmão. Poupei um dinheiro dos trabalhos, contudo, preciso, para além do dinheiro, ter um grande motivo. E depois, por quanto tempo essa reserva duraria? Talvez a solução seja um trabalho impactante, quem sabe assim meu pai, ativista contra a carreira que escolhi, aceite a minha decisão, não tente me impedir, nem tenha o que falar.

Isso se eu não continuar a receber um *reprovada* em meus testes. E nesse, eu era praticamente a única candidata. Quando avistei a tal mulher do outro evento como a minha avaliadora, quase dei meia-volta. A mesma pessoa que me viu acabar com a apresentação de outro show dela, um desses festivais de verão numa praia de Salvador e para mais de cinco mil pessoas. Ao invés disso, inspirei-mo nos meus livros de autoajuda, fingi-me de plena, de senhora de mim, fui lá enfrentar a fera e eis o resultado: IGNORADA. A desculpa para me descartar foi "você não é o perfil". Se não sou o perfil, por que permitiram que eu fizesse o teste, gente? Talvez pelo prazer bizarro de me reprovar. De vingança.

Tenho motivos para dizer o que penso ao meu querido genitor, entretanto, reconheço o quão cabeça-dura ele é, em especial quando o assunto é manter os filhos debaixo das asas.

— Não quero que ele saiba, tá? Será um prato cheio pra tentar, mais uma vez, me convencer de que fiz a escolha errada.

— Não seria o caso de você repensar?

— É o caso de tomar vergonha na cara, me organizar pra sair das abas de papai e mamãe, isso sim. Não quero viver trancada num escritório e cuidar dos pepinos, mãe. Tampouco ser advogada. Acho ótimo o amor que vocês e meu irmão têm pela carreira que escolheram, mas não é a minha. Se me aprovarem no outro teste, as coisas mudarão. Eu quero ser famosa! Estar à frente da TV! Ser reconhecida ou... Sei lá... Acontecer! Não vou desistir porque escolhi o caminho mais difícil. Eu decidi e pronto.

— Tamôra, essa vida é difícil para pessoas brancas, imagine para uma mulher negra! E nós precisamos...

— Ser *os melhores*. Já entendi, mãe. Ouvi esse texto milhares de vezes do papai. E eu serei. A melhor repórter ou apresentadora de TV que eu puder ser. Ou os dois.

— E o outro teste foi para quê?

— Não é a senhora quem diz que a gente só deve contar as coisas quando elas acontecem? — digo, pegando três pedaços do croissant e os coloco na boca. — Isso está incrível!

Finalizo o debate de uma vez por todas.

CAPÍTULO 2

Acordo cedo e decido correr na praia, mas não antes de beber uma xícara de chá quente. Tive dificuldade para dormir porque a pressão em dar um rumo na minha vida não me deixa relaxar há um tempo. Felizmente, descobri na corrida uma válvula de escape, apesar de nunca ter sido dada à academia. Mas duas atividades físicas me fazem bem: correr e andar de *bike*. Culpa da Madalena, minha melhor amiga, que entrou em um grupo de corrida e me convidou e foi assim que me conectei com essa nova paixão.

Por falar nisso, onde está essa garota? A gente combinou há meia hora e, pra variar, ela está atrasada. Decido seguir sem ela.

Como a maré está baixa, opto por correr perto do mar. A água está cristalina, quase um espelho, que é uma das características da Praia das Pérolas. Acordo dos meus pensamentos quando vejo um movimento estranho perto de uma das barracas. Ou melhor, um movimento curioso.

Ora, ora! Madalena e Horácio parecem estar numa calorosa discussão. Então, foi lá que ela se enfiou!

— Ei, vocês, qual é o babado? — O cenho do meu irmão está mais franzido que uma persiana.

— Pergunta pra Madalena — provoca Horácio, sem deixar de encarar minha amiga.

De forma involuntária, faço o mesmo.

— O que é? — Madalena se irrita.

— O que é?! Ainda pergunta o que é?! — Horácio estende para mim uma revista com a foto de Máximo Rodrigues, um cantor cinquentão famoso no meio de ópera. A reportagem o mostra em sua casa em Los Angeles. — Madalena, mais uma vez, está nessa babaquice de se apaixonar por gente famosa. Agora é esse cantorzinho de ópera aí, que ela disse que o conheceu no aeroporto. Quantos anos você tem, Madalena?

— Eu já falei que não devo satisfação da minha vida para você, Horácio — irrita-se, arrancando a revista das minhas mãos. — Se estou iludida ou não, é problema meu.

— Você é nova pra ele. Ele tem idade de ser seu pai.

— Ué, ou você me chama de velha ou de nova. Os dois, não dá.

— Eu me preocupo com você. Gosto de você como uma irmã. E cuido de vocês duas. Qual é o problema?
— Eu não sou sua irmã!
O silêncio toma conta do ambiente. Sem saber o que fazer, relembro as mensagens da minha amiga, entusiasmada com a nova paixonite, porém, a reação exagerada do meu irmão me pegou de surpresa. Ele não podia se meter na vida de Madalena.
Espera aí!
Olho de um para o outro, de forma desconfiada. Tem muito mais nessa história. Há tempos os dois implicam um com o outro, o que pode ser qualquer coisa, menos carinho entre irmãos. Como bem dizia o velho Shakespeare: "Isso é mentira de ciúmes".
— Eu perdi alguma coisa aqui? — Coloco as mãos na cintura, deixando claro ter entendido o que se negavam a admitir.
— Depois não diga que eu não te avisei. — Horácio ignora minha pergunta, sai para sua corrida, deixando nós duas para trás.
Ficamos em silêncio. Conheço Madalena desde a infância. Estudamos juntas na Escola Bilíngue de Salvador. Éramos as únicas alunas negras. A mãe dela morreu no parto e o pai a abandonou aos treze anos, deixando-a aos cuidados de tia Cristina, irmã da mãe, e ambas moram perto da gente. Sempre fomos da mesma turma escolar, até eu ir para a faculdade e Madalena decidir estudar para ser Comissária de Bordo.
— O que foi isso, Madá? O que aconteceu aqui?
— Horácio é intrometido, amiga. Está na hora de ele tomar conta da própria vida amorosa, que por sinal é mais corrida do que a minha.
— Mês passado, você implicou com uma menina que ele estava a fim.
— Porque a garota era ridícula. Acabou de conhecer o cara e ficou: *"Ai, amor, ui, amor"*. Me poupe!
— Essa treta entre vocês parece amor encubado, mal resolvido, química...
— Você viaja demais, Tamôra. Horácio jamais se interessaria por mim. — Seus olhos baixam para os dedos dos pés fincados na areia, como se precisasse se manter firme. — E nem eu por ele — rebate, decidida, voltando a me olhar, toda a sua hesitação estampada, mesmo com a sua tentativa de esconder.
— Será? — provoco.
— Por falar nisso, e o Lucas? — Desvia o assunto para, com certeza, me afetar.
— O que tem Lucas? — Finjo não ter entendido a pergunta.
— Quando essa relação de vocês vai avançar? Você nunca o envolve em seus planos.
— A gente não ia correr, Madá?
— Eu fiz uma pergunta.
— Vamos mudar a pauta? Essa é mais uma coisa que tem me estressado ultimamente. Vamos?
Ela coloca as mãos na cintura, recusando-se a me seguir.

— Tamôra, vocês parecem um casal com mais de cinquenta anos de relacionamento. Eu me apaixonei cinquenta mil vezes e vocês nessa relação chuchu e todo trabalhado no "sem".
— Sem?
— Sem graça, sem gosto, sem proposta, sem objetivo, sem química, sem sentido...

Aquele era um campo minado para mim. Bastava alguém questionar meu relacionamento com Lucas para meu corpo reagir como se precisasse se defender. Eu tive duas paixonites na vida: a primeira foi por um amiguinho do primário, que era apaixonado por uma amiga e servi de cupido dos dois; a segunda foi por meu professor de História Americana no ginásio, que nunca me reparou, é lógico. Eu tinha quinze anos e, para mim, ele era um homem experiente. Suas aulas eram umas das poucas que, apesar da minha timidez, participava ativamente. Tirava as melhores notas e, nem assim, aquele gostoso me notava. Desencanei depois que ele foi embora para os Estados Unidos.

Foi quando me aproximei de Lucas, que é filho de um dos amigos do meu pai e sempre esteve próximo do meu irmão. Um belo dia, do nada, em uma de nossas saídas em grupo, ele me beijou, ficamos juntos e nos tornamos namorados. Nunca houve um pedido, nem essas coisas que leio nos romances ou ouço minhas amigas falarem sobre pele arrepiada, faíscas, borboletas no estômago, calafrio, nervoso... Ele foi meu primeiro namorado, a minha primeira transa, mas, definitivamente, não foi o meu primeiro amor. Nem sequer me vejo o resto da vida com ele. A verdade é que também não vejo esse sentimento da parte dele.

Não sei se foi boa ideia sair para correr com Madalena hoje. Já não basta a pressão do meu pai, agora tem a dela também? Se bem que ela quer que eu termine enquanto papai quer que eu case... Eu só quero correr, tomar banho de mar, ser aprovada no bendito teste e ver minha vida andar. É pedir muito?

— Não quero falar sobre isso. Vem ou não?
— Bem, a gente está aqui pra isso, não? — provoca.
— Você não me contou direito sobre esse encontro com Máximo. Quero todos os detalhes. Coincidência a companhia te escalar para a mesma cidade em que ele estava fazendo show, não?
— Dei meu jeitinho. — Ela ri alto. — Tá bom, Tam. Vamos esquecer Lucas por ora. Mas pensa nisso. Meu sonho de princesa de Wakanda é ver você perder a cabeça por alguém.
— Que merda de sonho é esse, Madalena? Sonhe comigo famosa, com um apartamento maravilhoso no Corredor da Vitória...
— Sem Lucas?
— Se você insistir nesse papo, será "sem" você, ok? Fui! — Corro, desistindo da ladainha. — Quem chegar por último vai nadar nua na praia!
— Eu duvido que você cumpra se perder. — Ela gargalha e me acompanha.

CAPÍTULO 3

— Ora, ora! Quem é vivo sempre aparece! — Meu pai caminha em minha direção com o seu sorriso debochado e eu sorrio de volta.

— Oi, paizinho do meu coração. Olha só quem fala. O sumido aqui é você. Viramos sol e lua. Quando eu chego, o senhor sai. Imaginei que a essas horas o senhor estivesse aqui e corri antes que o senhor escapasse. Estou morrendo de saudades.

Após um abraço saudoso, ele me leva em direção à recepção, onde entrega um envelope para o recepcionista.

— Dê isso a Horácio, por favor, Felipe! Ele vem buscar daqui a pouco.

— Pode deixar, Sr. Ricardo. — Felipe, o recepcionista, coloca o envelope num escaninho e volta a conversar com um hóspede.

O resort da minha família é grande. Moramos na mesma área, numa casa mais afastada, com entrada independente, longe do tumulto e do burburinho dos hóspedes. No entanto, meu pai passa a maior parte do tempo no bangalô principal. Um espaço destinado para a recepção luxuosa e o seu escritório particular.

— Vamos andar um pouquinho? — Meu pai segura minha mão e me puxa para fora.

— Ih, pai, quando o senhor vem com essa conversa, é bomba!

— Tá com medo? Um pai não pode querer um tempinho com a filha?

— Não para a primeira pergunta e lógico que sim para a segunda — digo, dando um beijo em seu rosto.

— Alguma novidade?

— Tipo?

— Trabalho? Nunca mais ouvi você falar de nada. — Chegamos à área das piscinas. No bar, alguns coquetéis na bandeja ganham a minha atenção.

O *Hermosa Beach Resort* oferece o serviço *all inclusive*, em que os hóspedes podem comer e beber à vontade, inclusive bebidas alcoólicas, com o valor debitado na hospedagem. Meu pai pega duas taças e oferece uma para mim.

— Experimenta. É receita nova.

— Álcool no meio da semana, pai? — brinco. — Desse jeito perderá essa barriga sarada logo, logo, hein?

Apesar dos cinquenta e cinco anos, meu pai aparenta ter menos. Quem o vê, alto, atlético, não imagina que, em vez de viver de dieta, ele passa o final de semana bebendo cerveja com os amigos aposentados.

— É sem álcool. — Ri, piscando o olho. — Meu nome é Ricardo, mas meu sobrenome é Foco. Sou besta, não. Me conta...

— Estou na busca. Nossa, a bebida é maravilhosa mesmo. Tem maracujá nisso aqui?

— E cupuaçu.

— É muito boa!

— Filha, não está na hora de você se interessar pelos nossos negócios? — Ele se senta próximo à jacuzzi que fica entre duas piscinas e me puxa para o seu lado. — Fazer uma especialização... Eu posso procurar algo. Depois você e seu irmão assumem isso aqui de vez e eu fico livre.

Lá vem.

— Pai, eu amo esse resort, mas já disse que trabalhar aqui não é uma opção. Não me imagino na administração. Vamos abrir falência no primeiro mês.

— E o que você conseguiu até agora?

— Não é fácil. Mas estou buscando.

Sei que os planos do meu pai são se aposentar e dar uma volta pelo mundo com minha mãe. Ou só ficarem de boa em casa, sem grandes responsabilidades. Contudo, para realizar o sonho dele, terei de abandonar o meu, o que não é justo, pois sei que serei infeliz.

— Tamôra, entenda que essas coisas não são pra gente. Jornalismo já é difícil pra branco, imagine pra nós. Trabalhar em um veículo de comunicação, escrever matérias ou ser Assessora de Imprensa, seria difícil, imagine repórter ou apresentadora que mostra a cara? Precisamos de algo concreto, duradouro e rentável. As coisas nem sempre são como a gente quer.

— O senhor continuará com essa ideia de que por sermos negros não podemos pensar em algo que não seja Administração, Direito ou Medicina? Como isso é atrasado e desmotivador!

— E digo mais: precisamos ser "os melhores" em tudo que fizermos.

— Quanto a isso, eu não discordo.

— Quantos apresentadores negros você vê na TV? A gente conta nos dedos de uma das mãos.

— Se a gente não tentar, continuará dessa forma. Não dá pra fugir dos nossos sonhos porque o mundo é racista. Deixaremos isso vencer ou acabaremos com ele?

— Precisamos ser realistas. Além do mais, eu tenho um negócio certo, bem-sucedido e que construí pra vocês. Não é justo Horácio ficar sozinho. Isso aqui também é seu patrimônio.

— Mas eu não posso ajudar de outra forma?

— Que outra forma?

— Sei lá, paizinho. Eu só tenho vinte e cinco anos, quero fazer outra coisa. Algo que sempre sonhei. Ocupar espaços. — Coloco a mão no joelho dele. — O senhor não consegue me ver bem-sucedida na profissão que escolhi? Tornar-se um grande advogado também não é fácil. O senhor não foi lá, tentou e conseguiu?

Meu pai construiu o resort há mais de vinte anos. Com o dinheiro de uma causa gigante que ganhou, investiu em hotelaria. Começou pequeno, porém hoje é um dos maiores.

Minha mãe abandonou a carreira de jornalista para cuidar dos filhos, mas voltou a trabalhar ao assumir a administração do local. O meu irmão também se apaixonou por tudo aqui e acabou se formando em administração para fazer a vontade dele.

Eu tenho orgulho da nossa história. Principalmente, porque a gente sabe e conhece na pele que ser negro no Brasil não é fácil.

Eu fui a diferente. Escolhi o Jornalismo, não me envolvi com a empresa da família e decepcionei meu pai. Ele esperava que, assim como minha mãe, eu desistisse e fizesse sua vontade. A campanha para eu abandonar o Jornalismo começou antes de eu concluir a faculdade. Ele não se abstinha de salientar que não daria certo. Eu o amo, no entanto, não posso concordar com tudo que diz. É sobre minha vida e isso não deixa de ser nocivo. Toda pressão faz mal. Conversei e me abri com ele, fiz o possível, mas o Direito o tornou uma pessoa demasiadamente prática.

No projeto do meu pai para a minha vida, ele quer me ver casada, de preferência com Lucas, e cuidando do hotel com Horácio.

— Tenho algumas possibilidades, pai. Estou esperando uma resposta. Se rolar, o senhor ficará orgulhoso de mim.

— Eu me preocupo, não adianta.

— Eu sei. Mas confie em mim.

— O que você está escondendo de mim? Tamôra, você sabe que, mesmo contra, eu sempre te apoiarei, né? Porém...

— Porém...

— Nada. Por enquanto. Mas voltaremos a conversar.

— Uma ameaça.

— Um aviso. — Ele se levanta e me puxa junto, como a garotinha que sempre amou. E finaliza: — Vamos pra casa. Sua mãe daqui a pouco pensa que me sequestraram. Avisei que ia para casa há duas horas e esqueci o celular no escritório.

CAPÍTULO 4

— Oi, Tam! Fiz você esperar muito? — Lucas, meu namorado, se abaixa e me dá um beijo rápido na boca, sentando-se de frente para mim. Marcamos de almoçar num restaurante fora do Resort para ter um pouco de privacidade. — Acabei de sair de uma reunião tensa no trabalho.

Não gosto de dar razão aos comentários ácidos de Madalena sobre meu namoro ser "sem" um monte de coisas, mas a regra de termos um dia determinado para nos vermos não é empolgante. *Sexta-feira* é o nosso dia. É quando vamos ao cinema, a um restaurante ou encontramos os amigos *dele*. Por isso, fiquei surpresa quando surgiu o convite para encontrá-lo em plena quarta-feira no Mokeka Baiana, restaurante fora da nossa rotina de lugares frequentados.

— Não. Pedi uma jarra de água de coco.
— O que quer pedir?

Observo o tom nervoso em sua voz, apesar do meu namorado se esforçar para disfarçar.

— Tá tudo bem, Lucas? — inquiro, ignorando sua pergunta. — Você está meio tenso.

Lucas me encara com apreensão, sua mão segura a minha, aperta meus dedos com cuidado, e quando percebe a força demandada, beija-os para desfazer a tensão.

— Tenho algo importante para te contar — ele diz de uma vez.
— Uma coisa boa ou coisa ruim?
— Na verdade... — Ele sorri ao recobrar a segurança. — É maravilhoso.

O garçom chega com a jarra de água de coco, despeja em nossos copos e pergunta pelos nossos pedidos. Pedimos casquinha de siri como entrada. Para o prato principal, eu optei por moqueca de frutos do mar e Lucas por peixe assado na folha de bananeira.

— Tam, precisamos conversar sobre nosso futuro.
— Como assim?
— Tenho uma notícia importante. — Vejo a sua luta interna com as palavras. — E envolve você.
— Desembucha, Lucas! Quem está tensa agora sou eu — desabafo.

Dentro de mim, a sensação de que aquela conversa não terminará bem, alerta os meus sentidos.

— Fui promovido — ele diz com uma animação nada contida. — E convidado para ser sócio.

— Isso é ótimo! — Coloco o máximo de empolgação em minha resposta, mas continuo tensa, aguardando pela bomba que, com certeza, virá.

— Sim, é ótimo! — Mantém a animação, incentivado pela minha resposta. — Vou para a filial de São Paulo. Quer dizer... Vamos... Nós... — Lucas segura outra vez minha mão, a tensão dominando cada músculo meu. — Quero que venha comigo. Que more comigo.

— Quê?

E eu reclamei da falta de emoção na relação. Putz!

Lucas é publicitário. Faz o estilo *nerd* e *workaholic*. Toda a sua vida gira em torno do trabalho: os amigos, as conversas, os encontros... Tudo é trabalho, sobre o trabalho e para o trabalho. Pode ser no boliche, no restaurante, na praia, no show... o trabalho vira pauta. Ele sempre foi um cara ambicioso, obstinado e focado.

— Venha para Sampa comigo. O seu campo lá é muito melhor do que em Salvador.

— E você acha que não sei disso? Mas da forma como colocou, parece um texto só para me convencer a ir.

— De jeito nenhum, amor. Pense na chance que temos de crescer.

— Que você tem, né? Porque não me convidaram para nenhum trabalho em São Paulo.

— E nem aqui você tem algum em vista, não é? — Ele me olha com expectativa. — Ou tem?

— Não. Quer dizer... Ainda não. — Ele estreita os olhos, afasta-se da mesa, encostando-se na cadeira e eu o encaro disposta a revelar que, mesmo que não tivesse algo em vista, não iria com ele para lugar algum. — E isso não me faz querer sair daqui agora.

— Você não quer continuar com essa *coisa de ser apresentadora*? — ele fala de minha escolha de forma desdenhosa e isso me exaspera. — Eu até conversei com seu pai e ele concordou.

— Vocês conversaram pelas minhas costas?

— Eu queria te pedir em casamento, então tive de falar com ele.

— Está ficando cada vez melhor. Você está brincando, né?

— Nunca falei tão sério com você. — Ele passa as mãos pelo cabelo em aparente nervosismo. — Está na hora de construirmos a nossa família. O seu pai ficou contente.

— Nossa, que romântico — ironizo —, um pedido de casamento desses.

— Fui prático, né? — Ele ri, nervoso. Em seguida, levanta-se da cadeira para se sentar ao meu lado. — Desculpe, meu amor.

— Lucas, você sabe que eu não pretendo me casar cedo. Além disso, é estranho meu pai concordar. Ele quer que eu assuma meu lugar no hotel.

— Ele sabe que você precisa se preparar e São Paulo é o lugar. Daqui a dois anos, eu pretendo voltar a Salvador e montar minha própria agência. Será o tempo de você assumir o seu compromisso com ele.

— Oxe, mas não era para eu tentar minha carreira de apresentadora? — alfineto.

— Você pode ter os dois. O seu sonho e o do seu pai.

— Eu não posso.

— Não pode ou não quer?

— Não posso e não quero.

— Por que não, Tam? — Ele me olha de forma intimidadora, mas não vou recuar e aceitar me anular para caber nos planos dele. — Vai ser bom pra mim.

— Você disse bem: pra você.

— E pra você também, meu amor. Pense na sua carreira. Eu deixo que você invista *nesse negócio de apresentar*.

— Deixar? *Peraí*, Lucas, como o nosso relacionamento chegou a esse ponto? — Levanto-me, meio tonta, sem saber o que fazer. — Você não tem de deixar nada.

— Desculpa! — Ele segura o encosto da minha cadeira como um pedido para que eu volte a me sentar. Eu volto para ela. — Foi modo de dizer. O que quero falar é que você pode se dedicar a sua carreira se for comigo.

— Lucas, eu não vou me casar com você.

— Não? — Ele arregala os olhos, estarrecido.

— Não. — Bufo, já sem qualquer traço de paciência.

— Por que não?

— Eu não quero me casar. Não enquanto não estiver com uma carreira sólida. Você tem os seus planos e eu os meus.

— E eu não estou incluído, é isso, Tamôra?

— Só posso ser duas quando for uma. Não somos muito jovens pra esse tipo de papo? — O garçom chega com as nossas refeições, mas perdi a fome. — Você acabou de receber uma proposta que vai mudar sua vida. Mas, e eu? O que farei em São Paulo sem conhecer ninguém? Vou deixar de ser sustentada pelo meu pai pra ser sustentada por você?

— Serei seu marido, vou cuidar de você. Não se preocupe com esses detalhes.

— Isso não faz nenhum sentido. Meu pai acabou de me pressionar para arranjar um emprego ou cuidar do hotel, e agora quer que eu vá pra São Paulo com você?

— Eu não quero namorar a distância, não faz sentido para mim. E não posso perder essa oportunidade — enfatiza.

Nada me preparou para esse momento com Lucas. Jamais esperei uma reviravolta dessas na nossa relação. Sua carreira sempre esteve em primeiro lugar. Por isso, não me surpreendo com o convite para ele trabalhar em São Paulo, mas é totalmente inesperado esse pedido de casamento.

Apesar de não haver qualquer possibilidade de me mudar para São Paulo com Lucas, ou de aceitar a sua proposta de casamento, preocupo-me com os seus sentimentos. Não quero magoá-lo. Virou algo comum eu estar em uma situação que me sinta encurralada.

— E eu não quero que você perca essa oportunidade — comunico.

— Desculpe-me, Tam, mas se você não for comigo o nosso namoro termina.

Ele mexe na comida com o garfo, sem de fato comê-la e, por fim, desiste. Faço o mesmo.

— Então a gente termina aqui, Lucas.

— Nossa família espera que casemos e tenhamos filhos... — Tenta com a voz baixa, sem convicção, como se estivesse jogando o último argumento.

— Isso parece tão século XV! E é tão pouco, não? — Seguro a mão dele, prevendo que o fim dessa história está próximo.

— Tamôra, você gosta de mim?

— Claro que gosto.

— Mas não o suficiente pra se casar comigo — afirma.

— E você?

— Estou te pedindo em casamento.

— Como se fechasse um negócio... Nunca falamos desse jeito, sobre essas coisas e eu cansei. Não vai dar pra gente remoer isso.

— Remoer? — Ele faz sinal para o garçom pedindo a conta. — A gente namora há muito tempo, Tamôra. Já passamos de todas as fases, mas fingimos que não. A ideia é essa: ou nos casamos ou terminamos.

— Não me caso e não quero me mudar para São Paulo, Lucas.

— Não quer nem pensar? — Ele decide não esperar a conta, tira o dinheiro e coloca em cima da mesa. — Você prefere mesmo terminar?

— Você está me impondo esta escolha.

— Pois seja feita a sua vontade. Depois não reclame.

Ele se levanta e quase derruba a jarra de água de coco.

— Lucas!

— Não, Tamôra. Agora não. Fique aí no seu mundinho. Vou cuidar da minha vida.

Ele sai e eu volto a olhar para a minha comida com pena pelo desperdício. Levanto-me, sentindo-me mais leve. Farei o mesmo que ele: cuidarei da minha vida.

CAPÍTULO 5

— **B**om dia, minha dorminhoca! — Madalena grita assim que atendo sua chamada de vídeo, que me despertou.

Fiquei na cama mais do que o normal. Além da preocupação com o resultado do teste, confesso que o fim da relação com Lucas me deixou mais introspectiva, absorta... Talvez pela expectativa em relação ao meu futuro. Madalena seria minha pequena distração com seus mil e um palpites, se não estivesse num momento de escala de voos intensos. A gente mata a saudade do jeito que pode, mas nunca é a mesma coisa.

— Tudo bem, *dona* Madalena? — Imponho um tom de repreensão, porém por dentro acho graça e sinto falta de minha amiga. Entendo sua situação, mas não vou perder a chance de atormentá-la.

Boto o celular num suporte perto da minha cama para ficar mais confortável. Como de costume, presumo que essa conversa durará.

— Eu te mandei uma mensagem sobre o fim do meu namoro, você visualizou e não me disse nada. Pensei que ficaria animada, ligaria eufórica... — continuo de forma afetada. — O que foi? Está fugindo de mim, Madá? E como vai o seu *trelelê* com o cantor?

— *Quem está fugindo de mim é ele.* — Madalena deitada na cama do hotel, ri, divertida.

— Então você encontrou uma nova melhor amiga. Só pode. — Faço biquinho.

— *O que é, Tam? Que drama é esse? Sei que você não é disso.* — Ri. — *Essa coisa de escolher meus voos tem um preço, né? A chefia tirou meu couro, quase não parei pra respirar nessa última semana.*

Madalena é uma das melhores comissárias de bordo de sua companhia, por isso tem alguns privilégios. Nos últimos tempos, foca em juntar uma quantia para parar, viver um romance digno de comédia romântica, ter filhos...

— E pra completar, o boy parou de responder as minhas mensagens. — Simula uma expressão de choro. — *E você e essa carência, Tam? Já é falta do Lucas?*

— Até parece. — Dou risada. Madalena me conhece. Nunca fui pegajosa ou dramática. As pessoas até reclamam de eu ser prática demais. — Estou há dias sem dormir, amiga. Tenho um babado pra te contar e não é sobre Lucas. Quer dizer, não é só sobre ele.

— Eita, agora sim! Adoro babados! E os babados de Tamôra são os melhores!

Uma chamada em segundo plano com o nome Jane chama a minha atenção.

— Madá, preciso atender a uma ligação.

— Ah, não, Tam. É o Lucas?

— Não.

Jane é produtora do *reality* para o qual fiz teste. Minha respiração acelera.

Ai, meu pai, que desespero!

— Atenda, vou esperar.

Eu ainda não contei para ninguém sobre esse possível trabalho, embora não goste de guardar segredos principalmente para Madalena.

— Não, Madá. Vou desligar. Depois te ligo. Beijo! — Atrapalhada, quase derrubo o suporte com o telefone quando desligo a chamada de vídeo e atendo a ligação de Jane. — Alô?

— *Tamôra?! É a Jane Day, produtora do reality. Tudo bom?*

— Oi, Jane. Tudo bem. — Tento imprimir na voz uma segurança que não sinto.

— *Você pode falar?*

— Posso. — *Claro que posso, querida. E mesmo que não pudesse.* — Posso, sim.

Fecho os olhos e respiro fundo. Queria ter aquele dom de adivinhar o que a outra pessoa vai falar só pelo tom, mas não sou capaz.

— *Então... Uma das exigências do diretor era ser uma mulher negra, por querer focar na diversidade e não teria lógica ser diferente se vamos gravar em Salvador, a cidade com mais negros fora das cidades dos países africanos. Outra coisa é que ele queria uma mulher com senso de humor, inteligente, sagaz...*

— E...?

Gente, que demora é essa? Parece até aqueles discursos prontos que rodeiam antes de jogar o balde de água fria. Dizem: "Guardaremos o seu material para outras possibilidades, sinto muito, mas não foi dessa vez!".

— *Não está óbvio. Tamôra? A escolhida foi você!*

— Ai, meu pai do céu! Você tem certeza, Jane? Sou eu mesmo? — Eu me levanto da cama e começo a andar que nem barata tonta no quarto. — É para mim, Tamôra Diniz, que você tinha de ligar?

— *É lógico que tenho!*

— Ai, meu pai do céu! Ai, meu pai do céu! — Não sei se choro, se grito, se saio correndo... — Isso é tão maravilhoso! E agora, Jane? Quais são os próximos passos?

— Eles querem te encontrar daqui a alguns dias para as devidas apresentações. Vou te mandar o dia, a hora e o endereço por mensagem assim que forem definidos. Mando também o contrato por e-mail para você olhar, fazer suas considerações. Você tem agente?

— Que agente? Sou *euzinha* que cuida de mim e de minha vida. — Rio, ainda em êxtase. — Ai, meu pai do céu!

— Você não sabe falar outra coisa, não, criatura? — Ri. — Nem parece que ficou feliz!

— Ai, meu p... Desculpa! — Gargalho, divertindo-me com o meu nervosismo. — Isso é tão importante pra mim, Jane!

— Eu imagino.

Eu me sinto confortável com Jane, mesmo sem conhecê-la. Sei pouco sobre o programa. É tudo envolto em mistério. Só sei que é um *reality* para jovens empreendedores que trabalham com a internet, mas não tenho ideia de como será, quem dirige, quem produz... É coisa grande, porque fará parte da grade de uma famosa emissora de TV, a versão brasileira de um canal de televisão norte-americano, a equipe principal vem de fora. Quem me indicou foi um ex-colega de faculdade, que me pediu alguns vídeos do meu portifólio e, na etapa seguinte, gravei outro vídeo com um texto específico.

— Você não pode contar pra ninguém ainda, ok? Não até a coletiva de imprensa.

— Nem pra minha família?

— *Embora pareça estranho, nem pra sua família.*

— Nem pra minha melhor amiga?

— *Tamôra, inclusive, existe essa cláusula no contrato. Ela é inegociável. É sério. Se a história desse reality vazar agora, teremos muitos problemas com os patrocinadores e o contrato será rescindido. Eles planejam uma grande ação de lançamento e, para isso, precisam trabalhar no sigilo agora.*

Não contar para ninguém após tanta luta? Será um martírio. Depois da minha formatura, há dois anos, essa é a primeira vez que algo grandioso acontece em minha carreira. Esse trabalho chegar agora é tipo uma prestação de contas. Quantas vezes as pessoas conhecidas me perguntam logo que digo que sou jornalista: *"E aí, quando você vai aparecer na TV?"*

Podemos trabalhar anos, fazer milhares de coisas, porém é a TV que legitima a nossa existência. E é minha vontade também. Não quero ser uma das poucas negras na TV. Não é possível termos que citar só Maju Coutinho, Glória Maria, mais outras poucas e todo mundo achar que está tudo bem. Somos mais.

Militei toda agora, né?

Nossa, é como se passasse um filme na minha cabeça. Será que teria mal mesmo contar para Madalena? Como guardarei algo tão importante dela? Ela é minha melhor amiga, não pode descobrir pela imprensa. Madá jamais faria algo para me prejudicar.

Ai, meu pai amado! Custava me dar a felicidade completa? Eu queria contar para ela. Sempre que alguém me diz para não fazer nada, aí é que eu fico com vontade.

Vejo outra chamada no meu celular. É Madalena.

— Espero seu novo contato, Jane — digo, apressada, ansiosa por dispensá-la e atender Madalena. — Obrigada, viu?

— *Tamôra, sei que ficou desapontada, mas depois entenderá.* — O telefone para de chamar. — *Quando as coisas envolvem patrocínio e dinheiro, todo cuidado é pouco.*

— Não se preocupe, Jane. Eu entendi. — Só não sei se cumprirei, tendo uma amiga como Madalena. O telefone volta a tocar. — E obrigada, de novo!

— *Até mais!* — Assim que desligo, penso no que falar.

Não teria nenhuma dificuldade em esconder da minha família, mas de Madalena? Se eu tivesse um agente, não teria que contar?

— *Até que enfim!* — Madalena aparece no vídeo e me olha com expectativa enquanto segura uma taça de vinho. — *Quem era?*

— Lu... cas — digo, sem muita firmeza.

— *Mas você disse que não era.*

— Não tinha reconhecido o número!

— *Tem certeza? O que você queria me contar?*

— Madá, você promete guardar segredo? — É injusto não compartilhar esse momento com ela. Preciso comemorar com alguém. — Espere eu pegar um vinho pra brindar com você.

— *Conta agora.*

Eu me levanto da cama, vou até a miniadega e pego um *Domaine du Comte Liger-Belair La Romanée Grand Cru*, um dos vinhos de colecionador que meu pai trouxe de sua última viagem. Ainda é cedo para beber algo alcoólico, mas a ocasião é especial.

— *Olhe, Tamôra, eu te amo, mas se você abrir esse vinho metido a besta de seu pai, vou desligar.* — Ela demora ao pensar no que acabou de dizer. — *Mentira. Só desligo depois que você me contar o babado. Mas tenha pena de sua amiga, pega um chinfrim. Estou com um seco ruim pra fazer a fina, não aguentei e botei açúcar.*

— Açúcar, Madá? Se meu pai ouve isso, ele me proíbe de andar com você.

— *Ele não é doido!* — Ri, tomando um gole da taça. — *Essa família não vive sem mim.*

— Até parece.

— *Anda logo, garota. Abre esse chique mesmo. Não ficarei bêbada sozinha, sem nem meu gato pra eu extravasar esse álcool todo.* — Coloca uma das mãos na testa de forma dramática. — *Não falarei nem para minha sombra, que, por sinal, já mandei sair daqui. Fala logo!*

— Fui aprovada para apresentar um *reality show*.

— *Não creio!* — Ela cospe o vinho. — *Qual, quando, como...?*

Começo a contar o pouco que sei para Madalena e, enquanto converso com ela e a vejo comemorar, vem a certeza: nem em outra vida colocaria a nossa amizade em risco. E tenho certeza de que ela faria o mesmo. Saber pelos outros a deixaria chateada. Sei coisas sobre ela que ninguém mais sabe. E amizade é, sim, uma troca.

— *Me belisca! Nem estou acreditando que sou amiga de uma quase superstar!*

— Não começa, Madalena.

— *Começo, sim. Meu perfil nas redes sociais será: AMIGA DE TAMÔRA DINIZ, A OPHRAH WINFREY BRASILEIRA!*

— Estou quase me arrependendo de ter te contado. — Rio.

— *E você que não contasse.* — Pega a garrafa de vinho, mostra o rótulo, sorri de forma maliciosa e bebe no gargalo. — *E vamos logo com isso aí, Tamôra! Bebe logo!*

— Uhhhhh, *Châteauneuf-du-pape?* Desde quando isso é vinho ruim, Madalena? Tirando a parte de beber no gargalo, meu pai ficaria orgulhoso.

— O boy sumiu, mas deixou essa belezinha aqui. Você queria que eu comemorasse esse momento com o quê? Com vinho Sangue de Boi, é?

CAPÍTULO 6

— Posso entrar? — Ouço a voz do meu pai do outro lado da porta e me assusto.

Eu lia pela décima vez o contrato que Jane me enviou. Não vi nada de errado, mas gostaria que alguém mais experiente pudesse analisá-lo. Porém a cláusula que exige segredo está bem ali, nítida, atormentando-me.

Contar para o advogado é contar para alguém?

— Claro, paizinho. — Salvo a página do contrato e desligo o laptop.

— Ocupada? — Ele me entrega um copo de suco e beija a minha testa. Provo e identifico o sabor de laranja. *Meu pai e essa mania de me trazer coisas quando tem um assunto sério para tratar.* — Trouxe pra você.

— Vem bomba, Seu Ricardo? — Rio.

— É você quem vai me dizer. Posso me sentar?

— Claro. — Aponto a poltrona perto da minha cama.

Meu quarto é o mais básico possível. Quando me formei, meus pais me perguntaram o que queria. Escolhi redecorar o quarto e me livrar do ar infantil. Minha mãe relutou, já que tinha decorado tudo quando completei quinze anos, mas acabou gostando quando a fiz participar comigo. Não abri mão de ter somente uma estante de livros, minha cama, a escrivaninha com meu computador e a poltrona. Só não consegui negociar meu closet, que é quase do tamanho do meu próprio quarto.

— Que história é essa de terminar com Lucas? — questiona sem rodeios.

— Os relacionamentos terminam, pai.

— Por quê? — Sua expressão é preocupada. — Vocês estavam tão bem.

— Não estávamos na mesma página.

— O que está acontecendo com você, minha filha? Não era você que queria investir na carreira de apresentadora? Concordei com sua ida pra São Paulo com o seu namorado porque julguei que lá é o lugar das oportunidades.

— Acha que engana quem? A sua intenção era essa ao me mandar pra lá, *senhor Ricardo*?

— Não fale como se você fosse um objeto que eu estivesse enviando.

— Foi ele quem terminou comigo, pai.

Seu olhar para mim é de descrédito.

— Ele não te contou sobre o pedido de casamento?

— Contou, sim. Assim como me disse que você não aceitou e que não estavam mais namorando. Então presumi que tivesse terminado com ele.

— Presumiu errado. Ele me deu um ultimato. Se eu não fosse pra São Paulo com ele, era o nosso fim.

— É lógico. Como manteriam um relacionamento à distância?

— Eu sei, pai. Se eu não me casaria nem iria com ele, o melhor foi terminar mesmo.

— Meu Deus, como você é difícil, minha filha! — Ele se levanta, exasperado, e caminha em minha direção. — Qual é o seu problema?

— E qual é o seu problema com a decisão de sua filha? — Eu vou em direção à escrivaninha, coloco o copo de suco em cima do descanso de copos e volto para abraçá-lo. — Paizinho, o que custa o senhor acreditar em mim e respeitar as minhas escolhas? Eu tenho vinte e cinco anos e tenho pouco tempo de formada. Como acha ok eu me casar porque é conveniente para os planos de vocês? É tão ultrapassado. E eu sei que o senhor só quer que eu vá pra fazer a tal especialização e me preparar pra cuidar dos seus negócios.

— Dos nossos negócios! — Irritado, ele se afasta. — Filha, não acha que passou da hora de você crescer?

— Eu cresci. — Meus olhos se enchem de água. — O senhor não acredita na minha capacidade ou tem medo de que algum dia eu voe e tenha de me dar razão?

Ele me abraça e ficamos assim por um tempo. Não consigo mais segurar as lágrimas e não me importo quando vejo que elas molham a sua camisa social. Queria poder ser a filha que meu pai quer. Mas fazer isso significa não ser a mulher que eu quero ser, o que é inegociável.

— Tá bom. Vou te dar um crédito. — Sinto alívio quando o ouço e não disfarço o sorriso. — Mas por um tempo limitado.

— O que quer dizer?

Tenho até medo de sua resposta. Estava muito bom para ser verdade.

— Você tem até seis meses para fazer dar certo essa carreira aí — desdenha —, mas se nada de concreto e bem-sucedido acontecer, você terá de assumir os negócios com seu irmão.

— Pai...

— Essa é a minha última proposta. — Faz carinho em meu rosto, que sinto queimar por conta dessa proposta descabida.

— E se eu não aceitar?

— Você vai.

— E se não?

— Você é maior de idade, mas ainda vive sob a minha responsabilidade. Se você não aceitar, eu vou te deserdar. Se não quer cuidar do que é seu, também não pode usufruir. Terá de arcar com a sua vida. Isso não faz sentido.

— O que não faz sentido é essa chantagem.

— Não é chantagem, é um acordo. Mas entenda como quiser.

Quando é para tratar de negócios, mesmo com a família, meu pai é implacável e, por vezes, insensível. A minha vontade é de me abrir com ele sobre o *reality*, sair daqui com a roupa do corpo e jogar tudo para alto. Sou sua filha, não sua propriedade. Porém, e se não der certo, eu estarei pronta pra começar do zero? Eu teria coragem de abandonar a minha família? Sou determinada, não burra.

— E se der tudo certo nesse prazo, o senhor vai me apoiar?
— Não vai dar certo.
— Está me desejando mal?
— Jamais. Sou apenas realista, minha filha. E calejado. Essa coisa de TV é balela. Ainda mais pra gente.

Amo meu pai, mas odeio essa postura de *"senhor da razão e do destino dos outros"*. Contar sobre o *reality* seria, de certa forma, ótimo para acabar com essa certeza que ele tem de que não vou conseguir. Porém, já errei ao contar para Madá, não posso me arriscar mais. Melhor deixar que ele ache que está com a bola da partida.

Dois podem jogar o jogo, não é?

— Eu aceito.
— Temos um acordo?
— Temos.
— Então, se daqui a seis meses sua vida profissional estiver sem perspectiva, você vai trabalhar com a gente.

Ele se aproxima, enxuga o meu rosto ainda molhado pelas lágrimas e abre um sorriso, que se eu não o conhecesse bem, até acharia fofo.

Como sua filha, herdei algumas coisas. Uma delas é a paciência. Agora, mais do que nunca, isso tem de dar certo. Depois, vou mudar daqui e assumir minha vida. Nesse ponto ele está certo.

Chega de ser filhinha de papai e mamãe.

— Mas não conte muito com isso. Eu vou conseguir.
— Prometo não torcer contra.
— Já é um começo.
— Um dia ainda vai me agradecer. — Ele me dá um beijo na bochecha.
— Eu já agradeço.

Arqueio a sobrancelha de modo desafiador. A torcida contra, fingindo que não é, me dá até mais gás.

— Agora desamarra a cara e vamos descer. — Ele me puxa em direção a porta. — Que tal jogar biriba com seu pai?
— O senhor quer me comprar com biriba, pai? — Não resisto e gargalho.
— Só porque é o único jogo que o senhor perde feio pra mim?

CAPÍTULO 7

$\mathcal{E}$u chego a Salvador cedo com medo de pegar trânsito na linha verde, principal estrada de acesso que me leva ao Hotel Fasano, na Praça Castro Alves, bem no coração da cidade, em frente à estátua do famoso poeta. Lá serei apresentada à equipe do programa, parte que veio dos Estados Unidos está hospedada.

Vou direto à recepção e me apresento, como Jane me orientou. A recepcionista me indica o restaurante onde acontecerá a reunião.

Estou adiantada, então resolvo dar uma volta para conhecer mais detalhes do lugar. Quando penso em me encaminhar para o elevador e de repente ver a famosa *piscina no telhado*, uma voz masculina chama minha atenção para o hall. Curiosa, eu me sento em uma das cadeiras próximas e encho um copo com a água saborizada que está ali à nossa disposição.

Nossa, que voz! Ele está de costas, fala ao telefone em português e tem sotaque. Homem de sotaque me tomba. De onde ele será?

— Devo te ver ainda amanhã cedo, pai. Falei com os médicos, eles disseram que o senhor está evoluindo bem. Não precisamos agora de uma recaída, ok? Se cuida!

Assim que encerra a ligação, o dono da voz mais bonita que ouvi se vira e eu me engasgo com a água.

Que homem é esse, meu pai? Nossa, e que olhar! Quer me ganhar? Olhe para mim desse jeito. Aquele modo investigativo, penetrante, desafiador, que sabe que molha calcinhas... Mentira, uma boca grande também me ganha. E ele também tem.

Vixe! Cara de safado, de quem faz estrago. Nossa senhora das pererecas assanhadas. Gente, eu não estou bem, não.

Olha a compostura, Tamôra! Ele é muito alto, o tom de pele negra bem próximo ao meu, é forte, os olhos esverdeados e... *Peraí*. É Adam, meu professor de História Americana do Ginásio.

Socorro! Como poderia esquecê-lo? Meu amor platônico.

Ele me olha com curiosidade, talvez me reconhecendo também. Será? Sorrio. Ele sorri de volta, dá uma piscada e sai. Absorvo esse encontro inusitado com dúvidas se foi uma miragem, quando sou interrompida por uma voz familiar:

— Tamôra? — Uma mulher alta me chama.
— Jane?
— Isso. — Ela me abraça. — Vim aqui te procurar. Liguei pra recepção e me disseram que você já tinha chegado. Você é muito mais linda do que nos vídeos.
— Ai, obrigada. Ainda bem que te encontrei. Dei um tempo pra entrar na hora exata. Não queria ir sozinha.
— Vai dar tudo certo — diz, puxando-me. — Estávamos te esperando.
— Que lugar maravilhoso é esse? Amo essa mistura entre o antigo e o moderno.
— É, sim. Você tem de ver a vista da piscina. É pra Baía de Todos os Santos.
— Eu estava indo lá.
— Sentada aqui? — questiona em um tom desconfiado.
— Não. Antes de... — *Ouvir a voz de Adam*. Queria muito saber o que ele está fazendo neste hotel. — Fiquei com preguiça e me sentei ali.
— Depois, se você quiser, te levo lá. Agora vamos ao momento mais do que esperado. Está tudo mundo louco pra essa loucura começar.
— Ai, meu pai!
— Lá vem você com esse *seu pai*.
Ri de forma contagiosa e dissipa meu nervosismo por alguns segundos.
Entramos no restaurante, onde eu me deparo com pessoas numa conversa animada, instaladas em uma mesa gigante. Algumas falam em inglês e eu agradeço mentalmente aos meus pais por terem me colocado desde criança numa escola bilíngue. Sou fluente em inglês desde os dez anos. Vou entendê-los sem me sentir um peixe fora d'água.
Caminho na direção deles e, quando chego perto, mais uma vez, a surpresa me toma. Eu me deparo com ele. O mesmo homem do hall: Adam.
O que ele está fazendo aqui?
— Oi, Tamôra! — Ele se aproxima com simpatia e sua presença marca me inunda. *Eu vou morrer.* — É um prazer te conhecer. Tudo bem?
— Eu? Sim. Claro! — *Que eu estou passando vergonha já é nítido, não é?*
Com um sorriso trêmulo, lanço um olhar questionador. *Como assim "Prazer em me conhecer?"*
— Sou Adam Moreland, o diretor do *reality*.
— Diretor? Ahhhh, prazer!
O que eu perdi aqui? Ele não era professor?
— Nós nos vimos agora há pouco na entrada do hotel, não foi? — Seu olhar é divertido e intenso.
Com certeza, ele nota minha confusão, estou perdida em Nárnia. *Falo o que agora, meu pai?*
— Você deveria ter se apresentado naquele momento. — Solto a primeira coisa que me vem à cabeça, mas me arrependo logo em seguida.

Olha ela já na cobrança. E essa risada trêmula que solto logo em seguida me faz ter vontade de sair correndo. Tá maluca?

— E estragar a surpresa? — Vejo o desenho de um sorriso malicioso surgir e, para arrematar o golpe certeiro, ele pisca daquele mesmo jeito que fez há pouco lá no hall.

— Surpresa?

Será que o que sinto agora no meu estômago são as tais borboletas? Estou inebriada pela sua presença marcante e o bendito sotaque que agora eu sei de onde é. Eu nem sabia que ele falava português. Nossas aulas na escola bilíngue eram em inglês.

— Deixe-me apresentá-la à nossa equipe. — Mesmo simpático, meu ex-professor ignora a minha pergunta e nos direcionamos para as outras pessoas.

Não que esse fato possa nos trazer intimidade ou algo do tipo, mas será que ele não me reconhece mesmo?

— Esse é Bruno, que também vai apresentar o programa. Ele é ator e vai fazer um bom contraponto com você.

Eu me deparo com um rapaz alto, com o corpo típico *rato de academia*, olhos claros e cabelos escuros.

— Oi. — Ele se levanta e me dá um beijo no rosto. — Muito prazer, parceira.

— Não sabia que seria em dupla. — Estranho. — Tudo bem, Bruno?

— E que dupla, hein? Fico feliz em saber que terei alguém para me salvar quando eu errar — brinca.

— Acho mais fácil você me salvar.

Gostei de Bruno. Tem carisma e não faz o tipo *sou gostoso e não há quem resista ao meu charme*.

— Isso é um problema, Tamôra? — Adam nos interpela.

— Dividir à apresentação? De jeito nenhum. Só estou admirada com a novidade mesmo.

— Espero que não saia correndo com as surpresas. — Uma mulher alta se aproxima. Ela tem a pele clara, com o tom avermelhado, que passou o dia todo tomando sol. O cabelo loiro está molhado, como quem acabou de sair do banho. — Então, você é a famosa Tamôra?

Ela também tem sotaque, porém é mais carregado do que o de Adam.

— *Famosa?* Com certeza, não — rebato em tom de brincadeira. — Além do mais, eu já assinei o contrato. Não posso mais sair correndo.

Embora ache estranho o surgimento de um apresentador, tento me manter tranquila. Jane nunca me falou sobre ele. O contrato também não mencionou nada sobre isso.

— Essa é Bianca. — É Adam quem interrompe o silêncio mordaz e investigativo que toma conta do ambiente por alguns segundos. — Codiretora do programa.

— E a mulher do Adam —pontua.

Ok, entendi.

Estava muito bom para ser verdade. Ele tem uma *mulher* e eu, besta, toda animada por tê-lo reencontrado. *Como sou idiota!*

Sorrio para ela e finjo não me importar com a informação, no entanto, a verdade é que sinto um incômodo.

— Ex, Bianca — Adam ressalta de forma contundente.

— Por enquanto, querido.

Ela solta um beijo no ar para ele de forma afetada e o meu desejo é só de sair daqui desse meio. Movo meu olhar para Bruno e o noto tão constrangido quanto eu.

— Vamos voltar ao que interessa, Bia? — diz Adam num tom irritadiço. — O foco aqui é outro.

Vixe, agora, sim, aquele velho Adam sisudo professor de História chegou.

Bianca sorri embaraçada e, sem cair do salto, retorna a sua atenção de novo para mim. Gosto de pessoas que não se abalam fácil.

— Não sei se Jane já te disse, Tamôra, mas, como estamos em Salvador, foi propositai a escolha de uma mulher negra para estar à frente da apresentação. Eu acho uma bobagem essas coisas. Esse negócio de separar pretos e brancos. Isso não existe. Porém, Adam e os patrocinadores insistem nesse negócio da representatividade, não é?

Ela olha para ele, depois direciona seu foco para as outras pessoas da equipe. Eu me mantenho observando-a, à espera de que algo aconteça para esse papo ser encerrado.

Eu estava gostando de você, Bianca.

— Olha o lugar que Adam ocupa — ela continua. — Ele não chegaria tão longe, não estaria aqui, lindo e diretor. Se ligasse para essas coisas...

— Engano seu, Bia. Eu ligo, sim — ele rebate, firme. — Conversamos sobre isso milhares de vezes, não foi? Estamos nos repetindo.

— E eu sigo pensando do mesmo jeito, *que-ri-do*. — A forma colérica com que ela o olha e pronuncia o *querido* me faz crer que a sua performance fofa, até então, era uma falsa simpatia. — Não somos todos iguais? Estamos no mesmo barco. Você não acha, querida?

A atenção de todos se direciona para mim e eu fico com vontade de contar quantos *queridos e queridas* ela dirá até a hora de eu ir embora. Isso é algo típico de quem não se importa, de quem desmerece, diminui. Muitas pessoas acham chato todo esse debate. Imagine o quão bizarro é ter de explicar sobre o óbvio.

Eu só me lembro de um trecho do livro *O Ódio que Você Semeia*, de Angie Thomas, que diz: "*Não adianta falar, não adianta chorar, não adianta gritar. Eles não vão nos ouvir*".

— É pra eu ser sincera?

Eu preferiria não ter que debater sobre esse assunto logo agora. Justamente no primeiro dia desse trabalho que tanto sonhei em fazer parte. Sem falar que acabei de conhecer essas pessoas, que, inclusive, estão acima de mim em termos de hierarquia. Mas não posso fugir quando me chamam para debater algo tão importante. Ainda mais com a minha personalidade e sendo filha de quem sou.

— Por favor. — Ela autoriza de forma simpática.

— Nunca estivemos nem mesmo no mesmo compartimento do barco, Bianca. — Aceno para Adam, que devolve com uma piscadela cúmplice. Confesso que amo esse jeito dele de se comunicar sem palavras. — Meu sonho de princesa de Wakanda é exatamente esse: não precisar mais pensar ou falar sobre isso. Mas ainda não dá, sabe? Olhe pra esse restaurante. — Escolho usar com ela o exemplo que meu pai sempre utiliza quando quer provocar uma reflexão em pessoas com esse pensamento. — Quantas pessoas pretas estão aqui como clientes, iguais a mim e a Adam?

Ela olha ao redor e permanece em silêncio.

— Em compensação, quantas pessoas pretas estão servindo? — Continuo e a vejo engolindo em seco.

— Isso já te incomodou alguma vez, Bianca? — Espero sua resposta que não vem. — Porque a mim, incomoda sempre. — Embora seja quase impossível, tento impor leveza à minha fala. — Então, não. Não estamos no mesmo barco. Pelo menos, não por enquanto.

— Eu acho que já deu por hoje, não é? — Adam intervém.

— Ai, desculpa, gente. Não queria pesar o clima.

— Não tem de pedir desculpas, Tamôra. Esse também é o meu pensamento. Acho que todo mundo aqui já compreendeu, não é? Ou, pelo menos, vai tentar.

Bianca nos observa e sorri de jeito enigmático. Ela acena positivamente com a cabeça, dando de ombros e em seguida caminha em direção a outra pessoa da equipe, cumprimentando-a, como se não tivesse acabado de sair de uma conversa tensa.

Eu não estou arrependida de nada do que falei, porém talvez possa me arrepender de ter batido de frente com ela logo agora. Afinal, ela é a chefe.

Parabéns, Tamôra! Começou muito bem, hein?

Bruno que, até então, estava quieto e calado, puxa-me pela mão e nos leva para nos sentarmos do outro lado da mesa, o que agradeço. Adam continua a fazer as devidas apresentações. Aproveitamos um delicioso banquete de frutos do mar e somos servidos também de coquetéis, vinho, prosecco e caipirinha.

Como estou dirigindo, prefiro não beber. Aceito somente um coquetel sem álcool. *Até porque isso aqui é uma reunião profissional, não é?*

É incrível como meu ex-professor domina o espaço. Ele nos conta sobre o programa, suas expectativas e, vez ou outra, nossos olhares se cruzam. Eu tento esconder o quanto ele me afeta, tenho curiosidade em saber se ele ainda ensina.

Ele mudou muito ou eu nunca o conheci de verdade? A gente só se via durante as aulas. Até nas festas, ele era mais reservado. Conversava apenas com os professores ou com os funcionários. Nada de aproximação com os alunos. De longe, eu o observava e o achava o cara mais lindo do mundo, depois do meu pai, é claro.

Isso durou um ano, até que as férias chegaram — o fim do ano letivo das escolas americanas é em junho —, ele foi para os EUA e não voltou para o ano seguinte. Eu fiquei mal durante um tempo, depois virou uma lembrança boa.

Sou acordada das minhas divagações com o som de risadas e conversas animadas. Eu me levanto, despeço-me das pessoas e me encaminho para falar com Adam.

— O que achou, Tamôra? — pergunta, com aquele olhar que me faz perder o prumo. — Animada?

— Estou.

— Essa resposta não me pareceu tão convincente — brinca.

— Eu estou. Apenas admirada, como disse.

— Estamos muito animados com a sua escolha, Tam — diz, animado. — Posso te chamar de Tam?

— É assim que meus amigos me chamam.

— Então somos já amigos, não é? — Vou ter de aprender a lidar com a presença desse homem. — Estou surpreso em como você se transforma no vídeo. Fica um mulherão. Ao vivo, embora continue linda, é uma menininha. Sedutora, é verdade. Mas uma menina.

Ele está me paquerando ou estou louca? Minha Nossa Senhora das Periquitas nervosas, onde tem água para apagar o incêndio aqui?

— Isso é bom?

Eu sou muito descarada, né?

— É ótimo. — Ele também é descarado.

Ele me olha, desconfiado, quando deixo escapar um riso por conta dos meus devaneios.

— Está tarde. — Eu quebro o silêncio com vontade de, mais uma vez, correr, sem dizer adeus ou até breve. — Preciso ir.

Será que ele não se lembra mesmo de mim? Eu era muito nova. Mudei muito desde lá. Não usava tranças, era toda desengonçada e me sentia um patinho feio, era a timidez em pessoa... Mal falava. Embora nas aulas dele, eu falasse até mais do que nas outras, ainda assim era pouco. Tinha medo de errar e ser exposta. Quanto menos as pessoas me vissem, melhor. Se não fosse Madalena, que era popular, mal me conheceriam.

Se ele se lembrasse, falaria?

— Sobre o que estão falando? — Bianca chega, colocando a mão nos ombros de Adam.

Ok. Esse é aquele momento em que preciso me retirar mesmo.

— Sobre ela ser diferente dos vídeos — ele a responde, sem tirar o olhar de mim.

— Vou aceitar como um elogio. — Sorrio, sem graça. — Foi tudo maravilhoso hoje, mas preciso ir.

E se eu perguntasse se nos conhecemos na frente dela, para ver qual é? Ou ele é desses babacas comprometidos que não aguentam ver uma mulher ou esse *casamento* deles está mais para lá do que para cá. Há também a possibilidade de viverem um relacionamento aberto.

— Nós também, não é, querido?
Não. Relacionamento aberto não é o babado de Bianca.
Quer saber? Não vou contar nada. Melhor deixar para lá. O que ganharia com isso? Quanto menos intimidade, melhor. Eu vim aqui com um objetivo e é com ele que continuarei.
Minha carreira é a minha prioridade.
— Bem, preciso ir embora.
— Amanhã nós nos falamos, então? — Adam aperta minha mão.
— Sim.
— Descanse bem. E se prepare, a partir de agora sua vida é minha.
Ui. Eu quase infartei com essa informação. Adoraria ser toda sua, pena que você já tem dona. Compostura, Tamôra!

CAPÍTULO 8

— Ora! Ora! Ora! Se não é meu querido irmão Horácio Diniz, que resolveu despender alguns minutos do seu precioso tempo para, finalmente, se exercitar com a irmãzinha carente dele — brinco enquanto me alongo e o vejo se aproximar com seu short curto de sempre e uma regata preta que mais parece um collant.

Horácio sempre foi o mais vaidoso e ligado nos exercícios físicos de nós dois. Além de correr todos os dias, ele costuma frequentar a academia do resort. Por isso, tem um físico invejável e é daquele tipo que gosta de expor seus atributos.

— Alguém de nós dois tem de trabalhar, não é, Tam? — diz, juntando-se a mim no alongamento. — Além do mais, os meus hábitos e horários continuam os mesmos. Quem anda sumida aqui é a senhorita.

— Eita, que já recebi a primeira indireta do dia.

— Não é nenhuma indireta. É direta mesmo.

— Quem disse que eu não trabalho?

— Você sabe muito bem do que estou falando. Não concordo com a forma que nosso pai te pressiona, mas também não o vejo sem razão. Isso aqui é nosso. Não posso ter sozinho essa responsabilidade.

— Vamos ficar aqui de conversa ou vamos correr? — Fujo do assunto, porque sei onde esse papo vai chegar e não quero brigar com meu irmão.

— Ok. Só que a gente precisa conversar também. — Ele me puxa pela mão e me encaminha para o portão que dá a acesso a saída de nossa propriedade. — Vamos papeando enquanto estamos aquecendo.

— Eu prefiro não falar mais sobre isso. Você sabe tudo que penso sobre trabalhar aqui. E não pretendo ser sustentada pela nossa família durante muito tempo.

— Isso não tem nada a ver com ser sustentada, Tamôra. Você é a dona disso aqui tanto quanto eu.

— E você acha justo eu desistir da minha carreira pra assumir o sonho dos outros?

— Que carreira, Tamôra? — Uma facada doeria menos. Ando mais rápido e pego a direção da praia. — Espera, Tam. Vamos conversar como adultos?

O nosso resort *Hermosa Beach* e a nossa casa ficam bem em frente à praia, que é praticamente deserta, já que nossa propriedade ocupa quase tudo. Com exceção de muitos pais e seus filhos pequenos, que gostam de vir para cá brincar com segurança nas muitas poças de água que se formam na areia.

Eu prefiro correr numa praia mais afastada, para ter um pouco mais de liberdade. Além do mais, nossas corridas sempre acabam em banhos e eu não gosto de nadar em lugares rasos. Amo as ondas e mares mais fundos, onde eu possa mergulhar e me sentir livre. O banho, no final, é uma espécie de limpeza. É quando me conecto mais com a natureza, agradeço e me sinto preparada para iniciar o dia.

Geralmente, vou andando até a outra praia e só lá começo a correr. Entretanto, faço isso quando estou com Madalena. A gente vai papeando e colocando os assuntos em dia. Horácio prefere fazer isso sozinho e já começa a correr daqui. A gente é muito diferente. Não sei por que decidiu conversar justo hoje.

— Tam, já passou da hora de você cair na real — ele começa como se já estivesse preparado para essa abordagem.

— Foi papai quem te mandou vir com esse assunto?

— Não. Mas eu concordo com ele. E eu sempre te apoiei, Tam.

— Eu me formei em Jornalismo, Horácio. Já ouviu falar de escolhas? Você tem as suas, eu tenho as minhas.

— Suas escolhas não podem atrapalhar as dos outros. — Eu não estou gostando do rumo desse papo. Horácio começa a trotar e eu o imito. — Acho que já está na hora de você assumir as suas responsabilidades.

— Mas eu estou assumindo. Elas só não são o que vocês querem.

— Não é questão de eu querer. É como tem de ser.

— Gente, que papo antigo. De nosso pai, eu até posso esperar, mas de você, Horácio? O que é isso?

— Ele está certo, Tamôra. Você anda meio perdida. E é nossa obrigação como sua família te orientar. — Ele olha para mim antes de acrescentar: — Até o namoro com Lucas você terminou.

— *Ele* terminou. — Não quero brigar com meu irmão. Por isso, prefiro levar nossa conversa para um lugar mais seguro para mim. — E Madalena?

— O que tem Madalena?

— Eu percebo vocês. O que está pegando?

— Ela é como uma irmã, já falei.

É, já falou mesmo. No entanto, não me convenceu.

— Vocês estão ficando escondidos? — Jogo para tentar colher mais.

— Deixa de falar bobagem, Tamôra. É quase um incesto.

— Entendo — desconfio. — A cabeça já está sabendo, né? E o coração? Já está avisado?

— Oxe, tem nada pra avisar a ele, não.

Horácio volta a trotar como se estivesse se preparando para correr. Ele parece nervoso.

— Tem certeza? — Eu começo a acelerar com ele. — Supernatural os interesses mudarem, mano. Aquela menina franzina, que antes você tratava como uma irmãzinha e queria proteger, hoje é uma mulher linda, independente... Eu também ficaria deslumbrada com aquela boca grande maravilhosa, aquele cabelão *black power* incrível... Madalena é um mulherão de fechar o comércio — provoco.

— Essa é uma estratégia para mudar de assunto? — pergunta, exasperado.

Percebo seu pomo de Adão se mover, como se estivesse engolindo em seco.

— E essa é a sua? — É, sim, uma estratégia para mudar o foco. Mas também é uma curiosidade. Só que já notei que esse é um terreno movediço. — Por isso te incomoda tanto, mano?

— Porque é absurdo. — Irrita-se.

É. Ele está incomodado. Eu não sei quando começou esse clima entre os dois. Só sei que de uns tempos para cá, ele cisma com tudo que Madalena faz. E ela cisma com as meninas que ele sai. Os dois nunca foram muito íntimos, entretanto ela sempre esteve presente em nossa vida e, de certa forma, ele cuidava de nós duas. Porém, sem se intrometer. Só cuidava para gente não ser importunada por outros caras se essa não era a nossa vontade. Nunca os vi conversando tanto como agora. Conversando, não, implicando. E na minha cartilha, *quem desdenha, quer comprar.*

Não sei se insisto mais um pouco, até porque odeio quando tentam fazer isso comigo.

— Temos um trato? — Lanço um olhar de desafio.

— Trato?

— Eu não falo mais sobre Madá e você não me enche mais com esse papo de trabalhar com vocês.

— Tamôra... — diz, num tom de advertência.

— Temos ou não? — Ouço um barulho de mensagem chegando. Tiro o telefone do bolso e vejo quem me mandou. Sem acreditar na coincidência, rindo, grito: — É a Madalena!

— Tamôra... — Ele acompanha meu riso.

Talvez esse seja o seu ponto fraco. É um terreno delicado para mim também, já que é sobre meu irmão e minha melhor amiga. Seria uma bomba e tanto. Decido ver o que ela me escreveu depois, assim como vou deixar também para pensar no que está rolando entre eles. Coloco o telefone de novo no bolso, acelero e corro.

— Vai me deixar ganhar, irmãozinho?

— Tamôra... — Ele já está gargalhando. — Você é uma palhaça!

— Quer que eu pare pra ver o que ela quer? — atiço-o.

— Tamôra...

A gente já não sabe se corre ou se ri. O clima ficou mais ameno e é isso que interessa. Pelo menos, para mim.

CAPÍTULO 9

Para variar, acordo além do horário. Logo hoje. Eu me levanto apressada, tomo um banho rápido e visto uma roupa leve.
Escolho um vestido tubinho preto, com um coturno que me deixa mais alta do que já sou, também preto. Como o tom da minha pele é escuro, acrescento ao *look*, acessórios e batom dourados. Pelo menos, não terei que me preocupar com o penteado. Adotei as tranças. Desde a minha formatura, há dois anos, mantenho esse visual. Só mudo as cores e a espessura. Algumas vezes, como agora, enfeito-as com alguns anéis de bijuterias. Uma das coisas que mais amo em usar tranças é a praticidade. Só as amarro para cima como um rabo de cavalo e estou pronta.
Hoje é o dia oficial. É o dia da coletiva de imprensa do *reality*. O estúdio de gravação fica numa mansão alugada na orla de Salvador, a quarenta minutos da minha casa, de carro, com trânsito livre.
Ao chegar ao local, ainda do lado de fora, noto que é maior do que eu esperava. É aqui também que será a nossa coletiva. Eu me deparo com uma grande tenda armada ao ar livre com várias cadeiras brancas, onde creio que será o local destinado aos jornalistas. Logo à frente, vejo outros assentos reservados, que identifico como os lugares que nós nos sentaremos para responder às perguntas.
Atrás dessa área, há um imenso banner com o título *I AM*[1], o nome do *reality*. Eles não quiseram traduzir, o que achei ótimo. A gente adora americanizar as coisas, não é?
Passei boa parte da noite estudando sobre o programa. Além do pouco material que Jane me enviou, encontrei na internet algumas coisas. Mas já fui avisada que a nossa versão será diferente. Não entendi ainda o porquê de terem feito tanto mistério, confesso que agora me deu um frio na barriga. É chegado o momento de saber o que me espera.
Seja o que Deus quiser!

---

[1] Inglês: Eu sou

— Tamôra? — Sou tirada dos meus devaneios pela voz de Jane, que vem me receber. — Só estava faltando você. Bruno já está aí. Vamos entrar que o chefe está indócil hoje.

— Oxe, mas não estou atrasada, não. Vocês marcaram às 10 horas, né?

— Se não entrar em um minuto, vai estar, sim — diz, puxando-me pelo braço.

Não questiono mais, porque sei que cheguei em cima da hora. Eu sempre chego.

Entramos numa espécie de sala de cinema e, ainda à porta, me deparo com a visão de Adam e Bruno sentados, conversando.

Que visão, meu pai! É o verdadeiro sentido do "tanto faz".

Se bem que Adam é quem me tira o fôlego.

Que homem mais lindo, *God*[2]!

Eu tinha esquecido o quanto o meu ex-professor era gostoso. Mesmo depois de tantos anos, sua beleza continua intacta. Acho que está até mais bonito, mais maduro, mais viril. Ele me olha, balança a cabeça em aprovação e faz sinal para eu me sentar.

Acorda, Tam! O homem tem algum babado com a codiretora e é seu chefe agora!

O seu telefone toca, ele pede licença e sai da sala.

— Ele é rigoroso assim, é? — cochicho para Jane, que me aponta uma poltrona ao lado da de Bruno.

Ela só abre os olhos como quem diz: Aguarde e verás!

— E Bianca, onde está? — inquiro ao notar sua ausência.

— Ainda não chegou. Creio que esse é um dos problemas do mau humor de hoje.

— Problemas no paraíso?

— Que paraíso? Conhece aquele filme "Ele não está tão a fim de você?"

— Conheço.

— Tire o "tão" e entenda como quiser. — Ela suspira alto e se senta afastada da gente.

Observo quando puxa a sua agenda inseparável de uma pasta e começa a fazer anotações. Pelo pouco que a conheço, acho que essa é a única informação que conseguirei sobre esse assunto, e já é muito vindo dela. Embora, nos últimos dias, Jane, Bruno e eu tenhamos nos aproximado, ela tem se mostrado exímia profissional, evitando se aprofundar sobre questões relacionadas ao *reality* e ao seu entorno. Ainda mais o relacionamento entre Adam e Bianca. A gente pega algumas coisas no ar e tenta montar o quebra-cabeça.

Bruno interrompe minhas elucubrações, agarra minha mão, beija-a delicadamente, mantendo-a entrelaçada à dele.

— Bom dia, linda Tamôra — sussurra e eu sorrio em resposta.

---

[2] Deus

Devolvo-lhe o beijo na mão, o que lhe causa surpresa. É estranho, apesar do pouco tempo, eu tenho a sensação de que o conheço há anos e me sento confortável perto dele.

— Ei, por que esse programa é tão cercado de mistério, hein? — cochicho.

— Boa pergunta!

— O quão diferente será da versão americana? E perguntar a equipe é o mesmo que nada. Ninguém sabe, ninguém viu e tem medo de saber. Esse mistério todo me faz ter medo até da minha sombra. Vai que ela descobre e eu sou demitida? — Rimos.

— Algum problema, vocês dois? — Adam reaparece atrás da gente, com seus olhos verdes escrutinadores e eu tomo um susto.

Estranho o clima hoje, que não é amistoso como no dia da apresentação da equipe. Vejo em minha frente aquele velho Adam, meu professor. Solto a mão de Bruno e abro minha bolsa numa tentativa absurda de fingir procurar algo. Tento demonstrar tranquilidade. Com certeza, devo ter falhado.

— Chamei os dois aqui mais cedo para que possamos conversar sobre o programa antes que a imprensa chegue. Vocês devem estar cheios de dúvidas, não é?

Nosso diretor ergue as sobrancelhas, observa de um para outro e, após alguns segundos em silêncio, para nossa total surpresa, enfim, nos explica como a versão brasileira do *reality* vai funcionar.

— Os jornalistas já sabem do que se trata ou só a gente está nessa de descobrir as coisas agora? — Não aguento e o inquiro em tom de humor.

Preciso aprender a segurar minha língua. *É o chefe, Tamôra!*

— Eles só sabem o básico. Vão saber de quase tudo hoje. Sugiro que só respondam sobre vocês mesmos, suas expectativas, como foram selecionados... Deixem que a parte do programa, eu falo.

Jane faz sinal para ele, que se levanta para conversar com ela de modo reservado. Bruno, preocupado, aproveita e pergunta baixo em meu ouvido se eu entendi tudo. Quando vou respondê-lo, mais uma vez, Adam nos interrompe.

— Posso saber o que vocês tanto conversam?

Nossa, onde está aquele homem simpático do outro dia? Eu me sinto voltar ao ginásio, quando ele era implacável com os alunos. Metade da turma o amava, porque ele, apesar de severo, era um ótimo professor; a outra metade o odiava, e eu não os julgava por isso.

Rio baixo, imaginando como seria sua reação se eu o confrontasse agora sobre esse passado.

— Esse é o momento que vocês têm de esclarecer tudo. Co-mi-go.

— A gente não estava conversando, *boss*. Bruno só me perguntou se eu entendi as novas informações.

Ele arqueia uma sobrancelha e eu sei que é por eu tê-lo chamado de "boss". Esse modo Adam-diretor é de dar calafrios. Nada tinha me preparado para sua versão hoje.

— E...?
— O quê?
— Entendeu?
— Comecei.
— Ah é? E me digam uma coisa, qual é o objetivo de vocês ao apresentar esse programa? — Seu modo volta ao casual, porém de forma avaliativa.
Que indagação é essa que veio do nada, gente?
— Quero ser respeitada e reconhecida na minha profissão.
— Ser famosa?
— Respeitada e reconhecida.
— Pela fama?
— Pelo trabalho. — *Ok, boss. Conseguiu me irritar. Está me julgando? É uma inquisição? A coletiva já começou e eu não fiquei sabendo?* — E, de certa forma, todo mundo quer ser famoso, não? É a consequência. Não sejamos hipócritas. Você também não quer, Bruno?
Meu tom é afetado. Busco a cumplicidade do meu colega, mesmo sem ter noção de onde esse papo vai chegar.
— Por que não? — Bruno responde de jeito ponderado e faz sinal para eu relaxar.
— Fama passa. — Segue Adam na provocação. — E nem sempre traz coisas positivas.
— Os apresentadores americanos ficaram muito "famosos". — Boto as aspas de propósito.
— Eles ficaram muito expostos, a mídia também em cima. Tiveram problemas até pra fazer programas bobos, como sair pra jantar, ir ao shopping... Todo mundo queria saber sobre a intimidade deles. Quase não tiveram vida social depois que o primeiro episódio foi ao ar. É isso que vocês querem?
— É pra gente desistir antes de começar, Adam? — Bruno ri. — Um pouco tarde, não?
— E lá era Los Angeles, aqui é Salvador. Não tem esse negócio de paparazzi. O povo até gosta de se aproximar, mas é leve.
— Os jornalistas já chegaram — Jane anuncia, andando em nossa direção. Alívio é o que me define nesse momento. — Não vamos poder enrolar mais.
— Ótimo, então! — Adam ainda me olha. — Falei com Bianca há pouco e ela estava resolvendo algumas burocracias com a produção dos Estados Unidos. Vamos começar sem ela. Eles estão aqui mais para saber de vocês mesmos, não é? — Sorri.
— Oba! É hoje que vou ficar famosa então — murmuro, rindo só para mim.
Guardei mágoa, confesso. Não gostei dessa abordagem dele, como se eu fosse uma lunática em busca de sucesso.
Bruno segura minha mão e me puxa, guiando-nos para fora.

— Eu escutei o que você falou, viu, dona Tamôra? — Ri. — Você é sempre atrevida assim?

— Digamos que "morrer abafada" não seja meu desejo.

Adam, que se posiciona ao nosso lado, ri sem humor e caminhamos juntos para a área onde os jornalistas já se encontram.

— Não gostou do que eu disse, não foi, Tam? Não é um desafio, não é uma briga, tampouco uma crítica. Sou apenas franco e direto com todos que trabalho. Prevejo e evito a possibilidade de em algum momento não estarmos na mesma página. Já passei por isso, acredite. Você está pronta?

— Eu nasci pronta. Não vejo a hora de começar.

— Já começamos.

Ele adianta o passo, caminha à nossa frente e me deixa a certeza de que convencer meu pai de que posso crescer na carreira que escolhi não será o meu único desafio.

Quem disse para mim que seria fácil, não é? Vamos lá enfrentar as outras feras.

Se eu já estava nervosa no dia da coletiva de imprensa, imagina hoje que será praticamente o início real do trabalho. Ainda mais depois de a notícia reverberar na mídia, de nossos rostos estamparem outdoors e de perfis de fofoca anunciarem a grande novidade. Recebermos pedidos de entrevistas e um monte de gente começou a me seguir nas minhas redes sociais, nas dos meus amigos e familiares, muitos me ligaram curiosos. Gente que há muito tempo eu não ouvia falar ressurgindo como se fossem íntimos.

Meu pai, como era de se esperar, ainda está reticente. Largou um *"Vamos acompanhar!"*, igual ao meu irmão, Horácio. Os dois são parecidos até nisso. Minha mãe, mesmo temerosa, está que não cabe de tanto orgulho. Toda hora me pergunta se pode me acompanhar nas gravações. É claro que permitirei quando for o momento. Quanto mais gente que me apoia perto de mim, melhor. Quem sabe assim ela convence o seu Ricardo, vulgo meu pai.

Quando chego à casa que fica a locação do *reality*, estou quase sem fôlego do tanto que corri. Entrego meu carro ao manobrista e Jane me acompanha, mais uma vez, até a sala de reuniões, onde já estão todos.

Bruno me indica uma cadeira ao seu lado e eu prontamente aceito o convite. Adam, que estava de cabeça baixa olhando algo num papel que Bianca lhe mostrava, ao se deparar com o meu olhar, faz sinal com a cabeça me cumprimentando.

— Bem, gente, agora que Tamôra chegou, podemos começar.

O tom é de quase uma repreenda, porém estou tranquila. Chego em cima da hora, mas nunca atrasada. Vai ficar fazendo isso sempre, é? Ele quer o quê? Que eu chegue antes para ficar olhando para a sua cara linda?

Poderia, se o meu objetivo também não fosse exatamente o de fugir dele. Ou melhor, da sensação que ele me causa. Quanto menos contato, melhor.
— Hoje vamos falar sobre o programa de estreia, que será ao vivo.
— Ao vivo? — É, por essa eu não esperava.
Sou pega de surpresa mais uma vez. No programa gravado, a gente pode repetir e consertar os possíveis erros.
Ai, meu pai eterno dos apresentadores traumatizados, ajude-me a não errar e, se isso acontecer, que eu saiba me virar.
— Você tem alguma objeção?
— É só surpresa mesmo.
Na verdade, o que sinto é tensão. Contudo, isso guardo comigo.
— Nós teremos um teleprompter à disposição de vocês dois, mas ele não pode ser usado como muleta. Vocês precisam estudar muito antes. Quanto mais espontâneo, melhor. — Ele nos orienta, todavia fala olhando diretamente para mim. O que está acontecendo aqui? — Vocês se sentem seguros?
— Eu prefiro até memorizar o texto. Com exceção da emoção que será a estreia, vai ser tranquilo — Bruno começa.
— Pelos vídeos que a gente viu, você é ótimo de improviso.
— Imagine o quanto que a gente esquece o texto enquanto está encenando uma peça! Se não improvisar, lascou.
— E você, Tamôra?
— Tudo bem — falo, sem muita segurança e sem me prolongar.
Não está nada bem.
— Tamôra, programa ao vivo é diferente de evento na praia. Você não se deu bem com a experiência ao ar livre, acha que vai ser tranquilo? — intervém Bianca.
— Como você sabe disso? — pergunto, no entanto é claro que já imagino que um projeto desse tamanho não escolheria os apresentadores sem investigar o passado profissional deles.
Agora é oficial, não me aguento de nervosa.
— Nós sabemos de tudo, querida. Você acha que dá conta de um programa ao vivo? Queremos ter a segurança de que estarão confortáveis com isso.
— É como Bruno falou, terei de lidar com a emoção da estreia. Porém, meu sobrenome é correr riscos.
— Gostei. — Adam sorri.
—"Good things happen to people who are good at what they do".
—"Good things happen to people who are good at what they do".
Eu e ele falamos ao mesmo tempo e um silêncio constrangedor se instala na sala. Engulo em seco. A minha vontade é que o chão se abra e eu caia dentro.
— Coisas boas acontecem para pessoas boas no que fazem. — Adam me olha, surpreso. — Você conhece isso?
— A pergunta é: de onde surgiu isso? — Bianca se intromete em um tom de estranhamento.

— Nada em especial. — Tento disfarçar.
— Onde você aprendeu isso? — Adam insiste, perscrutando-me.
— No colégio — respondo, após alguns segundos de silêncio e ele me observa com as sobrancelhas levantadas, esperando mais informações. — Com um professor de ginásio.
Todos aguardam que eu continue.
Parabéns, Tamôra! Chamou o foco para você, né? Era isso que queria?
— Era sua frase quando as nossas respostas nas provas eram fracas e a gente reclamava. Dizia que as pessoas que se arriscam e se aperfeiçoam são mais vencedoras do que as que não — explico.
Ah, quer saber? Melhor soltar logo. Acho que ele jamais vai se lembrar que falava essas coisas para um bando de adolescentes há dez anos. Pode ser só um dito popular americano e professores gostam de frases feitas, não? Assim espero.
Um novo silêncio se instala e eu não sei o que fazer.
— Espere um momento — Adam começa a falar, olhando para mim com curiosidade. — Tamôra não é um nome comum. Me diz uma coisa. Onde você estudou o ginásio?
Mais silêncio.
— Numa escola aqui de Salvador.
— Qual? — inquire, com um ar desconfiado.
— Na Escola Bilíngue de Salvador — digo, já tremendo e transpirando.
— Você foi minha aluna! — É uma afirmação.
— Quê?! — indaga Bianca com a entonação alterada. — E ela lá tem idade pra ser sua aluna, Adam?
— Você foi minha aluna! — repete e ignora a indagação de Bianca. Seu olhar para mim busca reconhecimento. — Eu ensinei História Americana lá na Bilíngue há alguns anos.
— Eu sei.
E como sei. Tento guardar as melhores lembranças daquela época que não foi fácil para uma adolescente negra, em início de vida. E em todas elas, meu professor turrão e exigente, porém atraente, fez parte.
— Você se lembrou? E como você não me falou?
Boa pergunta, "professor"! A resposta? Quero problema para mim, não.
— Ah, porque foi há tanto tempo que nem eu me lembrava direito. — Finjo indiferença.
— Nossa! Então foi tão sem importância assim? — Em tom de brincadeira, demonstra estar chateado.
— Oxe, nem você se lembrava. — Rio. — Como não foi importante se até gravei uma frase sua?
— Que coincidência, hein? — ironiza Bianca, olhando-nos, desconfiada. — Vocês foram aluna e professor e mal se lembram? Bem curioso isso.
— Curioso por quê, Bianca? Eu sou péssimo com essa coisa de memória fotográfica — diz Adam.
— Ainda assim, é estranho demais! Você se lembra se ao menos ele era *bom* professor? Era o queridinho das alunas? — frisa o "bom".

Estou entendendo, Bianca. Porém, não vou cair nessa, não.
— Não me lembro disso, não, Bianca. — Finjo.
— Eu queria saber mais sobre isso — insiste, instalando um clima desconcertante. — Em que ano foi?
— Que tal a gente voltar ao trabalho? — corta Adam, impaciente. — Já deu, né, Bia? Vamos prosseguir. Nossa agenda está apertada.
Ele sorri para mim e depois se volta para suas anotações.
Eles que são doidos que se entendam. Pelo menos, não temos mais segredos. Quer dizer, mais ou menos. Ninguém precisa saber que eu era arriada por ele. Principalmente, a *primeira-dama*. Quero essa energia pra cima de mim, não.
Como minha amiga Madalena costuma dizer: *the squeaky wheel gets the grease*[3]. Ou seja, se alguém não pede uma coisa, ela não recebe.
Esse reencontro mexeu comigo, não vou negar. No entanto, não sei se tem a ver com o que senti por ele no passado ou com isso que está acontecendo agora. Ou mais, se é porque não sou mais uma menina e ambos os Adam, do presente e do passado, me são proibidos. Um era meu professor e eu uma adolescente, o outro é meu diretor e eu apresentadora do seu grande projeto, além de talvez ser comprometido com uma mulher aparentemente possessiva.

Já chega, Tamôra! Melhor é cuidar da vida e administrar essa novidade de programa ao vivo.

Que nervoso! Ai, meu pai, o que mais falta acontecer? Melhor eu esquecer essa pergunta, porque sempre vem acompanhada de uma tragédia.

---

[3] Inglês: A roda que range pega a graxa

CAPÍTULO 10

Tivemos hoje uma espécie de ensaio geral. Os participantes já entraram na casa. Nós conhecemos todos sem que eles nos vissem. Nós nos observamos por meio de uma ilha de gravação. Curioso acompanhar esse tipo de programa de perto. É tanta coisa envolvida. Pensamos que é emocionante apenas para quem está participando como concorrente. Mas para quem está por trás das câmeras, o momento também é de emoção e tensão.

Amanhã é o grande dia. Estou uma pilha de nervos. Na verdade, quase todo mundo está, exceto Bruno. Parece até que sempre fez isso. Tem horas que invejo essa calma dele. Será que ele está fingindo? Se está, faz isso muito bem.

Adam e Bianca estão ansiosos também. Até entendo agora o porquê de tanto mistério, a versão brasileira está bem diferente da americana, porém eles querem fugir o máximo possível das comparações. E qualquer vazamento perde o sentido e é preciso estabelecer o mínimo de confiança com a equipe. Aos poucos, sinto essa cumplicidade chegando.

Adam, o diretor, definitivamente é outra pessoa. Ao contrário de muitos diretores que preferem o anonimato, descobri que ele é superativo nas redes sociais, interage com os seguidores, instiga a curiosidade, é quase outro participante. Não à toa também é um tipo de celebridade nos Estados Unidos.

Como assim eu nunca soube disso antes? Se bem que, embora eu seja ligada em redes sociais, até pela minha profissão, nunca fui ligada nessas coisas de vida celebridades, nem mesmo as internacionais, com exceção das coisas que envolvem o universo cinematográfico e literário, já que adoro assistir filmes e ler livros. Mas, são tantos realities espalhados pelo mundo, né? Os *streamings* estão lotados.

Madalena, a fofoqueira das fofoqueiras, nunca ter sabido que aquele deus da perdição era atualmente um dos mais renomados diretores da nova geração em Los Angeles é, sim, um absurdo. Ele não chega nem perto daquele cara que conheci há dez anos. Esse de agora é mais passional e oscila o humor entre brincalhão e ranzinza. Ele é muitos Adams em um. Nunca sei qual será o do dia. Ou melhor, o do momento. No entanto, isso é enquanto está trabalhando. Quando a gente termina o dia, ele é extremamente educado e, por vezes, afetuoso, embora se mantenha distante. Pelo menos, de mim. E piorou muito depois que descobriu que foi meu professor. Eu tinha certeza que saber disso não seria bom.

Ele, muitas vezes, me sufoca e nem é preciso falar nada. Só de estar perto, sinto-me tensa. Por isso mesmo, assim que fui liberada, corri para o banheiro. Acho incomum a minha relação com os banheiros. Minha mãe diz que quando eu era criança, ficava horas. Todo mundo me procurando e eu deitada no chão, lendo revistas ou só olhando para o teto. Eu me acalmo assim, elegi esse aqui o meu. Nos dias de gravações, terei meu camarim, mas, por ora, estamos ocupando a parte que eles chamam de Casa de Produção.

O lugar é muito chique! Na verdade, são muitas casas dentro da Mansão escolhida para ser o *reality*. E essa onde estou foi a escolhida para ser o QG da produção. E aqui dentro tem uns quatro banheiros, esse aqui é todo dourado, com moldura também dourada nos espelhos, tipo aquelas dos castelos dos filmes. Bem brega, por sinal. Mas eu adoro. Quem construiu esse aqui certamente pensou em um cenário. Muito exagerado, inclusive, porém aqui me sinto em paz, longe do burburinho pós dia de trabalho.

Vim para passar o tempo enquanto espero minha mãe, que inventou a desculpa esfarrapada de que teria uma reunião em Salvador hoje e que, por isso, poderia me trazer e me levar para casa. Ela pensa que eu sou boba. Na verdade, ela estava curiosa para saber mais sobre o meu trabalho.

Em pé, e depois de ficar lendo notícias pela internet, acabo de mandar uma mensagem para Madalena. Mais uma vez, ela está sumida. Cinco minutos depois, ela me responde.

Madá: *E aí, Tam? Já posso mudar meu status nas redes para amiga da OPRAH BRASILEIRA?*

Abro um sorriso. Que saudade que estava dela. Incrível como uma pessoa que nem é do mesmo sangue tem tanto a ver com a gente. Não me refiro ao fato de termos o mesmo tom escuro de pele, quase do tom da noite, tampouco da personalidade, completamente diferente. Falo da energia mesmo. A gente se completa.

Tamôra: Por onde você anda, sumida?
Madá: *Chile!*

Noto que está escrevendo mais alguma coisa e resolvo esperar. Ela demora um tempo. Percebo que digita e apaga. Ai, meu pai... Coisa boa não é.

Tamôra: O que é, Madá? Vai ficar escrevendo e apagando até quando? Está sem coragem?

Madá: *E o diretor?*

Larga sem cerimônia. Não foi o que pedi?

Sento-me numa das poltronas grandes em frente a uma das cabines e penso numa forma de fugir desse assunto. Não é um terreno seguro, não pretendo me revelar. Não agora que nem eu sei o que está acontecendo comigo. Madalena sempre teve ciência da minha paixão pelo Adam, embora eu não me abrisse sobre isso naquela época. Era o meu pequeno segredo, mas é claro que, como amiga próxima, ela percebia e, algumas vezes, me enchia com isso.

Madá: *O professor Adam, Tamôra.*

Demoro a responder.

Madá: *Tam? Ainda está aí?*
Tamôra: Ele está bem. Vamos estrear amanhã.

Fujo de propósito.

Madá: *Você já foi mais esperta ou quer me fazer de boba? Se eu estivesse olhando pra sua cara, saberia qual das duas opções, mas por mensagem só se você cooperar.*
Tamôra: Eu realmente não entendi, Madá.
Madá: *Você está apaixonada por ele de novo, não é, Tam?*
Tamôra: De novo? Que história é essa, Madá? Está doida? Além do mais, o cara é comprometido.
Madá: *E...?*
Tamôra: Como assim "E?", dona Maria Madalena?! COMPROMETIDO quer dizer INDISPONÍVEL.
Madá: *Então você admite a paixonite, né?*
Tamôra: Ele é meu chefe e agora que descobriu que foi meu professor, me acha uma criança.

Desisto de seguir fingindo que ela já não sabe.

Madá: *Você não é mais criança e sabe disso.*
Tamôra: E daí?

Madá: *E daí que agora a história é outra. Eu vou investigar mais sobre ele. A gente precisa fazer uma chamada de vídeo qualquer dia desses. Pena que agora na sala VIP tem muita gente olhando, senão você ia ver uma coisinha.*

Tamôra: Você está pensando bobagem.

Madá: *O meu termômetro de paixonite nunca apitou errado.*

Tamôra: Ele já apitou para você e Horácio por acaso?

Sou pirracenta, eu sei. E agora que descobri esse segredinho deles, vou usar sempre. Não resisto.

Madá: *Não mude de assunto, não.*

Dou risada, porque é bem típico de Madalena querer saber sobre mim, mas se esquivar quando o assunto é sobre ela. Porém não posso falar muito dela, não é? Afinal, estou fazendo o mesmo.

Tomo um susto quando Bianca abre a porta do banheiro acompanhada de minha mãe e me olha como se quisesse me desvendar. Mando uma mensagem me despedindo de Madalena e volto a minha atenção para a cena na minha frente. Minha mãe e Bianca como se fossem amigas de infância!

— Olha quem eu encontrei perdida por aí!

— Mãe, como a senhora conseguiu entrar? Pensei que me ligaria pedindo para eu sair.

— Usei meu charme. — Ela pisca para Bianca, depois se aproxima e me dá um beijo no rosto. — Mas vamos embora que o trânsito daqui a pouco estará uma loucura! Bianca disse que vocês já acabaram e que você está dispensada.

— Estou, sim. Estava só papeando com Madá.

— Quem é Madá? — Bianca olha meu celular com interesse.

— Minha melhor amiga.

— Como você se sente para a estreia, Tamôra? — O tom é aquele de quem avalia o terreno. — Nunca tivemos a oportunidade de conversar.

— Estou muito bem.

— Quero que saiba que minha função também é deixar vocês à vontade, apesar de muitas vezes parecer que não. Você entende, não é? Muitas demandas em pouco tempo. Sem falar que ser a *mulher* do diretor e ter de trabalhar com ele complica mais.

— Imagino. Obrigada pela disponibilidade!

Lá vem Bianca com a demarcação de terreno. Não entendo essa coisa comigo, será que ela desconfia de algo? Nunca deixei parecer nada. Até porque nem eu sei o que é.

— Vamos embora, mãe?

— Até amanhã, Tamôra! Descansa, ok? — Ela me dá dois beijinhos no rosto, depois faz o mesmo com minha mãe. — Foi um prazer!

Bianca definitivamente me intriga e ela sabe. Nunca escondi ter receio de sua aproximação. Pela forma que ela me olha, que me aborda, que me cerca, numa tentativa nítida de me intimidar, não consigo lhe dar abertura. Sempre é gentil, mas com um tom de desconfiança, que fica mais visível por conta do seu sotaque carregado. Não sei se a curiosidade excessiva é por causa de seu trabalho, afinal ela é a codiretora, ou se é algo relacionado ao Adam. Acho bem cafona essa coisa de rivalidade feminina, essa pilha que o machismo deu para a gente engolir. Será?

Não vejo isso dela com Bruno. No entanto, ele é mais descomplicado e mais simpático do que eu, talvez por ser mais aberto. Eu sou mais reservada e observadora. Percebi que, em pouco tempo, ele descobre tudo sobre as pessoas e usa ao seu favor. Admiro muito isso nele, entretanto não sou capaz de ser assim nem quero.

Pego minhas coisas, encaminho-me para a porta e passo entre as duas. Se o termômetro de paixonite de Madalena nunca falha, o que pode ser verdade, o meu de mulheres inseguras e desesperadas está fortemente detectando coisas em Bianca, o que é um problemão. Não sei se estou encantada por ter reencontrado Adam ou se estou me apaixonando novamente.

Meu pai do céu, se for a segunda opção, me salve! Quanto mais me mantiver distante, melhor para minha carreira e para o meu coraçãozinho inexperiente.

CAPÍTULO 11

Hoje é o grande dia. É a estreia do *I AM*. Estou um misto de ansiedade, alegria e nervosismo. Não via a hora de esse dia chegar, ao mesmo tempo, temo por ser ao vivo e não poder consertar se algo sair do meu controle e der errado. Tive que tomar praticamente uma jarra de suco de maracujá para conseguir dormir.

Minha mãe quis me trazer até aqui, mas eu não permiti. Preferi que ela ficasse em casa, assistindo com meu pai e meu irmão. Agora estou no meu camarim. Bianca e Adam acabaram de sair e me desejaram *boa sorte*, vou precisar mesmo. Mal consigo me levantar, porque minhas pernas tremem. Felizmente, eles não notaram ou fingiram que não. Estou ainda decidindo se bebo ou não uma dose de cachaça que Bruno me deu escondido para que eu pudesse relaxar. No início, até achei que não poderia ser uma boa ter de dividir o palco com alguém, mas agora não me vejo sem ele.

Jane me chama para ir para a parte da casa onde funciona o estúdio de gravação. Teremos uma plateia de cinquenta pessoas, que foi devidamente colocada em seu lugar. Já está tudo pronto. Passei a noite toda estudando muito o texto, especulando todas as possibilidades de imprevistos. Estou pronta. Já conheço a dinâmica e os doze candidatos, todos aspirantes a *digital influencers*, o suficiente. Se eu estou nervosa, como eles devem estar?

Ninguém será eliminado hoje, mas com certeza os favoritos já serão escolhidos.

Eles passaram a semana numa prova de fogo. Tiveram que criar uma estratégia de apresentar cada um o seu nicho sem que ninguém adivinhasse qual produto era de quem. Os jurados e o público vão escolher a melhor apresentação. E o ganhador ou ganhadora dessa prova, além de passar com louvor para a próxima etapa, ganhará um carro, que é o presente do nosso patrocinador. Hoje também será o dia que eles conhecerão pessoalmente Bruno e eu. Até agora, só tiveram acesso à Kaimana, nossa robô-havaiana de inteligência artificial, que nada mais é do que uma televisão que os acorda e dita tudo que eles precisarão fazer durante o dia.

— Boa noite, minha gente! Eu sou Tamôra Diniz, esse aqui é Bruno Penteado. Bem-vindos, bem-vindas e bem-vindes ao *I AM*, o *reality* no qual empreender é o maior desafio. Aqui ninguém precisa mostrar nada, você precisa ser tudo. O melhor será aquele que provar o que é, sem tentar mostrar que é.

Ufa, a primeira parte do texto já foi. Estou feliz por ter conseguido começar sem tropeçar, sem gaguejar, sem mostrar nervosismo. Olho para Bruno, que pisca para mim em sinal positivo.

— Oi, pessoal! Serão três meses de muita provação. Fácil não será. No entanto, quem disse que viver é fácil, não é? Os candidatos tiveram uma semana repleta de tarefas exaustivas. Cada um tem um nicho que pode ser de livro a um game... dentre outras coisas e, segundo eles, será a melhor coisa que conheceremos nos próximos meses. Mas nesta etapa, eles precisarão criar uma forma de apresentar seu produto sem que ninguém saiba qual produto é de quem. Será que eles vão conseguir? Quais são suas apostas? O que você acha, Tamôra?

Bruno é muito tranquilo, fala tudo com tanta naturalidade. A sensação que eu tenho é que ele está em casa, conversando com os amigos. E essa paz ele também passa para mim. Ele não mentiu ao dizer, quando nos conhecemos, que seríamos uma ótima dupla. Diferente de Adam, que me deixa nervosa só com o olhar. Mas eu bem sei que minha falta de ar diante de sua presença não tem a ver só com o trabalho.

Os meus pensamentos com ele não são nada profissionais, inclusive.

— Que eles estão bem-preparados! — Sigo o script.

— Ah, é? Então que tal conhecermos nossos participantes?

Imagens deles aparecem na TV. Há uma gritaria no estúdio. A edição ficou muito boa. É tão curioso que, mesmo eu não sendo a dona do programa, fico na torcida para que tudo seja perfeito.

Acabamos nos afeiçoando, afinal somos um time, não é?

Jane traz água para mim e para Bruno, a maquiadora retoca a nossa maquiagem e somos avisados da volta. É a minha vez.

— Quem será o nosso grande "empreendedor"? Para quem irá a sua torcida? Eles vão ter muito tempo para nos conquistar. Mas, engana-se quem pensa que o *I AM* é só trabalho. Eles também tiveram a chance de se conhecer melhor, saber de onde são, com direito a festa, comida, bebida e muita interação. Notamos que rolou até paquera. Você viu, Bruno? Que tal a gente dar uma olhadinha?

Imagens aparecem na TV. Respiro aliviada por ter feito até agora tudo bem, olho para Adam, que repetindo o gesto de companheiro de palco, também pisca para mim, satisfeito. Ele está feliz e isso me deixa contente também. Tenho ciência de que esse programa é tudo para ele. Bruno aperta minha mão e fala ao meu ouvido que estamos indo bem e agora será o momento de apresentarmos nosso diretor. Sorrio para ele e, ao olhar para Adam novamente, noto seu cenho franzido e uma expressão não tão amistosa quanto antes. Ele tira o olhar da gente, fala algo no ouvido de

Bianca e isso me distrai. Porém, preciso voltar a me concentrar. Inclusive, porque serei eu a anunciar a sua entrada.
— E agora, sem mais delongas, vamos ao que interessa... "A primeira prova!"
Enquanto Bruno fala, eu fico remoendo, tentando entender o que aconteceu para Adam mudar tão rápido de humor. Eu fiz algo errado? Eu me lembro de quando ele descobriu que a gente o chamava de Adão e tentou saber de quem foi a ideia. Adão por ser próximo do seu nome e por ele ser uma perversão de homem. Ele nunca descobriu que fui eu.
Sinto um aperto na mão, é Bruno avisando que é minha vez de falar.
Tomo um susto e digo sem pensar direito:
— E com vocês, o nosso diretor, Adão Mo... É...
Quando percebo que falei seu apelido secreto em vez de seu nome, fico nervosa e me esqueço do restante. Bate um desespero. Na minha cabeça, o tempo para e olho para Bruno em pânico. Ele aperta mais uma vez minha mão e sorri.
— O nosso diretor, embora americano, é tão brasileiro que a gente já o chama de Adão, não é, Tamôra? Talvez por também nos trazer uma dose de pecado? — Bruno brinca, piscando para mim e arrancando risada de algumas pessoas.
— Adam, nos desculpe, mas isso vai pegar. Aqui no *I AM* BRASILEIRO você é o nosso Adão. — Eu entro na brincadeira. Se isso faz sentido ou não o que dizemos, eu não sei. É o que temos e as pessoas parecem gostar. — Com vocês, o responsável por tudo isso e que vai nos falar qual será o prêmio para o grande vencedor, Adam Moreland.
Adam entra, sorri um pouco sem graça, mas logo se recompõe. Explica que o prêmio, além de quinhentos mil reais, é um curso de seis meses em Los Angeles com Matthew Smith, o melhor consultor de marcas do mundo, com tudo pago e um investimento de cem mil reais no influencer ganhador. A plateia grita eufórica e já começamos a perceber algumas torcidas.
Eu termino a apresentação no automático. A alegria e euforia do início foram embora. Só me lembro do que aconteceu no passado e fico me perguntando se esse não é um problema que tenho de precisa ser solucionado com profissionais.
Será que Adam vai me tirar, como a outra diretora, que mal me informou? Ela apenas colocou a outra pessoa, mandou-me um e-mail agradecendo a minha participação e disse que o valor referente ao trabalho que realizei já estava em minha conta. Assim mesmo, sem grandes explicações. Dias depois, quando fui ao evento e vi outra pessoa no meu lugar, doeu. Chorei vários dias e prometi que daria a volta por cima.
Que volta por cima foi essa hoje, Tamôra?
Quando tenho a chance de provar meu valor, dou essa mancada? E justamente ao errar o nome do diretor? Isso só pode ser praga dela.
Assim que sou liberada, pondero se devo procurá-lo ou não.
Bruno me abraça, eufórico, recebemos parabéns da equipe, mas não consigo me animar. Lágrimas descem pelo meu rosto. Eu me lembro do

acordo com meu pai e me recordo também de quando uma atriz que apresentava, com um jornalista, a primeira edição de um *reality* de sucesso foi eliminada logo no primeiro mês, deixando só ele à frente do programa.

Será que a história vai se repetir? Meus olhos procuram Adam, o encontro conversando com Bianca e Jane. Será que é sobre meu desastre?

Eu poderia ir até ele e pedir desculpas. Mas, de verdade, de que adiantaria? O que as desculpas mudariam a história? Eu falhei...

Chego ao meu camarim aos prantos. Solto tudo que estava preso há dias, um misto de alívio por ter passado da primeira etapa e apreensão pelo erro e pelo que virá. Só penso na oportunidade que talvez tenha perdido. Imagino meu pai a essa hora, lá em casa, com a certeza de que não estava errado quando disse para eu esquecer "essa coisa de ser jornalista".

Entro no banheiro e tomo um banho. Depois coloco o mesmo vestido solto que estava usando quando cheguei, uma sandália rasteira e, quando saio, encontro Bruno me esperando.

— Tamôra, parabéns! Você foi ótima! — Bruno nota minha cara de choro. — Não pode ficar assim por causa de um esquecimento.

— Não foi um esquecimento qualquer. Eu esqueci *só* o nome do diretor.

Ele ri.

— Você ri? — Rio de nervoso também.

— De onde você tirou esse Adão, hein? Se bem que Adam e Adão poderia ser nome de dupla sertaneja, não é? — Gargalha.

— Você está mesmo querendo me consolar?

— Estou querendo que você entenda que isso pode acontecer com qualquer um e você se saiu super bem.

— E se Adam me tirar do programa?

— Por causa dessa bobagem? Esquece.

— Já aconteceu, Bruno. Apresentei um evento numa praia, errei muito na apresentação e a diretora do evento me substituiu sem me dar uma segunda chance.

— Se ela fez isso, é um problema dela. Qualquer um pode cometer deslize. Hoje foi você, outro dia pode ser eu.

— Você foi perfeito.

— Você também.

— Para com isso, Bruno. — Eu sei que ele está mentindo só para me animar e agradeço essa parceria. — Ele te parabenizou?

— Adam? — Bruno me olha como quem quisesse desvendar algo.

Faço sinal afirmativo com a cabeça.

— Qual é o seu lance com Adam, Tamôra?

— Nenhum. — Eu e minha boca. Daqui a pouco, Bruno começa a pensar besteira. — Por quê?

— Sua preocupação é mais com ele e com o que ele pensa do que com esse erro bobo em si, não é? E ele morre de ciúmes de você comigo.

— Que loucura é essa, Bruno?
— Estou perdendo alguma coisa aqui? — Adam pergunta ao mesmo tempo em que dá duas batidas à porta, que já estava aberta.
Seu tom é de irritação. Será que ele ouviu o comentário do Bruno?
— Se for alguma coisa sobre o programa, eu ainda sou o diretor, hein?
— Bom você chegar mesmo, Adam. — Bruno se afasta de mim. — Tamôra está preocupada.
— Com o quê? — Adam me encara de forma especulativa.
Bruno olha para mim como se pedisse permissão para contar. Eu dou de ombros, sinalizando que pouco me importo, mesmo não sendo verdade. Já que tenho de passar por isso, que seja logo.
— Por ter errado seu nome. — Ele morde um pouco os lábios tentando esconder o riso. — Adam e Adão, realmente são nomes muito parecidos. Eu estou aqui falando que essas coisas podem acontecer e que você não é esse bicho papão que ela imagina.
— Você me acha um bicho papão? — Ri sem humor. — Eu era mesmo terrível como professor. Saudades dessa época, Tamôra?
— Eu não me lembro muito do professor Adam — minto. — Só fiquei chateada por ter errado justamente o seu nome e tive medo de que isso fosse um problema para o programa e consequentemente para mim.
Adam me observa e se desarma um pouco, aproximando-se mais.
— Você se saiu muito bem. Fica tranquila!
— Eu não disse, Tamôra? — Bruno acaricia meu ombro como se estivesse tentando me acalmar. — Você foi perfeita e...
— Perfeita não foi, não é? — ironiza Adam, cortando Bruno. — Embora você tenha se saído muito bem, o que aconteceu ali foi falta de atenção e concentração. Para uma estreia é ok.
— Erros acontecem, Adam. — Bruno continua me defendendo.
— Vocês estão tendo alguma coisa? — Adam pergunta do nada, olhando de um para outro.
— Nossa, organizaram uma festinha e não me convidaram? — Bianca entra no camarim e todos ficam em silêncio. — Perdi algo?
De novo essa pergunta?
— Vim parabenizar os nossos apresentadores — Adam se adianta, indo em direção à Bianca. — Foi um bom programa.
— Me desculpa os contratempos — falo, constrangida.
— Adam ou Adão? — brinca, sorrindo, quebrando o clima tenso. — Não tem do que pedir desculpas, Tamôra.
— Vamos comemorar, não é? — Bruno fala, na tentativa de suavizar mais o clima.
Eu não entendo essa oscilação de humor de Adam. Será que meu colega de palco tem razão e ele sente ciúmes? Mas de quê? Não pode ser. Eu não deveria chamá-lo para conversar em particular e tentar elucidar as coisas?
— Hoje, não — Adam diz, saindo. — Tenho um compromisso. Mas com certeza, vamos comemorar.
— Vai visitar seu pai? — Bianca questiona.

Fica um silêncio no camarim e eu me sinto mal por Bruno e eu estarmos presentes numa conversa que não nos pertence.
— Sim.
— Então, eu vou também.
— É melhor não, Bianca. Você nunca gostou de clima de hospital.
— Tudo pode mudar. Ainda mais que é para visitar meu sogro.
— Nós já conversamos sobre isso, Bia... — Adam começa.
Ela coloca as mãos nas costas dele e tenta guiá-lo para fora do camarim. Ele bufa de modo audível e demonstra resignação.
— Obrigado por hoje! — Ele sorri para nós dois, mas o sorriso não chega aos olhos verdes, que me olham de modo penetrante. — Relaxa, Tam. Vocês foram maravilhosos! Bola *pra* frente. — Coisa mais linda ele falando isso com esse sotaque irresistível. — E esquece essa coisa de eu ter dito que você não foi perfeita. Se tem alguém aqui que se manteve firme, foi você. Aliás, vocês. Bom trabalho!
— Tchau, crianças! — Bianca coloca suas mãos nas dele e o puxa para fora. — Parabéns por hoje.
Adam hesita por alguns segundos, acena para nós e sai com Bianca.
Crianças? Olho para os dois indo embora e me sinto incomodada. Sei que não deveria, ele é comprometido. Contudo, não gosto. Há anos não sabia dele. E preferia continuar sem saber. Ainda mais que nunca sei como o humor dele estará. Droga!
Sabe de uma? Ele não é meu amigo, nem meu namorado, é só meu diretor. Não tenho de me preocupar com o que ele pensa de mim, nem em tentar agradá-lo. Chega de me preocupar com o que as pessoas pensam sobre mim. Errei, sim. Vou tentar não repetir. E, se repetir, vou tentar de novo. Preciso fazer meu trabalho bem.
A gente já conversou tudo que tinha para conversar. Eu acho que ele já me disse o que tinha de dizer. E, pelo visto, para minha felicidade, não serei dispensada. Então, como o próprio slogan do programa diz: *"eu não tenho de mostrar nada, eu tenho de ser"*. Vamos aos próximos. De preferência, longe de encrenca.
E que encrenca! Que homem gostoso, meu pai! Quanto mais eu puder ficar afastada dessa perdição e tudo que ele me provoca, melhor.
— Tamôra, que tal a gente terminar aquela cachachinha que eu trouxe?
— Não tive coragem de beber antes, mas agora eu quero e preciso. — Eu me animo.
— Agora, sim. Vamos lá buscar no meu camarim e sair por aí pra beber. O que acha?
— Por favor!
Termino de me arrumar, ligo para minha casa, converso com meus pais, e saio com Bruno e Jane para comemorar. Algumas doses de álcool é tudo que eu preciso. Pelo menos, no momento.

CAPÍTULO 12

Uma das vantagens de se ter uma amiga comissária de bordo como Madalena é que a nossa vida nunca entra em rotina, já que a cada ligação é uma história nova. Ela fala que quer parar, construir uma família, mas não a vejo fazendo isso. Capaz de eu, que nem comecei, parar antes dela.

Hoje ela está ligando de Dubai. Há poucos dias estava na Argentina, aqui perto, e hoje já está longe, numa cultura completamente diferente. As escalas dela estão loucas porque, além de ter a moral de ser a melhor e, por isso, receber alguns benefícios, algumas colegas saíram de férias.

— Você não tem mais nada pra me dizer, Tamôra?

Acabo de chegar em casa de minha corrida matinal na praia. Hoje peguei mais leve, só corri mesmo para aliviar a tensão dos últimos dias. Horácio foi comigo, mas a essa altura já deve estar no trabalho. Tomei banho, botei uma roupa leve, de ficar dentro de casa mesmo, e resolvi tomar meu café da manhã na varanda do meu quarto.

— Não tenho nada para falar, Madá.

— Não vai me falar sobre Adam? Sobre seus sentimentos? — Vai ao ponto.

— O que teria que falar sobre ele?

Quase engasgo com o pedaço de melão. Madalena, quando começa com essa conversa, lá vem engasgos e mais engasgos.

— O óbvio. Que você ainda arrasta um bonde por ele.

Ela me conhece, não há como negar. Desde o nosso último encontro no camarim, não paro de pensar sobre isso.

Estou apaixonada novamente por Adam!

Ou nunca deixei de estar, só estava adormecido. E não posso. De novo, não. Antes porque eu era muito nova e ele era meu professor, agora porque ele tem essa história com Bianca e é meu diretor. Estou fadada a viver relações platônicas e com o mesmo homem.

Rio de mim mesma.

Seria cômico se não fosse trágico.

— Não fala bobagem, Madá.

— É por isso que você está tão nervosa?

— Eu não estou nervosa!
Depois de algum tempo em silêncio, levanto-me da cadeira e caminho em direção à varanda para olhar o mar. Já perdi a fome.
— *Tam, até quando você vai fugir?* — Percebo que ela também está no limite da paciência comigo. — *Até quando vai viver esses amores de migalhas? Primeiro aquele relacionamento chuchu com Lucas, depois esse platônico, que você nem quer admitir? Viva isso, amiga! Mesmo que quebre a cara depois. Pare de esconder. Pare de "se" esconder.*
— Mas não tenho nada para esconder — minto.
Ela tem razão, mas tenho medo de falar até com meu espelho. E se eu falar com ela, vou me arrepender. Madalena não é do tipo de ficar quieta. Ela é capaz de tomar uma atitude por mim e botar tudo a perder.
— Madá, você não é nenhum bom exemplo.
— *Não faça isso, Tamôra. Mudar o assunto não vai resolver.*
— *Você nem admite que é arriada pelo meu irmão.*
— Porque eu não sou.
— Tá bom!
Não sou só eu a que guarda segredos aqui. Então não tem porque me sentir mal.
Desde a estreia do programa, há dois dias, não vejo Adam. Até tive notícias, porque Jane me ligou para conversarmos sobre os próximos programas, porém não soube nada demais. Só algumas orientações sobre o *reality* mesmo. Até agora não entendi aquela reação irritada dele no camarim e a pergunta sobre minha relação com meu colega de palco.
Será que Bruno tem razão e é ciúmes?
— *Tam, você ainda está aí?*
— Estou.
— *E Bruno?*
— O que tem Bruno?
— *Rola alguma coisa ou é só cisma de Adam?*
— Bruno é meu amigo.
— *Então, por que Adam perguntou se vocês são namorados?*
— Boa pergunta.
— *Isso me parece ciúmes.*
— Ah, vá! Você também com essa história, Madá?
— *Por que eu também? Quem mais acha isso?*
— Deixa de criar histórias, Madá!
— *Quem mais, Tamôra? O que você está me escondendo?*
— Bruno também veio com esse papo.
— *Eu sabia que não estava louca. Essa alma quer reza, amiga.*
Gargalho. Só Madalena para me fazer rir com essa possibilidade.
— *E Bianca?*
— O que tem Bianca, Madalena?
— *Não percebeu o clima entre vocês dois?*

— Que clima, meu pai eterno? Não faça com que eu me arrependa de ter te contado o que aconteceu no camarim. Não foi nada demais. Adam, *o diretor*, perdoou o erro, mas deixou nítido que não gostou. Fim.

— *E perguntou se você e Bruno estão namorando também. De profissional, isso não tem nada. Além disso, o seu colega de cena acha o mesmo.*

— E se essa reação é por não ser permitido romance entre colegas? Talvez ele não ache uma boa para o programa.

— *Se nunca falaram sobre isso, não tem a ver. Eu, se fosse você, investiria nele.*

— No Bruno? — Eu me surpreendo.

— *No Adam, Tamôra! Para de se fazer de tonta.*

— O cara é "casado", Madá. Ca-sa-do.

— *Ele nunca disse que era.*

— Bianca disse.

— *E ele negou.*

— Isso é bem típico em alguns homens, não acha?

— *Isso não faz sentido. Típico é eles esconderem da mulher e da amante. Não negar na frente das duas.*

— Eu não sou amante dele, Madá. — Eu me irrito.

— *Claro que não é.*

— Ai, na boa, estou arrependida de ter te contado essa história.

— *Porque você não gosta de ouvir a verdade, essa é a real. Por que não investe nesse gostosão, Tamôra? Imagine que casal lindo vocês formariam!*

— Mesmo se, por acaso, eles não sejam casados, algum compromisso eles têm, Madalena.

— *Então, você admite?* — Ri, como se tivesse me pegado no flagra.

— Admito o quê? O que quis dizer é que, mesmo que eu fosse apaixonada por ele, não poderia fazer nada. Não viaja.

— *Onde está aquela minha amiga destemida?*

— Maria Madalena, eu acho que você já falou demais. Está parecendo disco arranhado.

— *E você falou de menos. É lógico que esse relacionamento dele não vai bem. Eu acho até que não é nada,*

— Virou vidente agora?

— *Se eles estivessem mesmo juntos, ele não demonstraria ciúmes de forma tão escancarada.*

— Que ciúmes, Madá? Chega disso.

Ai, essa conversa me deixou mais confusa. Será que ela está certa? Isso não é possível. E mesmo que Adam não tenha compromisso, ele está ali para dirigir o programa e não para se relacionar com a apresentadora, que é sua ex-aluna. E o pior: com Bianca, sua ex-alguma coisa, por perto. Essa minha amiga vai me deixar louca com essas suposições.

— Ele só é rigoroso. Até agora não vi nada pra justificar seu pensamento. Ele é só um chato intrometido.

— *Um chato lindo!* — acrescenta.

Nós duas rimos.

Volto-me os meus pensamentos para Adam. Ele é mesmo lindo e charmoso. Eu até queria contar para minha amiga o tanto que aqueles olhos verdes topázio intensos povoam as minhas lembranças. E o jeito que ele me olha, na tentativa de me desvendar, faz-me acreditar que talvez tenha, sim, alguma coisa ali. Eu não sei o que é. E talvez não seja seguro saber. Sem falar no sorriso safado que acompanha aquela boca carnuda atraente.

Eu que lute, porque é real. Eu estou lascada. Sempre achei cafona essa história de sentir borboletas no estômago, no entanto é exatamente o que sinto quando chego perto dele. E aquelas mãos, meu pai? Imagino aquelas mãos grandes em cima de mim e já fico nervosa.

Como posso falar o que sinto para Madalena? Por outro lado, ela é minha melhor amiga. Se eu não me abrir com ela, vou me abrir com quem?

— *Na boa, Tam. Se eu estivesse aí, iria com você num dia de gravação, trancaria vocês dois no camarim, levaria Bianca para um passeio e só voltaria quando vocês marcassem a data do casamento. É com você que ele tem de ficar.*

Está vendo? É por isso que eu não conto. Eu sei que ela está brincando, mas a conhecendo, tenho certeza de que seria capaz de fazer algo parecido com isso.

De jeito nenhum. Não posso me abrir com Madalena. Não agora.

— *Ainda está aí, Tam? Pensando no boy, né?*

— Estou, mas já vou, tá? Cansei da senhorita. Vou te deixar de castigo até você mudar o disco — brinco, voltando para a mesa e enchendo um copo de água. — Só te ligo daqui a um mês.

— *Você não é nem doida. Vai aguentar ficar sem saber sobre meu cantor?*

— Prefiro falar sobre um certo Horácio. — Ela fica muda. — Madalena?

— *Quem vai te botar de castigo agora sou eu.*

Nós duas rimos e prosseguimos sem tocar mais nos assuntos proibidos. Pelo menos, não mais nesse momento, o que já é muito.

CAPÍTULO 13

Passei a semana toda olhando nos sites o que tinha saído sobre o *reality* e, para minha felicidade, a maioria dos comentários foi bom. Só estranhei a curiosidade excessiva de quase todos se Bruno e eu estamos nos relacionando. Inclusive, dei algumas entrevistas e basicamente todas me fizeram essa pergunta.

Outra parte enigmática foi não ter recebido nenhum contato ou instruções de Adam, já que ele é o diretor do programa. Por isso, fiquei desconfiada quando cheguei ao meu quarto, após passar a tarde na piscina relaxando, e encontrar uma ligação perdida, com uma mensagem dele pedindo retorno imediato.

O que será que aconteceu?

Antes que eu pensasse em retornar a chamada, vejo a tela do telefone brilhar, identificando uma nova chamada.

— *Tamôra?* — A voz dele me parece ansiosa.

— Eu. — Não preciso nem dizer que o meu coração, nesse momento, bate acelerado, não é? Como alguém pode voltar a mexer com outra pessoa em tão pouco tempo? — Aconteceu alguma coisa, Adam?

—*Desculpa.* — Noto um barulho de pessoas conversando, como se ele estivesse num bar ou restaurante. Silêncio. — *Eu fui muito estúpido com você no dia da estreia.*

— Não se preocupe com isso.

— *O diretor da emissora me ligou elogiando o programa, principalmente, vocês. Parece que formam a dupla sensação.*

Identifico um tom irônico na maneira que ele fala essa última frase ou estou louca?

— Fico feliz.

— *Você e Bruno têm se dado bem, não é?*

— E isso é bom, não?

— *Saiu também em vários sites.*

— Eu vi.

Ele me pedir desculpas depois daquele momento bizarro me dá certo alívio, mas parei de prestar atenção no que ele diz. Só consigo viajar no

seu sotaque, que é a coisa mais linda de ouvir. Imagino-o sussurrando ao meu ouvido. Sua voz pelo telefone é de molhar calcinhas.
É mais do que oficial: eu estou ficando louca.
— E você, Adam?
Eu e minha mania de mexer com o que não preciso, mas saber o que ele pensa de mim também tem se tornado quase uma obsessão. Esse medo de decepcionar, de não suprir as expectativas dele, não tem me deixado em paz.
— *Eu o quê?*
— O que achou da nossa estreia? O que achou... de mim?
— *Você foi ótima. Vocês foram. É claro, como falei, você vai precisar estar mais atenta. Foi o primeiro dia e tudo é prática. Essas coisas acontecem. Quem não comete algum deslize na estreia? A partir dessa semana, Jane vai ficar com vocês o tempo todo. Será secretária, coaching, agente... Tudo que for necessário. Inclusive, vai ajudar a passar o texto se quiserem.*
— Que bom!
Ficamos em silêncio. Não sei mais o que falar e acho que ele já deve ter falado tudo também.
— *De onde você tirou aquele Adão?* — Finalmente rompe o silêncio.
— Era assim que a gente te chamava na Escola.
— *Eu me lembro dessa história. Inclusive, fiquei curioso na época, mas nunca descobri. Algum motivo especial?*
— Adam, Adão... Por você ser grande, ora!
Não vou falar para ele que era porque ele já era gostoso desde aquela época, másculo, viril e que Madá e eu achávamos que ele combinava com esse aumentativo. Eu me lembro de quantas noites fui dormir pensando nele, quantas vezes me toquei pensando nele também.
— *Por quê?*
— Quer encontrar lógica em adolescente, Adam?
Ele gargalha.
— Eu passei a gostar de História por sua causa, sabia? E me apaixonei por *The Lion King* e todo esse babado de musicais da Broadway. Desde então, sempre sonhei em assistir.
— *Sério? E está esperando o quê?*
— A oportunidade.
Ficamos em silêncio novamente. Consigo ouvir os sons das batidas do meu coração e tento prever aonde chegaremos com essa conversa.
— *Eu era bravo, não é?* — interrompe minhas divagações.
— Era? — A pergunta sai sem que eu perceba, peço desculpas e ele volta a gargalhar.
Ouvir sua risada acaba de se tornar um de meus sons preferidos.
— *O que você achava de mim?*
— Ah, não sei.
— *Não sabe ou não quer falar?*

Querer, eu quero, Delícia. Eu só não posso. Não quando você é meu amor proibido.
Sinto um calor diferente, mesmo com o ar do meu quarto ligado no máximo.
Alguns instantes calados me fazem ter dúvidas se ele ainda está na linha.
— *Você era boa aluna, não é?* — afirma.
Só porque eu queria te impressionar.
— Quem tem de me dizer é você!
— *Tive o péssimo hábito de me lembrar mais dos que davam trabalho.*
— De alguma forma, percebo a voz dele diferente, um pouco pastosa. Talvez ele tenha bebido algo para estar assim. De repente, ele solta: — *Tito Andrônico?!*
— Quê?
— *Seu nome foi tirado da peça Tito Andrônico? Tamôra, a Bárbara, a Rainha dos Godos, a Imperatriz Romana...*
— Ah... Você conhece essa peça de Shakespeare?!
— *Conheço quase todas. Li esse texto e vi o filme com Anthony Hopkins.*
— Sério? Você é a primeira pessoa que ao ouvir meu nome, reconhece da peça.
— *Não é comum.*
— Todo mundo acha estranho.
— *Não acho. É lindo. Forte. Minha mãe é doente por Shakespeare.*
— A minha também, por isso meu nome e do meu irmão Horácio também.
— *Você é a versão Tamôra vilã ou a Tamôra mocinha?*
— Pode ser um pouquinho de cada uma? Mas que minha mãe só saiba da mocinha, embora ela já desconfie. — Rio.
— *Tamôra...* — A voz dele está mais rouca e por um fio. Tenho quase certeza de que bebeu mesmo. — *Eu sei que não é certo o que vou falar, porém tem alguma coisa em você que mexe comigo. E eu não sei o que fazer...*
— Adam... — Estou quase sem respirar.
Meu silêncio faz com que ele ria. Outra risada gostosa, sem reservas, cheia de significados. Mas quais? Só sei que ele parece muito feliz. Adam só pode estar brincando comigo.
Será que está me achando uma boba? Onde está aquele cara sisudo da semana passada?
Não sei lidar com essa mudança de humor, de comportamento... A gente nunca falou com tanta intimidade. Ele tem a capacidade de me deixar sem saber o que pensar, sem ter o que falar, nem como me portar, mesmo que esteja do outro lado da linha, bem longe de mim fisicamente. Vou ter de aprender a lidar com isso ou vou deixar muito escancarado o que sinto. E não devo.
Mesmo tendo a certeza de que estou rendida, não posso entrar nesse jogo, qualquer que seja, porque só vou me machucar. A mudança de clima

é palpável e eu realmente me sinto perdida, sem saber se falo também o que sinto ou me finjo de louca e mudo de assunto.
— Onde você aprendeu a falar português? — pergunto.
Ok, Tamôra. Eu sei que a proposta é mudar de assunto, mas precisa ser algo pessoal?
— Meu pai é baiano. — Rio, lembrando-me de ele falando as gírias da Bahia, que é uma das coisas mais lindas! — *Você acha que falo bem, Tamôra?*
— Muito bem! — Eu me apresso em dizer.
— *E você? É baiana?*
— Isso.
— *Linda!* — Definitivamente, bêbado.
— Adam... — Minha voz sai como um sussurro.
— *Além do reality, eu voltei também por causa de meu pai.* — Muda de assunto drasticamente. — *Ele sofreu um acidente.*
— Sério?! E ele está bem?
— *Agora está. Mas precisando de cuidados. Ficou com algumas sequelas.*
— Que chato. Sinto muito!
— *Sabe uma coisa que eu gostaria de fazer agora?* — Sua voz sai baixa e sensual.
— Não tenho a menor ideia.
— *Poder me teletransportar e estar aí.*
— Aqui? Pra quê?
— *Preciso mesmo dizer?*
Ai, meu pai, ele deve estar bem bêbado, não é possível. Que babado está acontecendo?
Terei de jogar minha calcinha fora hoje.
— Nossa! Quantas versões você tem?
— *Como assim?* — Sua pergunta sai em meio a mais uma de suas risadas.
— *Com quem você está falando?* — Reconheço a voz de Bianca do outro lado da linha.
— *Ninguém que você precise saber, Bia!*
Ui. Sua voz sai ácida e eu sigo confusa com o modelo de relação deles.
— *Nossos amigos estão sentindo sua falta, por isso vim chamar você.*
— *Eu já vou, Bia.*
— *Espero por você lá.*
— *Ok. Agora pode me deixar terminar aqui?*
Ouço o barulho de um beijo e sinto um gosto amargo.
Foi na boca? Será? O que esse cara quer? Brincar comigo e com Bianca?
— *Tamôra...*
— Estão te esperando.
Impossível esconder o quão chateada estou. Essa conversa já foi longe demais. Não posso esquecer que ele é comprometido ou sei lá o quê. Não serei mais um brinquedinho dele.
— *Tamôra...*

— Melhor você ir, Adam — digo, seca.

Ficamos calados por mais alguns segundos. Meu coração parece que vai sair pela boca. Ficou nítido que acontece algo entre nós e eu não sei como proceder.

— *A gente se vê amanhã.* — Sinto como se ele tivesse algo a mais para falar. — *Durma bem, Tamôra. A Bárbara!*

— Você também... Adão. Delícia!

Eu também me despeço, porém essa última fala só foi dita após a chamada já ter sido encerrada por mim.

CAPÍTULO 14

Mesmo após alguns dias de ida ao estúdio, confesso que continuo nervosa durante as gravações. A sensação é a mesma da estreia, com a diferença de que agora estou mais segura. Não ser ao vivo é algo positivo, já que, com isso, é possível refazer os possíveis erros. Venho me dedicando integralmente ao projeto. Tenho me encontrado diariamente com uma fonoaudióloga, além de ter treinado os textos com Jane, que inclusive descobri que foi a coach dos apresentadores da versão americana.

Meu camarim se tornou uma espécie de ponto de encontro da equipe. Bruno e eu passamos hoje duas horas estudando nossas falas. Adam apareceu também para nos transmitir algumas orientações. Embora gentil, seu humor era o mesmo de antes, o que comprova que a quantidade excessiva de simpatia durante o telefonema ontem foi provocada pelo consumo de bebida alcoólica. Ainda assim, o clima estava ótimo. Com direito a uma piscada rápida e escondida em um dos momentos em que passou por mim.

Depois de sermos encaminhados aos nossos lugares no estúdio, ele nos sinaliza com um "atenção". Bruno, como sempre, aperta minha mão com força e nos desejamos "boa sorte", iniciamos ao ouvirmos "gravando".

— Bem-vindos, bem-vindas e bem-vindes a mais um *I AM*! Tivemos uma semana bem animada e produtiva. Nossos participantes estavam a todo gás. Só que agora acabou a moleza, não é, Tamôra?

— É, sim, Bruno. Essa semana alguém deixará o programa. Teremos a nossa primeira eliminação. Os participantes cumpriram várias atividades nos últimos dias e agora nos mostrarão os resultados. E quem nos ajudou nessa tarefa foi Kaimana, nossa robô-havaiana. O que será que eles aprontaram? Vimos que teve até pedido de namoro, com direito a burburinho nas redes sociais. Vamos dar uma olhadinha?

Aparece o VT da semana e depois damos seguimento à gravação, que acontece sem grandes problemas.

Nesse momento, sinto-me mais segura, porque além de ter estudado muito, as respostas positivas do público me tranquilizaram. Ter Jane ao nosso lado todo o tempo no estúdio também me deixa mais à vontade. Mas sabe aquele velho ditado que diz que "tudo que é bom, dura pouco?".

Do nada, o inesperado acontece:

— *Tamôra, você disse o nome do patrocinador errado. Fique ligada no teleprompter.* — Ouço a voz vibrante de Adam através do ponto eletrônico que está no meu ouvido. — *Vamos repetir? Câmera 1, chega mais para frente e foca no rosto dela.*

Atendo suas orientações e verifico o erro em questão. Eu me aproximo de Bruno e sinalizo prontidão. Droga! Mais um vacilo.

— *Ok. Gravando.*

Começo a falar, mas, com medo de errar, não me concentro na fala e gaguejo. Recomeçamos e dessa vez, eu acerto. Bruno também erra em alguns momentos, porém, como sempre, leva com tranquilidade. A gente criou intimidade e já sabe o que fazer quando o outro erra.

— *Essa menina é muito amadora.* — Ouço o comentário ácido de Bianca ao longe. Ela fala baixo, mas o suficiente para que algumas pessoas no estúdio escutem. Felizmente, é em inglês e, com exceção da equipe principal, nem todo mundo entende. — *Nessa altura do campeonato, errar do jeito que ela erra é inacreditável. Ainda mais o nome do patrocinador. Bem coisa de brasileiro mesmo.*

— Nossa. Ela deveria guardar esse tipo de comentário, não? Além de ser péssimo por falar mal do povo do país onde ela está trabalhando e ganhando dinheiro, ainda estou em cena. Triste, viu?

Finjo falar para Bruno, que me lança um olhar constrangido, mas direciono minha voz para o microfone de lapela. Mesmo não tendo certeza se Bianca está usando o ponto, sei que Adam está me escutando.

Não ouço a voz dele, no entanto só em saber que ele está ali, ouvindo aquele tipo de comentário negativo, já me deixa mal. Mas, dessa vez, não vou me abater. Preciso me acalmar e me concentrar. Embora chateada, termino as gravações sem mais nenhum contratempo. Vou para meu camarim, tomo um banho, visto o mesmo macacão jeans que eu cheguei e decido que preciso conversar com Bianca.

Antes de eu sair à sua procura, alguém bate à porta. E é ela.

— Tudo bem por aqui, Tamôra? — pergunta, sem graça.

Curioso que amo o sotaque de Adam, mas o dela eu não consigo ouvir com simpatia.

— Você quem vai me dizer, Bianca. — Finjo estar retirando a maquiagem para não ter de encará-la.

Bianca me observa e eu espero que se manifeste. Tenho muito para falar, mas prefiro que ela, como a codiretora-sabe-tudo, comece.

— Adam me pediu que viesse falar com você.

Continuo silenciosa.

— Não devia ter feito aquele comentário naquele momento.

— Nem naquele momento, nem nunca, essa é a verdade, Bianca — falo sem paciência, sem olhá-la. — Somos uma equipe e é lógico que jamais

faria algo para prejudicar o programa. Para eu dar certo, ele também tem de dar. E falar mal do meu país é o fim também.
— Eu sei.
— Por que você não gosta de mim, Bianca?
— Quem disse que eu não gosto de você?
— Talvez se dissesse o motivo, pudéssemos resolver. E se não gosta do Brasil, por que veio pra cá então? O mundo é grande.

Eu a encaro de modo questionador, que me devolve um olhar impassível.
— Foi um comentário infeliz.

Concordo com a cabeça e continuo a fingir que estou mais preocupada com a retirada da minha maquiagem do que com aquela conversa.
— Tamôra, eu vou ser muito sincera contigo. Esse também é meu projeto e é a minha função preservá-lo. Você precisa se concentrar mais. Errar o nome do patrocinador é o fim.
— O programa é gravado.
— Tempo é dinheiro.

É difícil ouvir isso. Uma vez, quando criança, uma professora de inglês chamou a minha atenção na frente de um monte de gente por um erro bobo e eu contei chateada para minha mãe. Ela me falou que por mais que tenha sido constrangedor na hora, que dificilmente fez aquilo para meu mal e que era para eu pegar aquilo como exemplo. Aquelas palavras ficaram gravadas em minha memória por toda a minha trajetória e é nisso que vou tentar acreditar mais uma vez. Meu inglês foi ficando perfeito a partir dali.
— Eu acho que você não está sabendo separar o profissional do pessoal.
— O que quer dizer com misturar profissional e pessoal? — Volto minha atenção toda para ela. — Poderia ser mais direta?
— Posso entrar? — Adam bate à porta, que está encostada. Seu olhar para nós é especulativo. — Está tudo bem por aqui? — Repete a pergunta inicial de Bianca.

Será que combinaram ou é falta de vocabulário?
— Querido, eu fiz o que me pediu e já estamos nos entendendo. Estou falando para ela o que conversamos.
— Bianca acabou de dizer que não estou sabendo separar o lado profissional do pessoal. Que babado é esse?
— O que significa "babado"? — ele questiona em tom bem-humorado, como se não estivéssemos no meio de uma conversa tensa. — Eu sempre quis te perguntar o que isso significa, mas nunca tive oportunidade.
— Sério, Adam? O assunto é sério.
— Que assunto?

O olhar de Bianca para ele é mortal. Cada vez menos, entendo o que acontece entre esses dois, mas confesso que gosto quando vejo Adam leve como está agora.
— Não entendo esse barulho todo, Bia. Os dois erraram e, nem por isso, você foi lá falar com Bruno. Ou foi?

Ela fica em silêncio.

— E nem vá. Eu sou o diretor. — Faz sinal apontando para si. — Não há necessidade desse clima, Bia. Fica tranquila, por favor. Estamos bem.
— Temos de primar pela perfeição.
— Engraçado que eu nunca a vi preocupada assim, em Los Angeles. Pelo contrário, você quase não ia em dia de gravação. — Ele cruza os braços e a fita de forma desafiadora. — O que mudou?
— Você sabe o que mudou, Adam Moreland.
— Não vamos ter esse papo aqui, ok? Eu acho uma merda a gente instaurar esse clima de insegurança nos bastidores.
— Mas os erros dela são recorrentes.
Adam a observa, perplexo, como se não estivesse acreditando em suas palavras. Ele suspira alto e passa a mão pelo cabelo curto.
— Bia, está bom por hoje, ok? — Vários questionamentos povoam minha cabeça, porém, como ando sem filtro, opto por me manter como observadora. Vejo o olhar dele vagar de mim para Bianca, que está com uma feição contrariada. — Tamôra deve estar exausta, nós também.
— Adam. — Bianca coloca a mão em seu ombro.
— Por hoje acabamos, Bia. — Sua atenção ainda está em mim.
Quer saber? Não vou tentar entender isso. Chega de drama, Tamôra!
Engulo minha ânsia de chorar e me lembro das palavras de minha professora. Por mais que essa implicância de Bianca me doa, ela não está tão errada assim. Eu errei por falta de concentração.
— Desculpa, mais uma vez, Tamôra. Eu falei para o seu bem. — Saio dos meus pensamentos com a voz de Bianca, que já está próxima a mim. — Você não foi a escolhida à toa.
— Eu sei. Tá tudo bem. Desculpa também. Te entendo.
Não vale a pena a discussão. Entendo que Bianca não age como a minha professora de inglês, porém talvez queira só que eu melhore mesmo. O projeto também é dela e seria ridículo eu seguir com essa mania de perseguição, achando que o mundo gira em torno de mim.
— Só tenta, da próxima vez, se tiver, evitar esse tipo de comentário no estúdio.
Eu me afasto um pouco do contato dela. Apesar de precisar desse trabalho e de querer ser cada vez melhor, não vou me submeter a todas as coisas por isso. Como certa vez ouvi: "Respeito é bom e todo mundo gosta". Não é verdade?
— E outra... Se procurasse conhecer os brasileiros de verdade, não repetiria aquela fala tão preconceituosa.
— Ok. Minha falta. Não repetirei. Foi um momento de falta de noção. — Ela me olha, satisfeita, e eu dou por encerrada a discussão. Segura o ombro de Adam como sempre faz, numa espécie de demarcação de território. — Vamos, querido?
— Você ainda não me explicou o que é isso negócio de "babado", Tam — ele indaga, com um sorriso aberto, sem dar atenção ao chamado dela.

Sorrio sem graça e busco em minha memória uma forma rápida de explicar, de modo a acabar logo com esse encontro inusitado. Visualizo essa cena de fora e sorrio. Seria cômico se não fosse trágico.
Que situação, Jesus!
— Babado vem de baba, de pessoa babada...
— Esse eu sei. — Ri. — Eu quero saber do "seu babado".
Eu sorrio, admirada.
— Aqui na Bahia a gente se refere a "assunto", "história", "fofoca", são tantas coisas, tantos significados... Só depende do contexto.
— Tipo "porra"?
Gargalho.
— É, tipo isso.
Confesso que Adam ganhou mais alguns pontinhos comigo agora. Ele conseguiu desanuviar o clima de maneira incrível. E eu sinto que ele fez de propósito. Por alguns minutos, nem me lembrei de que momentos atrás estávamos em um embate difícil.
— Obrigado pela explicação! — Sorri de jeito bem safado.
— Eu que agradeço.
Fixo o olhar nele e me lembro de sua ligação e da conversa que tive com Madalena sobre ele estar interessado em mim. Será? E Bianca?
— Vamos? — É ela mesma que rompe a nossa bolha, puxando-o.
— Estamos indo todos a um bar, relaxar e comemorar, já que ainda não o fizemos desde a estreia — Noto que, de modo discreto, ele se afasta do toque de Bianca. — Vem com a gente, Tamôra?
— Não, Obrigada! Vou pra casa. Divirtam-se!
Pego minha bolsa no cabideiro e me encaminho para a porta.
Saímos juntos do camarim, apresso o passo e deixo os dois para trás. Vou em direção ao meu carro e faço o possível para sair sem Bruno me ver, porque sei que ele vai me convencer a ir com eles.
Hoje vou comemorar, sim. Comigo mesma. Mais um dia de luta e, por que não dizer, de glória? Vou comer um suculento e grande acarajé, longe daqui. Eu mereço essa belezura calórica. Pelo menos, só por hoje.

CAPÍTULO 15

A semana foi intensa, porém muito proveitosa. Todas as gravações foram acima das expectativas e, para minha surpresa, até Bianca mudou drasticamente após aquele dia fatídico no qual a ouvi me criticar. Apesar de falar mal do Brasil sempre que tem chance, e de tecer críticas às brincadeiras em cena de Bruno, segundo ela, excessivas, o saldo foi mais positivo do que negativo. Fiquei feliz, embora ainda com um pé atrás. Mas já coloquei na minha cabeça que não posso focar nas questões que não posso dar conta.

Não é sobre mim, é sobre ela.

Jane, Bruno e eu estamos sentados na cozinha, outro ponto de encontro da equipe, conversando e comendo a torta de camarão mais deliciosa que eu comi na vida, quando Adam e Bianca nos surpreendem.

— Olha só onde eles estão! — Adam nos aborda com olhar especulativo. — Acabamos de voltar do seu camarim, Tamôra.

— Aconteceu alguma coisa? — Eu me preocupo enquanto raspo os últimos pedaços do meu prato.

Que delícia esse babado aqui! Se estivesse sozinha, lamberia os restos, sem cerimônia.

— Nada demais. — Pega um prato vazio em cima da mesa e se serve também. — O que tem para gente fazer nessa Bahia hoje?

O seu olhar é de divertimento.

— Eu vou para casa. Talvez mais tarde faça alguma coisa com meu irmão. Mas será lá pela Praia das Pérolas mesmo. Ainda não sei.

— Era sobre isso que eu queria mesmo falar com você. Pensei em irmos todos passar o fim de semana no Resort de sua família em comemoração ao sucesso do *I AM*. — Ele me olha com expectativa, esperando a minha resposta.

— Adam... — Bianca fala pela primeira vez desde que chegaram à cozinha. — Nós temos um jantar.

— Jantar? — ele pergunta para ela, mas ainda com a atenção em mim, de forma intimidadora, como se não tivesse opção.

Consigo até enxergar um sorriso presunçoso, típico de quem tem algo a aprontar.

— Adam, amanhã, lembra? — ela fala meio desapontada, sussurrando com fio de voz, em inglês. — Um jantar nosso.
— Não me lembro, não.
— Falei com você várias vezes.
— Bia, a gente se encontra todos os dias e a equipe ainda não comemorou a estreia do programa.
— Comemorou, sim — diz, contrariada.
A conversa começa a ficar desconfortável. Volto a atenção para meu prato, que já acabou, mas me parece mais interessante e seguro do que essa cena que vejo em minha frente.
Me tira daqui, meu pai.
— Não com todo mundo, não como deveríamos — insiste. O diálogo entre os dois ainda é inglês. No entanto, não deixa de ser constrangedor, porque todas as pessoas presentes também são fluentes na língua e entendem. — Além do mais, seria a nossa chance de conhecer mais lugares aqui. Eu ainda não conheço a Praia das Pérolas, por exemplo.
— Não pode ser outro dia?
— Não — diz de modo contundente já em português e olha para mim. — A não ser que Tamôra tenha alguma objeção.
— Por mim, tudo bem. — Parece que correr de algumas situações é a minha única vontade nos últimos tempos. — Mas precisamos verificar lá no Resort.
— Minha secretária cuida disso.
— Eu posso falar com ela — prontifica-se Jane, levantando-se depressa.
— Tudo bem, Jane. Obrigado. Podemos revezar a equipe, de modo que, quando não estiverem aqui trabalhando, possam estar lá curtindo também. Inclusive, os *cameramen*, a cozinheira, a *hoster*...
— Gostei! — Jane se anima.
— Adam, eu não acredito — diz Bianca, inconformada. — Eu já tinha comprado tudo.
— Transfere para a próxima semana.
— Eu já planejei e você tinha concordado. — Bianca olha para mim. — O resort não pode nos receber no próximo fim de semana, Tamôra?
Pronto. Demorou. Não basta meu pai, Bianca também quer me botar como administradora do Resort. Sorrio e faço a cara de que não sabe a resposta. Olho de um para outro sem entender aquela conversa absurda.
Eles, que eram discretos até agora, de repente, discutem relação na frente dos outros? E pior, logo de nós, que trabalhamos para eles.
Quem é que mistura pessoal e profissional aqui mesmo?
— Nós iremos neste final de semana, Bia. — Adam bate o pé, irredutível. — Passamos momentos estressantes nos últimos dias. Agora é a hora de curtir, de interagir e de nos conhecermos melhor.
Epa! Quem sumiu com Adam e botou outro no lugar? É, acho que alguém andou bebendo de novo. Mas como, se a gente estava trabalhando até há pouco? Ele está mais do que sóbrio e ainda fala sem tirar o olhar de mim.

Eu tento disfarçar, porque Bianca também está de olho. Bruno, pela primeira vez, está quieto e come enquanto nos olha. Jane, que já não é de falar, aciona o modo profissional e digita coisas no celular, com certeza em contato com a secretária dele.
E eu faço o que, meu pai? Saio e corro nua pelo meio da rua?
Poderia inventar uma desculpa. Tipo, algo que me esqueci de mencionar antes. Uma viagem, um trabalho de última hora.
— Adam, você nem sabe se o resort terá disponibilidade — Bianca insiste. — Não é muito em cima da hora?
— Tem, sim — diz, convicto.
Que situação ridícula. Não vou me meter nisso, não. Eles que se resolvam.
— Por você tudo bem mesmo, Tamôra? — inquire, em busca de algum resquício de dúvida em mim.
—Tu... do, sim.
— Adam, podemos conversar em particular? — Bianca pergunta num tom comedido, mas de forma que não admite negativa.
Ele concorda com a cabeça e faz sinal para Jane que depois conversam.
— Até amanhã, então, gente! — Sai, decidido e deixa para trás o ar mais respirável.
— O que foi que aconteceu aqui? — questiona Bruno e ri, após ficarmos alguns segundos em silêncio.
— Não sei e nem quero saber.
Respiro, aliviada, pego minha bolsa e me levanto para sair.
— Você que pensa que vai embora assim, sem a gente ir ali ao Largo de Cira para beber, pelo menos, uma caipirosca. — Anima-se Bruno.
— Pensei que não iria me chamar — brinco, também animada. Tudo que eu preciso agora é de ar fresco. — Porém, estou de carro. Vai ter de ser suco de limão mesmo.
— Tá valendo.
— Você vem, Jane? — pergunto, animada.
— Acho que não. Pelo que percebi, serei a secretária da secretária dele. — Ri de jeito irônico e não seguro o riso também.
— Você acha que vai rolar mesmo de a gente ir assim de última hora? —Desacredito. — Bianca vai deixar assim fácil?
— Embora acredite, ela não manda mais em nada ali, Tamôra. Se é que algum dia já mandou.
— O que você quer dizer com isso, dona Jane? Larga logo o doce. — Bruno faz a pergunta que eu também gostaria de fazer, mas por razões óbvias, não me atreveria.
— Quem viver, verá.— Joga o resto de comida no lixo e bota o prato na pia. — Como disse o *boss*, a gente se vê amanhã. Juízo, hein? Você e Bruno.
— Quem dera, não é, Tamôra? — Bruno pisca e vai em direção à porta. — Vou pegar minhas coisas no camarim e a gente se encontra lá. Até!

— Viaja, não, Jane. Viaja, não — digo quando noto que ele já saiu e observo o seu olhar desconfiado.

Eu me preparo para sair também. Queria mesmo ter um pouquinho de falta de juízo, contudo com certo ex-professor e agora meu diretor. Se ele não fosse carta fora do baralho, é claro. Mas isso também implicaria em muitas outras coisas que eu dispenso. Melhor deixar quieto.

CAPÍTULO 16

Eu quase não dormi de ontem para hoje, fritei na cama desde que recebi a mensagem de Jane com a confirmação da vinda da equipe no final de semana aqui ao Resort. O problema não é celebrar. Eu acho até que Adam está certo. A questão é saber que encontrarei com ele em meu território. Mas, como fugir? A resposta ao programa é uma grata surpresa. A audiência é a melhor possível. Somos notícias todos os dias nos sites, revistas e programas de entretenimento. Estamos quase todos os dias nos *trends* mundiais.

Falam também do nosso desempenho que, para minha felicidade, tem agradado muito; outras vezes, são especulações sobre o meu possível envolvimento com Bruno. Hoje mesmo saíram fotos de nossa noite de ontem, que, mesmo estando em um lugar público e em grupo, insinuaram que estávamos em um encontro romântico.

Após irmos ao Largo de Cira do Acarajé, em Itapuã, Horácio e alguns amigos nos encontraram e fomos todos a uma boate nova no bairro do Rio Vermelho. Bastou uma conversa mais próxima, em meio ao barulho da casa noturna, para alguém tirar uma foto e publicar como se estivéssemos prestes a nos beijar. No início, eu ficava preocupada e nervosa com esse tipo de coisa, mas agora consigo até me divertir. Bruno, então, que adora uma manchete, se aproveita. Já entendemos que quanto mais comentam, mais sucesso. Sem falar que há dois casais de participantes do *I AM* em envolvimento amoroso.

— Você não acha que seria melhor eles ficarem na nossa casa em vez de lá nos bangalôs, querida?

Minha mãe é a mais animada com esse final de semana, desde que soube. Tomou a frente de tudo e toda hora vem com uma sugestão diferente, como se já não tivesse pensado e organizado tudo.

— Não, mãe. Acho que lá eles ficarão mais à vontade. — Amo vê-la assim, mas preferia não ter de pensar sobre isso. Se eu focar nesse assunto, terei de lembrar que passarei todo o final de semana perto de Adam. E, só em imaginar, sinto calafrios. — Agora já está bom, não é, mãe? Está tudo sob controle. É só um final de semana.

— Por que será que eu acho que você finge desinteresse, porém está tão ou mais ansiosa do que eu?

Ela se senta na minha cama, onde tento há horas ler um romance sem conseguir sair da segunda página. Minha cabeça está mais agitada do que música de rave.

— Estou ansiosa, sim, mãe, admito. Não entendo porque tinham de vir justo pra cá. Por que não aquele hotel lá no Centro de Salvador, o Fasano, onde eu os conheci? É maravilhoso e não me sentiria obrigada a ser tão presente.

— Filha, existe alguma coisa que eu não esteja ciente? — Ela se aproxima mais, senta-se e acaricia meu rosto. — Era pra você estar feliz, não? Está fazendo o que quer, o programa é sucesso... O que foi, Tamôra?

— Nada, mãe — Deito a cabeça em seu colo. — Às vezes, gostaria de voltar pra sua barriga de novo, só pra fugir das tretas... — Rimos. — Eu estou feliz, mas...

— Que tretas, filha?
— Nem sei.
— Isso é paixão, não é?
Encaro-a, paralisada, sem conseguir responder.
— Está apaixonada?
— Tem nada disso, não, mãe. — Tento fugir.
Não sei por que ainda me surpreendo com minha mãe. Ela sempre sabe de tudo.

— Eu já te falei que quando o filho sabe uma coisa, a mãe sabe duas vezes mais.

— A senhora deve ser uma bruxa. — Olho para ela, que ri e continua me observando com expectativa.

— Quem é ele? — questiona, com a expressão de quem já sabe.
— É Adam.
— O diretor?! — Minha mãe se levanta de modo brusco, deixando-me cair na cama. — O quê? Ele não é casado?
— Eu acho que não. É complicado, mãe.
— Ele é complicado.
— Eu sei. E a senhora sabe duas vezes. — Rio sem humor.
— Como isso aconteceu?
— É só atração, mãe. E a gente não manda na *bagaça* da química.
— E Bruno?
— O que tem Bruno?
— Ai, Tamôra, às vezes acho que você se faz de boba. — Ela se senta de novo e volta minha cabeça para seu colo. Eu olho para ela com cara de "*A senhora não vai sair de novo e me deixar bater a cabeça, não é?*". Ela entende e ri. — Por que você precisa ser tão complicadinha? Ainda não percebeu como ele te olha? Sem falar que todo mundo quer que você tenha algo com ele. Eu até pensei que poderia ser verdade e logo, logo você confirmaria essa novidade.

— Pra quem sabe duas vezes, a senhora está bem por fora, hein?
— Vai ficar com essa brincadeirinha até quando? — Ela me repreende, mas o tom é de divertimento. — Ele me parece tão legal!

— E é... Só que não estamos a fim do outro, mãe. Somos amigos.
— Você pode ser. E ele? Quando fui te buscar e você estava acompanhada dele, percebi que rola uma coisinha ali.
— Rola ou é o que a senhora quer enxergar?
— Vocês são muito bons juntos.
— Nos tornamos muito próximos mesmo. É como se o conhecesse há anos, mas não tem nada além de amizade.

Ontem, quando estávamos na boate, senti o olhar especulativo de meu irmão para cima de mim e do Bruno. Cheguei até a pensar nessa possibilidade, mas bastou recebermos uma mensagem de Jane com a confirmação do nosso final de semana aqui com Adam, que parei de respirar. Bruno, aos poucos, tem se tornado um irmão. As pessoas não estão acostumadas a ver amizade entre homem e mulher. Ainda mais que a gente comanda um *reality*, que, mesmo sem intenção, já formou dois casais.

A nossa relação é de parceria, de amizade, de respeito, de implicâncias... É um cara que aprendi a confiar de olhos fechados. É diferente de pensar em Adam, que só de imaginar aquela cara amarrada, já fico excitada, nervosa. Quando imagino aquelas mãos grandes em cima de mim, meu coração já bate 30 mil vezes por minuto.

— Aterrissa, passarinho! — Desperto dos meus pensamentos, após minha mãe estalar os dedos em frente ao meu rosto. — Tam, você sabe que tem de esquecer esse homem, não é?

Fico calada.
— Filha...
— Não se preocupe. Não vai acontecer nada. Ele é só meu diretor.
— Nem você acredita nisso. — Minha mãe ri.

Não é só uma atração e tenho vontade de assumir logo isso. Preciso esquecê-lo, mas não consigo. Ao contrário de Madalena, que se acharia o próprio cupido de comédias românticas e tentaria nos juntar, do jeito que minha mãe é, encontraria mais um motivo para apoiar o posicionamento do meu pai.

Eu nunca contei para ela que Adam era minha paixonite da adolescência. Será que deveria contar tudo agora?

Seja o que Deus quiser!

— Mãe... Eu menti um pouco para a senhora. Não é só uma atração. — Levanto a cabeça de seu colo e me sento de frente para ela. — Lembra quando eu te contei que tive uma paixão na adolescência?
— Sim. — Seus olhos já estão arregalados, esperando a bomba.
— Era ele.
— Não é possível! — Ela se levanta e começa a andar pelo quarto.
— Quando o reencontrei, pensei que era só deslumbramento pela lembrança de uma época boa de minha vida, em que era encantada pelo professor de História, como muitas meninas. Mas, a convivência me fez comprovar que é muito mais do que uma paixão juvenil. Eu estou completamente apaixonada por ele, mãe. E estou ferrada, também.

— Tamôra do céu.

— Mas eu preciso que esqueça isso. Só contei porque precisava desabafar com alguém e confio na senhora.

— Não sei se devo agradecer por isso — ela brinca, porém noto o seu semblante preocupado. — E agora?

— Vai passar, mãe.

Tem de passar.

— Você está certa. Mãe não sabe duas vezes coisa nenhuma. Os filhos de hoje vieram com um chip diferente. — Ela vai até a porta do quarto.

— Não conta para ninguém.

— Nem que eu quisesse. Parece coisa de novela. Minha filha apaixonada pelo ex-professor e agora diretor, que foi sua paixão platônica no ginásio e que tem uma história com a codiretora do programa que ela apresenta. — Segura a maçaneta da porta, depois solta e se vira para mim. — Tem alguma bebida aí?

Nós duas gargalhamos.

— Não. Mas a gente pode resolver isso no bar do hotel. Vamos lá esperar nossas visitas ilustres.

— Ainda tem isso, né? — Minha mãe finge chorar. — Ai, meu pai.

— "Ai, meu pai"?! Essa fala é minha.

— Sou sua mãe, tenho direitos. Precisamos comer alguma coisa também. Vamos logo que preciso vestir meu melhor personagem.

Deixei a maior parte da massa com frutos do mar que foi servida durante o almoço com minha mãe, de tanta ansiedade com o que estava por vir. Para meu alívio, não tocamos mais no assunto *Adam*. Ela só estava preocupada em organizar o final de semana dos *ilustres* hóspedes. Mesmo tendo funcionários, sempre faz questão de estar à frente quando acha que é algo muito importante. E a presença da equipe de um programa para negócios que é sucesso de audiência é maravilhoso. Ainda mais comigo no elenco.

Ainda estamos no restaurante do resort quando meu pai liga para ela e avisa que o grupo chegou. Por ainda estar em uma reunião, ele não irá recepcioná-los. Recebo a mensagem de Bruno de que já chegou. Meu coração dispara. Nós duas nos olhamos, ela me dá um sorriso apreensivo e andamos juntas em direção ao local.

De longe, vejo Jane ao telefone e as outras pessoas da equipe sentadas no sofá enquanto recebem de Felipe, um dos funcionários do hotel, suas pulseiras de acesso. Mas nem temos tempo de chegar à recepção, pois já nos deparamos com Adam vindo até nós.

— Tamôra! — Ele me puxa para um beijo no rosto, algo que nunca fez desde que nos conhecemos. — Que lugar maravilhoso é esse? As fotos da internet não fazem jus ao que é de verdade!

— Adam, tudo bom?

Estou uma pilha de nervos. Pelo toque dele e porque Bianca vem logo atrás

— Olá, tudo bem? Nós já nos falamos rápido quando fui buscar Tamôra no estúdio. Eu sou Melinda, a mãe de Tamôra. — Minha mãe estende a mão, e ele a aceita, beijando-a. — Sejam bem-vindos!

— É um prazer revê-la, senhora.

— Pode me chamar só de Melinda, se quiser.

— Tudo bem, Melinda.

— Adam, posso falar com você um segundinho? — Bianca interrompe num tom ansioso, sem olhar para nós.

— Oi, Bianca! Tudo bem? — cumprimento-a.

— Desculpe, Tamôra. Tudo bom, querida? — Ela me cumprimenta com dois beijinhos no rosto. — E a senhora, tudo bem? Resort lindo!

— Obrigada! — Minha mãe a puxa, sem cerimônia, apertando sua mão. — Tudo bem com o *check-in* de vocês?

— Tudo bem, sim. Obrigado! — Adam se adianta e olha para mim. — Tenho certeza de que vamos nos divertir.

Ele tem demonstrado uma animação rara nos últimos dias. Ou ele está aliviado com a estreia ou esse cara deve ser bipolar.

Como pode ser muitos em um assim?

— Adam? — Bianca volta a chamá-lo. Ao contrário dele, ela parece não querer muita conversa com a gente. Não vou adular ninguém, não. Tentamos, pelo menos, né? — Posso falar com você em particular?

Um silêncio constrangedor se instala. Ele passa a mão na cabeça, visivelmente contrariado. Minha mãe me olha com cara de interrogação e dou de ombros.

Confesso que passados cinco minutos, sinto-me até mais relaxada.

— Bom, vamos deixar vocês à vontade. — Dona Melinda tem a brilhante ideia de nos tirar daquele embaraço. — Vamos falar com as outras pessoas, filha?

Concordo com a cabeça e caminhamos em direção ao restante da equipe e os deixamos sozinhos. Bruno e Jane se aproximam.

— Tamôra, como você nunca me falou que era dona de um paraíso desses? — Jane comenta, exagerada. — Nunca mais sairei daqui. Quer ser minha amiga de infância?

— Os meus pais são os donos — corrijo, sorrindo.

— Você também, queridinha. Mesmo que resista — pontua minha mãe com bom humor.

Ela cumprimenta os dois rapidamente e vai falar com as outras pessoas.

— O que será que acontece ali, hein? — Bruno aponta para Adam e Bianca, que parecem discutir.

— Bianca deve estar insatisfeita com algo, como sempre. — Jane revira os olhos. — E, de novo, vai sobrar pra mim. Virei faz-tudo agora.

— Não deve ser nada demais — Bruno tenta desanuviar. — Daqui a pouco os dois estarão por aí, enganchados e, quem sabe, viverão uma segunda, terceira ou quarta lua de mel?

— Adam e Bianca em lua de mel? — desdenha Jane. — Até parece! Precisa de clima, de química... Algo que nunca tiveram. Capaz de meu cabelo ter mais química do que eles.

— O que você quer dizer com isso, dona Jane? Você e seus enigmas, hein? Conta logo.

— Deixa quieto.

— Ah, você vai dizer, sim — insiste Bruno. — Também entendeu algo nebuloso aqui, Tamôra?

Calada, faço que sim com a cabeça, meio automático.

— Ai, gente, quer saber? Cansei. Não fui eu que falei, ok? Mas não tem nada dessa coisa de lua de mel, não. Faz tempo que eles não se pegam.

— É que *você* acha?

— Não trabalho com *achismos*. — Ela para por um instante e olha para mim. — O nosso diretor é livre

— Embora Bianca fique em cima.

— Aí é problema dela.

O comentário de Jane cai como uma pedra no meu estômago. Sem falar naquele olhar direcionado a mim. Ainda mais vindo dela, sempre tão discreta.

Eu, hein? Está certo que existe um babado acontecendo entre mim e Adam, mas também existe algo mal resolvido com Bianca. Pelo menos, é o que ela deixa notar. Nunca quis imaginar os dois juntos. É quase como meu pai e minha mãe. Eu sei que eles transam, mas nunca quis imaginar a cena, e pode acontecer com Adam e Bianca. É lógico que a sensação é diferente. O sentimento, também. Mesmo sem o direito de sentir isso, experimentei, sim, um incômodo.

Que roteiro de novela meia boca é esse? Eu me sinto dentro de um romance clichê, água com açúcar, sem ter ciência se nessa história, eu sou a mocinha ou a vilã?

Tamôra Maria Diniz, minha amiga, você precisa conseguir se manter longe de tudo isso. Isso, sim.

— Estou fora desse rolo. Não vou me meter nisso. Eles que lutem. — Eu torço para que Bruno e Jane, que me olha desconfiada, acreditem na minha fala. — Vou cumprimentar as outras pessoas da equipe, tá? Beijos e fui!

E dou passos largos e deixo os dois para trás.

Após recepcionar as visitas, volto para o meu quarto e como de costume, deixo meu corpo mergulhado na banheira. Minha vontade é que domingo à noite chegue logo e eles vão embora, de preferência, sem nenhuma confusão. Além de ter de lidar com meus sentimentos em relação ao Adam, tenho medo de meu pai aprontar algo e me deixar em apuros.

Jane avisa, por mensagem, que todos vão se encontrar em uma hora num dos restaurantes do resort. Precisamos nos vestir com algo de temática tropical. Nós possuímos quatro restaurantes dentro do complexo.

Um de comida nordestina, um de comida italiana, um de comida japonesa e um com culinária diversa. E é nesse último que nos encontraremos.

Termino de me arrumar e sigo a orientação de Jane. Irei com um vestido leve e estampado. Para completar o visual, ponho uma sandália rasteira.

Uma das hostess, com um vestido colorido e uma coroa no cabelo, nos recebe com um colar de flores de hibisco e conta para o grupo que aquele acessório se chama lei e é muito popular no Havaí, eu já sabia porque meus pais já foram lá. A partir dos seus relatos, fiquei com vontade de um dia conhecer aquela cultura.

Tudo no restaurante remete a uma festa havaiana, com direito a uma mesa decorada com folhas, flores e frutas. Uma banda começa tocar músicas típicas. Tenho certeza de que tem dedo de minha mãe nessa decoração e nessa atmosfera. Era por isso que ela estava toda misteriosa. Minha sensação é de ter entrado em um daqueles filmes antigos, que minha avó, a mãe dela, adorava assistir.

Meu coração quase para quando avisto Adam do outro lado do espaço. Ele me escaneia de cima para baixo, sem nenhum pudor e vem em minha direção. Bianca, que estava logo atrás, para falar algo com nossa maquiadora. Eles estão vestidos a caráter. Ele, com a típica *"aloha shirt"*, aquela camisa exageradamente estampada, que em qualquer outro poderia parecer brega, mas que nele só ressalta a sua beleza viril e inigualável.

Vai ser lindo assim longe de mim, pelo amor das ex-alunas apaixonadas!

E ela, com um vestido bem florido, com a predominância do vermelho, fazendo contraste com sua pele branca. Bianca é bonita. E do jeito que caminha, exalando segurança, tem ciência disso.

— Ah, assim não vale. Por que não avisaram que teríamos uma festa temática? Essa minha roupa não tem nada de Havaí. — Tento soar descontraída.

— Não se preocupe, você está ótima, Tamôra. — Ele me come com os olhos e minhas bochechas queimam de imediato.

— Nossa! Como esse hotel é incrível! — diz Bianca, ao nos alcançar. — Parabéns, Tamôra!

— Agradeço, mas quem merece os elogios são os meus pais e o meu irmão. Isso aqui é a vida deles.

— Darei. Vamos beber alguma coisa, querido? — sugere enquanto segura sua mão.

— Agora não. Pode ir se quiser.

— Eu o espero, então.

Ficamos os três parados e silenciosos. Olho para o lado do bar e vejo Bruno se aproximando com uma taça e algo que parece ser um coquetel. — Trouxe pra você, Tam. O bartender me disse que é uma bebida típica do Havaí.

— Na verdade, é da Califórnia — Adam corrige. Tenho notado ele sem paciência para Bruno nos últimos dias. — Mas foi popularizada no Havaí.

— Que interessante! — Meu parceiro de apresentação comenta, blasé, sem perceber o clima indócil presente.

— Qual é o nome? — Observo o líquido.
— Mai tai. — Adam suaviza o tom. — É rum, suco de limão e licor de laranja.
— Meus pais já foram ao Havaí.
— Qual ilha?
— Maui.
— Você conhece o lugar, Adam? — Bruno questiona, curioso.
— Fui algumas vezes.
— A nossa primeira viagem juntos, fora da Califórnia, foi para Oahu, não foi, querido? — Bianca entra na conversa.

Se ela fizesse xixi no pé dele, seria menos óbvio.

— Nossa, é forte, hein? — Experimento a bebida e tento disfarçar que o gosto amargo que sinto é mais por presenciar esse papo de viagem romântica e, não a bebida em si.

Será que foram eles que escolheram esse tema hoje? Fico curiosa para saber se a escolha do nome Kaimana, para o aparelho de inteligência artificial do programa, tem a ver também.

— Tem Pina Colada também, que parece ser mais docinho — sugere Bruno. — Quer que eu pegue pra você?
— Não precisa. Posso ficar com essa daqui por enquanto. — Avisto meus pais ao entrarem no restaurante e decido que é o momento de sair dessa rodinha constrangedora e ir falar com eles. — Vou lá falar com meus pais, com licença!

Meu pai está com *aquela* expressão indecifrável. Pode levar a vida toda, mas nunca vou me acostumar à postura imponente dele. Minha mãe é mais relaxada e descontraída, mas ele sempre quer passar a impressão intimidadora.

— Mãe, foi a senhora que inventou esse tema para a festa? — pergunto, dando um beijo em seu rosto e em seguida no do meu pai. — Até que enfim, pai.
— Ficou maravilhosa, não é? — Dá um tapinha no braço de meu pai. — Mas foi ideia do Ricardo.
— Ideia sua, pai? — Eu me surpreendo.
— Minha e do Adam.
— Você falou com Adam? Pensei que tivesse chegado agora.
— E cheguei.
— Quando vocês se falaram então?
— Fui eu quem os convidou para esse final de semana aqui. —Ele me olha com o sorriso maroto, de quem sabia que iria me surpreender. — Além disso, existe telefone, sabia?
— O que foi que eu perdi aqui, pai? — Olho para minha mãe. — Por isso que a senhora estava cheia de segredos, não é?
— Não me envolva nisso — brinca. — Vou ali ver como estão as coisas e se esse negócio de clima havaiano chegou aqui mesmo.
— Conta direito essa história, pai.
— Liguei para Adam e o convidei, ora!

— Mas ele, quando falou comigo, praticamente se convidou.
— Porque eu pedi.
— Por quê?
— Ora, "Por quê? Por quê?" Por que devia falar, filha? Você é só a apresentadora do programa. Ou decidiu ouvir seu pai e vai trabalhar aqui comigo?
— Ok. Ponto para o senhor. — Bufo.
— Nem me olha com essa cara, Tamôra. Isso aqui é meu trabalho. Eu sei separar as coisas.

Meu pai é uma caixinha de surpresas. Por mais que esteja contra o que faço, ele pensa além da minha bolha. É tipo um: *"Acorda, filha! O mundo não gira em torno de você"*.

— Já imaginou o quanto vai ser bom para os negócios, a equipe de um *reality* tão bem comentado passar os dias aqui. Com certeza, é um marketing maravilhoso. As propagandas espontâneas são as melhores.
— O senhor não perde tempo — constato.
— Nunca. Não dizem que tempo é dinheiro?

Ouço meu pai com clareza, mas ele não sabe metade do problema. Não sei se é seguro ele se aproximar mais das pessoas com quem trabalho, principalmente, Adam. Ainda mais agora, que estou no meio dessa confusão de sentimentos. Se ele descobre o que sinto e penso, além de me proibir de seguir minha carreira, vai me prender com uma corrente para eu trabalhar aqui.

Se minha mãe percebeu, imagine meu pai? Ele sempre foi uma águia, muito observador. Acho que tem a ver com a profissão.

— Qual é a sua preocupação, Tamôra?

O senhor quer saber mesmo? Tenho medo de o senhor descobrir que me apaixonei pelo diretor do programa, que é complicado. Tenho medo também de o senhor contar alguma coisa sobre o nosso acordo. Tenho medo de, com isso, perder o pouco que conquistei. Assim como o hotel é sua vida e seu negócio, o programa também é o meu agora. Já basta o problema que trouxe para mim, ao me apaixonar por quem não devia, digo em pensamento, mas não falo, é claro.

Melhor deixá-lo o máximo afastado que eu puder de tudo isso, de Adam... Quanto menos intimidade eles tiverem, melhor para mim e para o programa. Tem de ser só um *"oi, tudo bom? Prazer! Seja bem-vindo! Fique à vontade"* e está de bom tamanho.

Como dizia o velho ditado inglês e eu vivo repetindo, "menos é mais".

— Por enquanto, nenhuma — respondo, sem muita sinceridade.
— Então vamos lá conhecer a fera em pessoa. — Ele coloca as mãos em meus ombros e me guia em direção aos convidados ilustres.

Vamos. E seja o que Deus quiser!

Até que a noite não está horrível como pensei que seria. Confesso que estou me divertindo. Meu pai está em êxtase com o burburinho. Adam concordou com a sugestão dele de abrir o *petit comitê* para os outros hóspedes e ampliar a festa para a área fora do restaurante, que dá de frente para uma das piscinas. Também me mantive afastada de problemas, ou melhor, do problema de nome Adam Moreland. Para minha alegria, encontrei em Bruno minha tábua de salvação. Ficamos o tempo todo conversando.

— Percebi que você não comeu nada. — Em meio aos meus devaneios, ouço a voz de Bruno, que tinha saído para pegar comida. — Não acredito que esteja de regime. Seu corpo é perfeito.

— Não. Eu me esqueci mesmo. Além disso, belisquei algumas coisas no meu quarto enquanto estava me arrumando.

— Trouxe pra você. — Coloca um morango coberto com chocolate em minha boca.

Durante todo o tempo ele olha para meus lábios e me deixa sem graça.

O que deu em Bruno, hein? Não me traga mais problemas. Mais, não.

— Está tudo bem por aqui? — Adam me assusta, ao se aproximar e se colocar entre nós dois.

Não sei se sinto alívio por ele cortar o clima estranho ou se fico nervosa por isso começar outro.

O doce, que ainda está em minha boca, derrete, o que faz a calda pingar um pouco no canto de meus lábios. Adam, que me olha com intensidade, observa o acidente, retira o resto com o dedo e o chupa.

Ai, meu pai. Que visão!

— E seu irmão, Tamôra? — Ainda com o dedo na boca, como se sua pergunta fosse além dessa, Adam não tira os olhos dos meus. Seu tom não revela seu humor. — Quando vamos conhecê-lo?

— Boa pergunta. Hoje é sábado, dia de ele sair com os amigos. Acho que não será dessa vez.

Eu sei que Bruno está aqui e que está mais solto, devido aos mais de seis coquetéis que bebeu. Isso foi só o que contei. Deve ser por esse motivo que está se jogando para cima de mim. Não nos conhecemos há pouco tempo, mas já entendi que ele, bêbado, só não paquera poste porque não se mexe.

E eu que pensei que estava sendo salva pelo Bruno, hein? Que ingenuidade a minha!

No entanto, não estou preocupada com ele. O centro das minhas atenções e devaneios está também aqui em minha frente, como um macho alfa, quase mijando em cima de mim enquanto faz com uma gota de chocolate o que eu queria que fizesse em todo meu corpo.

— Agora eu vi vantagem. Essa música, sim, fala a minha língua — diz Bruno ao notar que a banda muda o tema do show que, até então, estava focado em músicas havaianas e começa a tocar *That's What I Like*, de Bruno Mars. — Vamos dançar, Tam?

Ele me puxa e eu saio com ele, grata por me afastar da atmosfera deliciosa e sufocante que Adam traz consigo. Ao mesmo tempo, quero enforcá-lo pelo mesmo motivo. A gente dança mais algumas músicas enquanto o olhar do Adam parece me queimar. Vejo algumas vezes Bianca se aproximar dele, puxá-lo para dançar e ele recusar. Na maior parte do tempo, ele me encara como se eu estivesse errada.

No meio de uma das danças, somos abordados por alguns hóspedes do hotel que nos pedem fotos. Num desses momentos, consigo escapar e vou até o bar e não resisto a pegar mais um coquetel. É quando vislumbro alguém atrás de mim.

— Adam? — Eu finjo me assustar.

— Que tal agora uma dança com seu diretor? — Enfatiza bem o diretor.

O olhar penetrante dele me deixa sem ar. Olho para sua boca e minha vontade de beijá-lo me faz ter a certeza de que, além de Bruno, a bebida também já está fazendo efeito em mim. Dou uma bicada no coquetel em goles rápidos e quase engasgo. Olho para ele, que se diverte com o meu embaraço.

— Então, Tamôra? — insiste, com um sorriso torto.

Adam estica a mão em minha direção num convite mudo para eu aceitar sua proposta.

— Na verdade, não sei bem o que responder.

— É só dizer que sim. Que mal há? É só uma dança inofensiva.

Não é, não, querido. Se eu for dançar com você, o mundo vai desabar. Não falo nem só em relação a Bianca, mas em relação a mim mesma.

Se de longe, ele já me deixa umedecida, imagina se eu der um cheiro em seu cangote. Porque sei que é isso que vou fazer, se eu for dançar com ele. Vou perder a compostura, eu me conheço.

— Não sei, Adam.

— Interrompo alguma coisa? — Jane se aproxima, alegre, com a voz já pastosa, o que demonstra que a essa hora, ela deve ser mais uma a estar afetada pelo álcool.

— O que você acha, Jane? — Ele faz uma careta engraçada. — E aí? Vamos dançar, Tamôra? — ele insiste.

— Ok, chefinho. Não está mais aqui quem interrompeu. — Jane mira seu copo, levanta como se estivesse erguendo um brinde e sai rápido, do mesmo jeito que chegou.

Ficamos em silêncio por alguns instantes. Eu, olhando para baixo, querendo enfiar minha cara num buraco, sentindo seu olhar em mim.

— E então, Tamôra?

— Adam... Nós não podemos.

— Podemos, sim. — Ele me observa de forma penetrante e eu já me sinto uma geleia. *O que eu preciso falar mesmo?* — Vou pegar um uísque enquanto você pensa.

— Ok.

Ele passa por mim, mas antes toca a mão rapidamente em minha bochecha. Que ele mexe comigo, é fato. Mas é novidade eu ficar assim, desnorteada, mexida, excitada. Aqueles olhos, aquela boca, aquele jeito de falar... Se já estava úmida, agora sou quase uma cachoeira.

Observo seus movimentos ao conversar com o barman e olha para mim. Jane se aproxima novamente e os dois conversam, a meu ver, sem animosidade, porque consigo vê-los sorrindo.

O que tanto eles conversam? É quando percebo a presença de Bruno ao meu lado, com um olhar inquisidor.

— Tá perdida, Tam?

— Oxe! O que é, Bruno? — Eu me finjo de louca, mas sei aonde ele quer chegar.

Ele olha de mim para Adam e arqueia a sobrancelha. Posso até disfarçar, porém Adam não está nada discreto. Mas disfarçar o quê?

— Vamos dar uma volta na praia? — Bruno sugere.

— Agora?

— Sim. Agora.

— Não é muito tarde, não?

— Ah, vamos! — Ele me olha com cara de cachorro pidão.

— Bruno, você não está dando em cima de mim não, não é? — Rio, mas com um pouco de tensão.

Só me faltava essa!

— Claro que não — enfatiza, com humor na voz. — Quer dizer. Agora, não. A concorrência é desleal. — Dá de ombros. — Chamei Jane para ir com a gente também, mas ela está em modo secretária hoje.

Olho novamente para o bar e vejo Jane já afastada, em conversa calorosa com outras pessoas. Bianca se aproxima de Adam. Em meio a uma rápida discussão quase sussurrada, ouço-o levantar a voz e dizer: *"Liga para ele e resolva sua vida, Bianca. Isso não é justo. Chega"*.

Ela se afasta, aborrecida. Ele olha para mim, sorri abertamente e eu fico sem acreditar em sua audácia. Ele me quer. Mas eu, mesmo apaixonada, o quero? Mesmo depois do que Jane insinuou mais cedo sobre a não relação dos dois, meu ex-professor segue sendo uma incógnita. Portanto, continua um terreno proibido.

Eu me perco no volume da frente de sua calça e o efeito da bebida imobiliza meu rosto naquela direção. Sinto que ele sabe para onde estou olhando e não tenho coragem de mirar seus olhos.

— Tam, vamos? — Bruno estala os dedos de uma das mãos em frente ao meu rosto, numa tentativa de me fazer acordar dos meus pensamentos. — É só uma volta. Prometo.

— Eu vou, Bruno.

É isso que preciso fazer. Eu tenho de acordar e parar de me achar. A dose excessiva de mai tai me fez acreditar que todos os homens mais gostosos dessa festa havaiana estão caídos por mim.

Que patético. Acorda, Alice!

CAPÍTULO 17

Por mais que Bruno tenha ajudado, de certa forma, a me manter afastada de Adam hoje à noite, não consegui ser uma boa companhia para ele. Durante o nosso passeio na praia, mantive-me aérea e calada.

Que tipo de amiga eu sou?

Os meus pensamentos estavam no meu diretor o tempo todo. Por outro lado, o olhar de Adam também estava em mim a noite inteira, sem mencionar as insinuações. Não adianta eu fingir que não rola nada entre a gente. E, ao mesmo tempo em que irrita, isso me excita.

Depois que voltamos do passeio, Jane me convenceu a ficar mais um tempo no hotel, em vez de voltar para casa com meus pais. Meu pai, inclusive, me surpreendeu, mais uma vez, ao reservar um dos bangalôs próximos à equipe, para que eu pudesse dormir e aproveitar meus novos amigos. Mesmo reticente, fiquei. Não vi mais Bianca após aquela interação com Adam no bar. Já ele, vestiu sua versão diretor simpático e conversou o tempo todo, sem tirar a atenção de mim. Já de madrugada, participou da roda de conversa comigo, Bruno, Jane e Olavo, um dos *cameramen* do programa. Nosso bate-papo durou até 5 horas da manhã, quando já não aguentamos os olhos abertos e decidimos nos recolher.

Fui para meu bangalô, tomei banho enquanto pensava nos últimos acontecimentos.

Quem diria que teríamos uma noite dessas, hein? O que mais meu ex-professor fará para me surpreender? Ouço uma batida à porta e estranho. Penso ser coisa da minha cabeça, até que a batida se repete e eu decido abrir. O resort é seguro. Só pode ser Jane com algum recado ou alguém que errou de quarto.

Ao abrir, deparo-me com a imagem que jamais imaginei. Adam, ofegante, com o olhar de predador. Ele se aproxima de mim, segura meu queixo com uma das mãos, agarra minhas tranças com a outra e me puxa para um beijo.

Beijo? Não. Beijão. Daqueles de tirar o fôlego. Com direito a golpes de língua e gemidos. O beijo é quente, demorado, cheio de urgência e promessas.

Que promessas? Está louca?

Eu até tento, mas ele me aperta mais, puxa-me e entra no quarto, sem eu convidar, ainda com a boca na minha. Está tão excitado que parece que quer entrar em mim também. Ouço o barulho da porta se fechar violentamente e sinto o choque da parede atrás de mim. Apesar do susto, não nos largamos. Nada me preparou para esse momento.

É Adam. Adam dos meus sonhos. Aquele Adam que já era proibido há dez anos, quando me ensinava História e agora Adam, mais proibido ainda. E esse mesmo está aqui, beijando-me de forma enlouquecedora, como se precisasse disso para sobreviver.

O beijo é sôfrego e desesperado, mal consigo raciocinar, porém isso está errado e me afasto dele, mesmo que com dificuldade. Nossas respirações estão irregulares. Passo a mão em meus lábios, provavelmente inchados pelos beijos. Nós nos olhamos e a exasperação toma conta de mim.

— O que você está fazendo aqui, Adam?
— Preciso mesmo responder? — Sua voz está mais rouca.

Ele tenta se aproximar novamente. Eu me afasto e quase tropeço em um dos bancos do quarto.

— Você está bêbado? A gente não pode.
— A gente pode, sim. Olha só o que faz comigo, Tamôra. — Ele aponta para sua calça e consigo ver sua ereção. Ele me olha com desejo e fixa nos meus lábios.

Meu pai amado, me ajuda!

— A gente não pode — repito.
— Como não pode? — Avança em minha direção e passa a língua pelo meu pescoço. — Não podemos o que mesmo?
— Você é comprometido ou sei lá o quê... — sussurro, já em desespero.

Os dedos dele em minhas costas provocam sensações no meu baixo ventre. Não estou conseguindo raciocinar mais.

— Não sou.

Ele roça sua ereção em mim e sinto que posso desmaiar a qualquer momento. Eu achava que a gente tinha química, mas isso aqui é tabela periódica inteira. Minha vontade é arrancar essa roupa dele e lamber seu corpo até não aguentar mais. Porém, não posso. Não é possível.

— A sua mulher está aqui perto, no quarto de vocês... Ela deve estar te esperando. Você precisa parar.
— Não estamos juntos e há muito tempo.
— E ela sabe disso?
— Lógico que sabe.
— Isso é papo de homem casado quando quer pular a cerca, Adam.
— Você acha isso mesmo de mim? — Ele me olha em expectativa.
— Vá embora, por favor!
— Você já me viu, alguma vez, assumir algo com Bianca? — Bufa, exasperado.
— Mas ela te quer, Adam.
— E daí?

— E daí que ela se apresentou para todos como sua mulher.
— E eu neguei.
— E ela disse "por enquanto". Além do mais, vocês vivem grudados.
— Isso não é verdade. Nós trabalhamos juntos. É diferente.
— Tem mais coisa aí, Adam.
— Claro que tem. Porém, nada que me torne um mentiroso. Eu sou livre. Não sou casado, nem tenho compromisso com ninguém.
— Não sei o que dizer.
— Você não sai da minha cabeça! — Exalta-se.

Ele se aproxima mais e dá pequenos beijos no meu rosto. Desce mais uma vez para o meu pescoço e vai em direção aos meus seios. Eu arfo e mordo minha boca para abafar a vontade louca de gritar.

— Sonhei com seus beijos, com seu cheiro. Fiz um esforço enorme para não te raptar dessa festa e te levar para algum lugar para me afundar em você. Eu não consigo mais, Tamôra. E sei que não estou maluco sozinho.
— Isso está errado, Adam — insisto.
— Eu não consigo tirar os olhos de você, nem quando estou na frente dela. Que espécie de homem eu seria se fizesse isso sem que houvéssemos terminado?
— Hoje mesmo vocês estavam juntos.
— Somos sócios, temos um sonho em comum... — Ele me puxa para mais perto e segura minha mão. — Olha, Tamôra, ao contrário do que muitos pensam, não serei mais um a fazer o tipo que fala mal da ex. Bianca é chata, é cheia de defeitos e, apesar de algumas merdas que rolam, não vou diminuir a importância dela na minha história.
— Por que não me conta por que se separaram?
— Porque é muita merda. E porque é algo que afeta a outra pessoa. — Ele acaricia meu braço, sobe o carinho em direção ao meu ombro e eu fico mais tranquila em saber que ele não é como os outros. — Não dá pra perceber que estou arriado por você? Eu seria um calhorda se estivesse aqui e ainda fosse. Além de ser escroto com você, seria péssimo para minha carreira. Não existe casamento nenhum. Nós não somos mais um casal e isso faz tempo. Somos apenas sócios do projeto *I AM*. Ponto. E você precisa acreditar em mim.
— Por que não define isso entre vocês antes de tentar algo com alguém? Nenhuma mulher merece ser enganada. E Bianca é louca por você.
— Ela sabe que eu estou aqui.
— Sabe?
— Lógico que sabe. Eu não me escondo, Tamôra. Não tenho mais idade para isso.
— Isso não está certo.
— Errado é a gente não viver isso. Estou há dias tentando te tirar do meu sistema. O problema não é Bia. Ela vai superar. A minha demora em assumir o que sinto é por você trabalhar comigo, ser minha ex-aluna... Mas agora não há mais jeito. Eu quero você. — Ele segura o meu rosto com as

duas mãos e me imprensa na parede de novo. — Você não sente nada por mim?
— Eu nem te conheço direito, Adam.
— Conhece, sim. Já fui até seu professor.
Ri, passeando com a língua pelo meu rosto. Ele gosta de brincar com essa língua assim e eu sei que não deveria, porém estou amando.
— Para, Adam.
Nem eu acredito na tentativa de fazer charme que imprimo à minha voz, que não transmite mais nenhuma segurança. Ele coloca a mão que estava em meu rosto em minha coxa e sobe até chegar à minha calcinha. Ele a puxa para o lado e acaricia meu centro. Eu gemo baixinho e ele sorri satisfeito.
— Molhadinha para mim — sussurra ao meu ouvido. — Posso continuar? — Ele me olha em expectativa. — A única coisa que você precisa saber agora é que não está fazendo nada de errado. Confia em mim?
E lentamente se aproxima, tomando-me um beijo duro e arrebatador. Puxa minha camisola para cima e a tira, deixando-me somente de calcinha.
— Perfeita! Gostosa! Como no meu sonho!
Eu já estou desorientada, não sei e nem tenho mais o que falar. Andamos trôpegos pelo quarto e ele me deita na cama. Tira minha calcinha, abre minhas pernas, acaricia e beija minha intimidade. Eu gemo alto, mas ele já está descontrolado e perdido entre minhas coxas.
— Seu cheiro é uma delícia.
Ele lambe meus grandes e pequenos lábios e os suga, depois sobe, passando pelo meu umbigo e se concentrando em um dos bicos dos meus seios e depois alterna para o outro. Ele os suga com avidez e me deixa a ponto de explodir. Tiro sua camisa e tento retribuir o carinho. Lambo seu tronco, porém ele se levanta. Fico em dúvida se aconteceu algo de errado. Ele ri e tira a calça, pega uma camisinha no bolso, rasga a embalagem, desenvolve no pênis e depois fica em cima de mim, pareando, observando minhas reações.
— Você não sabe o quanto me imaginei fazendo isso com você todos esses malditos dias. Mas você ainda não me respondeu se eu posso continuar ou não.
Um sorriso impertinente brinca em seus olhos, enquanto roça o pênis entre minhas pernas.
— Você só pode estar de brincadeira, né? — respondo, ofegante. — Vem logo antes que eu desista.
Ele sorri, vitorioso e volta a me beijar desesperadamente. Nesse momento, eu já perdi a noção de quem sou.
— Não sei se vou conseguir ir com calma agora, mas prometo compensá-la em outro momento. Porque, com certeza, teremos muitos outros momentos.
Seu pênis preenche lentamente a minha entrada. Eu grito agudo, sem pudor e, aos poucos, já familiarizados, ele aumenta o ritmo da estocada, fundindo-nos. Os nossos gemidos são abafados por um beijo intenso.

— Tamôra, não estou aguentando, você me deixa doido. — Não penso em mais nada, só rebolo e ergo mais a minha virilha, aumentando o nosso contato. O ritmo vai ficando cada vez mais rápido e já não falamos mais nada com sentido.

— Também, estou bem próximo. Porém, eu preciso te ver gozar pra mim.

E vai aumentando o ritmo das estocadas, beijando-me, chupando-me, fazendo-me sentir o orgasmo me lamber de forma arrebatadora, como eu nunca havia sentido antes. Vejo-me numa espécie de pequena morte, com a sensação de estar em suspenso, flutuando... Ele olha nos meus olhos e volta a acelerar as investidas cada vez mais, urrando descontroladamente, puxando-me mais de encontro a ele, até que o assisto alcançar o prazer, sentindo seus espasmos e ouvindo seu gemido rouco e estrangulado.

Ficamos um tempo em silêncio, encarando-nos. Ele beija a ponta do meu nariz, sai de dentro de mim e se deita de barriga para cima. Rio e olhando para o lado, vejo seu semblante satisfeito, com um novo sorriso brotando em seus lábios. Estamos suados.

Imaginando essa cena de fora, jamais me veria dentro dela. Estava fugindo desse homem. E agora me sinto bem fodida. Literalmente.

Eu me levanto e vou para o banheiro. Entro no chuveiro e deixo a água cair no meu corpo. Preciso de um pouco de espaço, pensar no que aconteceu aqui e o que farei daqui em diante. Contudo, parece que alguém não está nem um pouco preocupado. Ele abre o boxe e fica atrás de mim, roçando a sua nova ereção em minha bunda.

Como assim, gente? É uma máquina.

Sei que é indelicado fazer comparações, mas quando transava com Lucas, ele mal tirava a camisinha e já se virava para dormir. Era bem chuchu mesmo, como diz Madalena.

Sou subtraída de meus pensamentos quando sinto o toque de sua língua em um dos meus mamilos. Dessa vez, ele resolve ir com mais calma, explorando cada detalhe do meu corpo e nos preparamos para mais uma rodada de orgasmos.

Nós nos enxugamos, voltamos para o quarto e nos deitamos na cama. Estou exausta, mas não consigo dormir. Ele percebe, vai ao banheiro pegar roupões para nos vestirmos e me leva para a varanda, disposta propositalmente numa área discreta, onde ficamos conversando, beijando-nos e trocando carinhos. Mal acredito quando olho para o céu e vejo o sol nascendo. Ficamos olhando um para o outro sem nada dizer, só sentindo uma estranha e forte conexão.

Quando me imaginei assim com ele?

Sou despertada dos meus sonhos pelo barulho de um toque de celular, que eu sei que não é o meu. Adam deixa o telefone tocar umas três vezes, indo parar na caixa-postal. Fico pensando no que acabou de acontecer nesse quarto e na conversa que ele quer ter com Bianca diante de mim.

O que eu tenho a ver com a relação ou não-relação dele? Será que caí no conto do homem que diz que está separado, quando na verdade quer é ficar com as duas? É claro que ele sabe que jamais aceitaria a proposta de presenciar a conversa deles. O que meu pai faria se descobrisse?

Não seria melhor mandá-lo ir embora e fingir que nada disso aconteceu? O meu amor platônico não é mais platônico e certamente será minha ruína. Eu acabei com minha carreira.

O telefone volta a tocar. E, impaciente, peço que ele atenda. Ele se afasta, vai até a calça, retira o aparelho do bolso e, pela sua cara, já sei quem é e me preocupo.

Se Bianca sabe onde ele está, ligou com qual objetivo?

Meu ex-professor desliga o aparelho, reaproxima-se de mim, carrega-me até a cama, deita-me, ajeita a minha cabeça no travesseiro, deita-se atrás de mim, dá-me um beijo no cabelo e eu decido aproveitar esse momento. Até porque já aconteceu, não há como voltar. E se não for acontecer mais que, pelo menos, eu tire minha casquinha.

Pegamos no sono e eu deixo para pensar no depois, depois.

CAPÍTULO 18

Eu sempre achei estranha essa ideia de resumir algo em uma palavra, mas se eu pudesse definir o meu final de semana, seria "inacreditável". E se alguém tivesse me dito, há um ano, que eu estaria ontem nos braços do meu ex-professor de História, o cara que eu mal abria a boca para falar sem gaguejar, Adam Moreland, eu chamaria essa pessoa de maluca. Não que isso tudo não seja uma loucura mesmo. Foi o melhor sexo de minha vida. Preciso deletar tudo que já fiz com Lucas. Com Adam, nunca, nem nos meus melhores sonhos eróticos, eu tive tantos orgasmos e tantas sensações indescritíveis. Seu cheiro ainda está impregnado em mim.

Estou ferrada.

Bem pouco, dona Tamôra! Agora vai viver lá o seu clichezão! Agora vai fazer o que com isso, querida?

E essa nova versão de Adam? Engraçado, extrovertido, carinhoso, fogoso, ousado e todo concentrado em mim. Em mim. Sério? Eu sou patética. Estou arriada e nem consigo mais disfarçar. Eu me sinto agora como uma ex-aluna boba, de colegial, ou então aquelas fãs adolescentes deslumbradas quando conseguem um encontro com o vocalista de uma *boy band* top das galáxias.

Se ele notou, não deixou aparecer. Pelo contrário. Foi perfeito. Ou quase. Só não foi melhor porque Bianca ligou outras vezes e eu o obriguei a atendê-la. Corri para o banheiro e a realidade me bateu. Se ela sabia onde ele estava, por que não atender?

Não farei parte de uma trama, na qual duas mulheres se engalfinham por causa de um macho. Para a mídia, eles ainda são um casal.

Cheguei a ter receio do que fizemos, até ele desligar o telefone, ir me buscar no chuveiro e me levar para cama de novo, onde trocamos carícias e transamos até quase meio-dia, quando precisei voltar para casa e esperar por toda equipe para um almoço promovido pelo meu pai. Depois disso, todos foram embora e eu pude, enfim, respirar em paz, sem ajuda de aparelhos e feliz, é claro.

— Tam? — Bruno me desperta dos meus devaneios. Estamos no intervalo de um dos três programas que vamos gravar hoje. — Você ouviu? Vamos recomeçar em um minuto.
— Ok.
Ele olha para mim, desconfiado.
— Está monossilábica, por quê?
— Oxe! Estou normal.
— E esse suspiro todo hoje é por quê?
— Que suspiro, Bruno?
— Esse de quem viu passarinho verde... Cheia de risinho... O que aconteceu?
— Só não aconteceu nada demais.
— *Ok, gente. Vamos lá?* — A voz de Adam me faz estremecer. Nós mal nos falamos quando chegamos hoje. Só o vi de longe. Ele deu sua famosa piscadela e subiu para a cabine. Fiquei com medo de ele me tratar friamente ou de forma ríspida, sei lá. É oficial, eu me transformei naquelas que mais criticava: as que se autossabotam.
— *O primeiro bloco foi muito bom. Conseguimos gravá-lo em vinte e cinco minutos, em cinco takes. Vamos tentar matar esse segundo em vinte minutos, ok?*
Quem está me matando é você, delícia!
— *Em seus lugares, por favor.*
Bruno e eu nos encaminhamos para nossas marcações. Em nossos lugares, nós nos concentramos e ficamos atentos ao sinal.
— *Atenção, estúdio. Silêncio. I AM. Take seis. Gravando.*
— Essa semana não foi fácil para nossos participantes e amanhã um deles deixará o jogo — começa Bruno. — Quem será?
— A pressão do confinamento e as tarefas cada vez mais desafiantes estão deixando o jogo mais complicado. Vamos dar uma olhadinha no que aconteceu nos últimos dias? — eu falo.
— *Ok. Corta.* — Ouço a voz de Bianca, que eu não tinha notícias até então, num tom um pouco irritado. Se eu queria uma forma de acordar dos meus sonhos, ouvir a voz dela foi uma ótima estratégia. — *Tamôra, não é "no que aconteceu nos últimos dias", sim, "no que vai acontecer nos próximos dias".*
— Eu li como está na minha ficha, Bianca.
Eu tenho de me acalmar. Estava demorando.
— *Mas está errado. Vocês não bateram texto antes? O VT que soltaremos é sobre os próximos acontecimentos. Qual é a lógica? Preste atenção!*
— Eu falei o que li. Mas ok. Você está certa.
— *Podemos recomeçar?* — ela pergunta. Sinalizo que sim, respiro fundo, fecho os olhos para me concentrar e sinto a mão de Bruno apertando a minha, como sempre fazemos.
— Então, vamos lá! — ela grita da cabine. — *Atenção, estúdio! Silêncio. I AM. Take sete. Gravando!*

— Essa semana não foi fácil para nossos participantes e amanhã um deles deixará o jogo — repete Bruno. — Qual será?

— A pressão do confinamento e as tarefas cada vez mais desafiantes estão deixando o jogo mais complicado. Vamos dar uma olhadinha no que vai acontecer nos próximos dias?

— Corta!— ela grita mais irritada. — *Mais emoção, Tamôra! Pelo amor de Deus! Está sem energia!*

— Você só pode estar de brincadeira, né? — explodo.

Se eu não estivesse tão bem de humor, juro que abandonaria esse estúdio agora. Aguento horas de ensaio, dou tudo de mim e sempre parece que tenho de provar algo. Até quando terei de provar algo?

— Você pode me dizer qual é o problema, Bianca?

— *Você está dizendo o texto com má vontade, sem ânimo, sem energia...*

Ai, minha santinha protetora das causas feministas, me protege! Não tenho a menor paciência pra essa cafonice de rivalidade feminina!

— Ok, podemos dar um tempo? — peço.

— *Agora?*

— Sim. Cinco minutos. — A minha vontade é gritar, porém ela é minha chefe. E deve estar na razão dela. — Tudo bem?

Um silêncio insuportável se instala no estúdio. Olho para Jane e ela tenta não rir.

Qual é a graça?

Bruno se aproxima, toca meu ombro e abre os olhos como se me pedisse calma. É nítido que, apesar do que Adam disse, as coisas não estão resolvidas entre eles. Ela está misturando as coisas. Bianca ainda está comprometida, e ele que resolva.

— Adam? — eu o chamo. Mais silêncio.

Todos olham para mim enquanto Jane vem na minha direção, como se estivesse pisando em ovos, e sussurra:

— Ele saiu com Bianca. Os dois foram conversar. Segura o rojão agora. Aproveite seus cinco minutos para beber uma água ou calmante forte. — Ela ri.

Será que fiz merda?

CAPÍTULO 19

Depois daquele fatídico dia em que Adam e Bianca saíram do estúdio para conversar, ela não apareceu mais nas gravações.

Ele e eu decidimos também, enquanto o programa estiver no ar e as coisas ainda estiverem nubladas em relação à Bianca, manter nossa relação entre nós. Não ficamos juntos após daquela noite, mas confesso que demos alguns amassos escondidos, sempre que encontramos oportunidades ainda no estúdio, como se fôssemos dois adolescentes no auge dos hormônios em ebulição. Porém, a maior parte do nosso contato é por meio de mensagens, que transitam entre picantes e amorosas. Isso é algo que nunca o imaginei fazer. Esse cara que tem roubado minha paz, minha atenção e minha sanidade nos últimos meses. Não estou reclamando.

Tenho vivido uma rotina intensa de trabalho, sem tempo nem para me coçar. Após mais um dia, chego a casa à procura de minha mãe e, fico curiosa, quando sou avisada de que ela está no jardim com uma visita. Ela adora receber visitas, porém é algo incomum em sua vida agitada. A não ser Tatiana, a mãe de Lucas e sua amiga mais próxima, que ela encontra sempre.

Imagino o tamanho do banquete que ela preparou. Decidida a não atrapalhar o seu momento de perfeita anfitriã, vou encontrá-la apenas para lhe dar um beijo e subir para meu quarto. Alguns momentos de imersão na minha banheira fantástica me chamam.

Consigo ouvir vozes, meio sussurradas e, ao me aproximar, congelo quando constato que não só conheço a dona da outra voz, como esta tem feito parte dos meus maiores pesadelos nos últimos tempos.

— Tamôra, minha querida, como vai? — Bianca se levanta, no susto, quando me vê, e vem me cumprimentar com dois beijinhos no rosto. — Sente-se aqui com a gente!

Minha mãe acena para mim e não esconde o sorriso amarelo.

— Oi, mãe! — Eu me aproximo dela, dou um beijo em sua testa e a olho de forma interrogativa. — Que surpresa te encontrar aqui, Bianca. Gosta da Praia das Pérolas ou está só de passagem? — ironizo, porque sei que aqui não é o caminho dela para lugar algum.

Ela olha para mim e para minha mãe, como se pensasse o que responder. Tem alguma coisa errada aqui.

— Filha, convidei Bianca pra jantar. — Minha mãe interrompe o silêncio palpável. — Você janta com a gente?

— Sentimos sua falta nas gravações, Bianca.

— Tirei dias de folga. Como foi lá?

— Cansativo, mas tudo bem.

— Que bom.

— Você ainda não me disse o que veio fazer aqui. — Olho para ela. — Sobre o que vocês conversam? — Eu me viro para minha mãe. — Não sabia que eram amigas.

— Vim aqui *pra* gente conversar e se conhecer melhor, quebrar aquele clima pesado daquele dia... Quero, inclusive, pedir desculpas a você.

— Tudo bem. Mas por que não conversou comigo no estúdio? Eu estava lá, não aqui.

— Vim aproveitar uma tarde na Praia das Pérolas, conversar com Melinda, ela me convidou para um chá da tarde. O papo foi tão bom que se estendeu para o jantar. Que mal há?

— É, mal não há. — Noto seus lábios trêmulos e me preocupo. — E sobre o que vocês conversavam?

— Nada demais, não é, Mel?

— Mel?

Eu não gosto de dramas. O meu namoro com Lucas durou anos por conta disso. Eu não quero lidar com coisas que estraguem o meu emocional. Não gosto de disputa de ego, de rivalidade feminina, de ciúme excessivo... Sou capaz de jogar tudo para o alto se tiver de lidar com isso.

A minha paixão por Adam era coisa de adolescente, algo ingênuo e sem grandes consequências. Ele foi embora, passou. Mas essa nova versão chegou como um rolo compressor. Quando me vi, já estava esmagada pela sua presença e por tudo que ela traz. Algo muito estranho aconteceu aqui e confesso que não gosto que invadam meu território.

Minha casa é o meu porto seguro. E, quando me sinto atacada, fico reativa.

— Pra que tantas perguntas, filha? Deixa a visita respirar. — Minha mãe entra na conversa com o seu velho e bom humor, na tentativa e aliviar o clima. — Senta aí pra conversar com a gente. Seu pai e seu irmão foram a um evento em Salvador e voltarão tarde. Seremos só nós três. Que tal um papo entre mulheres?

— Preciso de um banho.

Sabe aquela pessoa que não consegue disfarçar que está escondendo algo? Dona Melinda. Por outro lado, Bianca é aquele tipo simpático demais, fofo demais, que come pelas beiradas, que fala *"gosto de você"*, mas tem sempre um *"mas"*, que está ali para te ajudar e mete até energia no meio do babado, se duvidar. E assim te intimida. Não confio, embora não a julgue pela história com Adam, porque embora eu acredite nele, não sei

que o aconteceu para que chegassem ao nível da não-relação que têm hoje.
— Nós precisamos conversar, filha.
— Temos?
— Bianca tem algumas coisas para te contar?
— Sobre?
— Não adivinha?

Eu a olho com cara de *"Não faça isso comigo"*. Ela dá de ombros. Seria justo eu saber por ela algo sobre os dois quando ele preferiu não se abrir comigo porque o assunto a envolvia também? E por que minha mãe já decidiu por um lado? Ela jamais faria algo para me prejudicar, não é? Eu tenho mesmo de me envolver nessa história?

— Vai tomar um banho, que a gente te espera.
— Vou subir, então. Fique à vontade, Bianca.

E saio sem deixá-las perceber se darei as caras de novo ou não.
É claro que não.

Acordo com uma mensagem de Adam me avisando que está a caminho daqui. Vou ter de dar um jeito de encontrá-lo sem ninguém ver. Combinamos de ir para a Praia das Ostras, a mais afastada e quase deserta, onde costumo correr com Madá e Horácio. Lá existem uns lugares mais reservados.

Decido ir de carro. Estaciono próximo de uma das poucas barracas, ao lado do local em que Adam também deixa o Jeep dele. Quando visitou o resort da minha família, meu ex-professor ficou curioso em conhecer mais da região. Quando vieram para cá, a equipe do *I AM* só curtiu a nossa praia privativa e as dependências do hotel.

Vamos a caminho da praia, subimos a maior pedra da Praia das Ostras e nos sentamos no topo dela. De cima, dá para ver surfistas pegando onda. Ele me abraça por trás e observamos a movimentação deles no mar. Ficamos em um silêncio confortável.

— Por que você e Bianca ainda são casados se você me disse que não estão mais juntos? — solto, quebrando a calmaria.

Ensaiei essa pergunta pelo curto caminho até aqui. Preciso de respostas e não gostaria que estas fossem dadas por Bianca, afinal, não é com ela que me relaciono. Mal questionei e já me pergunto se foi o melhor momento.

— Falei demais?

Ele beija meu pescoço. Eu me viro de frente para ele.

— Eu pedi a ela que não participasse das gravações.
— Ela é a codiretora, Adam.
— Bianca sabe da gente, Tamôra. Na verdade, ela soube o que poderia acontecer desde que vi o seu vídeo.
— Eu não quero ser sua amante, Adam.

— Você não é.
— E nem serei.
Ele me olha, coloca as mãos no meu rosto e me dá um beijo de leve, porém depois não se contenta, aprofunda o contato e enfia a língua em minha boca. Essa tática de me tirar do prumo desse jeito é covardia.
— Não será. — Afasta-se sem quebrar o nosso contato, olha-me com intensidade e um sorriso dissimulado.
Será que ele tem consciência do poder que exerce sobre mim? Adam é o homem mais lindo que eu conheço. Uma boca que nasceu para ser beijada, mãos grandes que fazem coisas, que só a nossa senhora das ex-alunas taradas para me dar ou tirar o resto do juízo.
— Se vocês não têm mais nada, por que continuam casados? Já se separaram no papel? Por que ela se comporta como se estivessem juntos ainda? — insisto.
— Tamôra, eu prometo que um dia você saberá de tudo. Esse assunto não é só meu.
— Ela foi à minha casa e tenho certeza de que me contaria.
— Como assim, ela foi à sua casa?
— Eu a encontrei de bate-papo com minha mãe quando cheguei.
— Vocês conversaram?
— Não. Eu quero saber sobre essa história por você.
— É complicado, Tamôra.
— Sem esse papo, Adam. Ela me contaria. A gente não pode ficar junto desse jeito, igual a dois adolescentes.
— Já conversamos sobre isso e concordamos que estamos no meio de um *reality*. Qualquer passo em falso, pode ser prejudicial pra todos nós.
— Não estou te pedindo em casamento.
Ele ri.
— Não é sobre contar para as pessoas. É sobre ser transparente. Eu preciso saber onde estou pisando e ela precisa ficar bem.
— Ela está bem, Tamôra.
— Não está. Caso contrário, por que iria a minha casa, tomar chá da tarde com minha mãe e armar uma emboscada para me contar sei lá o quê?
— Relacionamentos acabam, menininha. E o meu com Bianca acabou. Quando digo que ela está bem, não estou dizendo que está feliz. Eu nem acredito que ela goste de mim de verdade. Tenho motivos para ter certeza disso. E se não quero te contar é porque sinto que não é a melhor forma de a gente começar a nossa história.
— A melhor forma é sermos transparentes.
— E eu estou. *Eu quero você*.
— Isso à custa da infelicidade de outra pessoa, não compensa.
Ele respira fundo, levanta-se e olha para o mar. O clima pesa e eu fico com vontade de me bater. Passei a noite toda com o desejo de estar em seus braços e aproveitá-lo longe de tudo e de todos. No meio da minha insegurança, cheguei a achar que nossa noite no resort foi só um deslize de

bêbado e que logo ele entenderia que fez uma bobagem; que eu fui só um lance de uma noite e mais alguns amassos no estúdio. E, após ele ter atravessado a cidade para me ver, "eu aperto a mente dele", como se diz em bom baiano.

Ele se vira para mim, que continuo sentada.

— Eu só quero te curtir. Ansiei passar um momento assim, sozinho, com você. Poder te beijar sem ser daquela forma proibida lá do estúdio.

Eu também me levanto e o abraço.

— Por que não me fala sobre a sua família? — Ele me olha sem entender a mudança brusca. — Sobre isso você pode falar, não é?

— Ok. — Ele me envolve com os seus braços e beija levemente meu pescoço. — Meu pai é brasileiro, passou um tempo em Nova York. Minha mãe é de lá. Os dois se conheceram e tiveram um romance. Tempos depois, eu nasci. Fim.

— Eles não eram casados? Nem pense em encerrar o assunto, queridinho. Quero saber tudo sobre você.

Ele gargalha.

— Não. Só tiveram um romance de verão.

— Romance de verão em Nova York? — brinco. — O inverno em Nova York pode até ser romântico, mas li em algum lugar que o verão é tão quente e abafado que mal dá para respirar, imagine beijar na boca e fazer filho.

Nós dois rimos.

— Por isso sou quente, intenso e irresistível.

— E presunçoso— implico e dou um beijo rápido em sua boca. — Então você é de Nova York? Pensei que fosse de Chicago.

Na época do colegial, julguei investigar tudo sobre a vida dele. Mas é claro que ele nunca soube, nem saberá.

— Minha mãe foi para Chicago quando eu ainda era bebê, depois que meu pai voltou para o Brasil. Eu vim pra cá adolescente, no entanto, naquelas crises existenciais, enjoei de viver aqui e voltei para os Estados Unidos. Fui para Los Angeles, estudei Cinema e logo comecei a trabalhar em Hollywood.

— E como Bianca entrou na sua vida? — arrisco, mesmo sabendo que não deveria.

— Tam, por favor! — ele pede. — Está bom de entrevista.

— Ok — respondo, chateada.

Ele segura meu queixo com uma das mãos e volta a me beijar. O beijo é cheio de urgência. Nós nos beijamos por muito tempo. Até sentir meus seios inchados e minhas pernas bambas. Eu me sinto vulnerável e isso me assusta. Ele me deita na pedra, continua a me beijar e coloca uma das mãos por dentro do meu vestido. Fico com a respiração irregular e excitada.

— Tamôra!

Tomo um susto, sento-me quando ouço a voz de Horácio, atrás de mim. Nós nos afastamos apressados e eu me levanto.

— Oi, Horácio — respondo, ainda entorpecida pelos beijos e nervosa pela situação.
Adam também não ajuda e não desvia os olhos lânguidos de mim.
— Que novidade é essa? — A pergunta vem em tom de acusação.
— O que você faz aqui, Horácio?
— Eu corro aqui todos os dias. Esqueceu, maninha? — Cruza os braços.
— Não aqui nas pedras. — Por que tenho de me explicar, hein? Era isso que não queria, não estou fazendo nada errado.
— Decidi aproveitar a vista e que vista, hein?
Adam olha para mim e sorri. Ele deveria estar nervoso também, não?
— E Lucas? — Horácio questiona e fico sem entender, já que ele sabe que Lucas e eu não estamos mais juntos.
— O que tem Lucas? Você que deve saber dele. Ele é seu amigo.
— Eu só quero evitar problemas com ele.
— Que problema? — Adam finalmente se manifesta, mais intrigado do que curioso.
— Eu não sou mais a namorada do Lucas e você sabe disso, Horácio.
— Que eu saiba, você é casado. — Aponta para Adam.
— Não sou.
— Como não? Conheci sua esposa no final de semana.
— Nós nos apresentamos assim?
— Eu entendi assim.
— Horácio, quer parar? Isso não é da sua conta — intercedo.
Tudo bem que ele é meu irmão, mas não tem o direito de se intrometer desse jeito.
— Foi para isso que você terminou o namoro, Tam? — Ele altera a voz.
— Que loucura é essa? O meu pai sabe disso?
— Horácio, você sabe muito bem quem terminou. Pode ir embora e nos deixar em paz? — eu grito. — Depois a gente conversa.
— Tamôra...
— Sai daqui.
— Isso não está certo.
— Tanta coisa não está certa, Horácio. Você quer mesmo falar sobre todas as coisas que não estão certas, mano? Quer falar sobre mim, porém podemos falar sobre você também. Que tal? — Perco a paciência. — Tem conversado com Madalena?
— Ok, ok. Você venceu.
Eu descobri o ponto fraco dele e, mesmo sabendo que não é certo, vou usá-lo sempre que precisar.
— Não pense que isso acabou. — Ele olha de mim para Adam. — E você, não ache que ela não tem ninguém para protegê-la.
— Eu nunca pensei isso. — Adam me abraça de forma protetora.
— Não preciso nem dizer que isso não deve chegar aos ouvidos do nosso pai, não é, Horácio?
— Não pense que serei cúmplice disso aí.
— Não estou pedindo isso, mas é assunto meu.

— Ok. Finjam que não interrompi o momento *Only fans* de vocês. Atentado ao pudor é crime, sabia? Este local é público. E assim como eu, outras pessoas podem ver.

— A gente já vai sair daqui.

Ele nos olha uma última vez com desaprovação e sai. Eu deveria ter conversado mais com ele, de preferência em particular, afastado de Adam.

— Então, você tem um ex-namorado? — Adam me questiona num tom divertido, puxando-me para eu me deitar novamente na pedra.

Ele se coloca por cima de mim, acaricia meu rosto e me dá leves beijos na bochecha.

— Todo mundo tem.

— Eu não.

— Você tem pior.

— Bianca e eu nunca namoramos.

— Não? Conte-me mais, então. Há quanto tempo não estão mais juntos?

Ele solta uma gargalhada.

— Você é impossível. Não perde a chance, não é, menininha? Nossa relação não é como você pensa, mas já falei que na hora você saberá de tudo. Onde paramos? — Lambe meus lábios. — Gosto tanto do seu beijo, do seu cheiro... Nossa, que delícia! — Ele me beija com voracidade e quase desespero, como se quisesse tirar tudo de mim. — A gente poderia sair daqui e ir para um lugar realmente reservado, não? Seu irmão está certo. Não somos astros de filmes pornôs. E o que quero fazer com você, pode, sim, ser classificado como atentado ao pudor.

Sua respiração está ofegante e sinto seu membro rijo encostado em mim. Ele me olha e eu entendo seu olhar sugestivo.

— Nem me olhe assim. Eu não vou a um motel, Adam. É muito arriscado. Além de carimbar meu passaporte como sua amante, que eu não sou.

Eu posso até ter falado num tom de brincadeira, porém essa situação não me deixa bem.

Por que ele não me conta logo tudo? E por que ele ficou tranquilo diante de Horácio? Se ele devesse algo, temeria, não é?

— Aluguei uma casa aqui perto, na Praia do Forte. — Olha sugestivamente para mim. — A gente pode ir para lá. O que acha?

— Sério? E por que não me contou antes?

— Para que você não achasse que sou um ogro e que queria só te comer. Não é legal que todos saibam agora, menininha, mas não devo nada a ninguém.

— Por que fica me chamando de menininha? Estou me sentindo sua aluna, devorada pelo professor-velho-babão.

Descemos da pedra em meio a beijos e sussurros e pegamos nossos carros. Eu não sei onde tudo isso vai dar e confesso que esse sentimento me assusta. Porém, agora é tarde. Fugir já não é uma opção.

É melhor eu curtir o que quer que isso seja, não é?

CAPÍTULO 20

Jane e eu chegamos cedo, antes de todos, para que ela pudesse me dar um *feedback* sobre o meu desempenho no programa até agora.
Olhamos as notícias nos sites, organizamos minha agenda e discutimos as propostas que recebi até então. Achamos, por bem, contratar alguém exclusivo para gerir minha vida profissional. Porque tudo já ultrapassou os limites do *reality*.

Concordamos que, com o aumento da demanda, além de minha agente e coach, ela trabalha como minha empresária. E isso está humanamente impossível, já que ela cuida do Bruno também. Na atual conjuntura, não faz mais sentido. Eu preciso criar a minha própria equipe de trabalho.

— Estou impressionada com os números deste programa, Tam. — Ela me mostra um relatório. — A audiência aqui no Brasil triplicou, a edição dos EUA não chegou nem perto. E lá foi sucesso, viu? E as suas redes estão estouradas.

— O povo daqui gosta de *reality*, né? De uma fofoca, de brincar de ser Deus, de se intrometer na vida dos outros... — Rio.

— Sem falar dos romances inusitados entre os participantes... Só se fala nisso.

— É muito babado pra dar conta.

Rimos. Ela me olha com malícia.

— Não só entre os participantes, não é?

— Jane, Jane. — Fico sem graça.

— O povo shippa você com Bruno e nem imagina que seu *shipper* é outro. — Gargalha.

— Posso entrar? — Tomo um susto quando ouço a batida à porta e a voz de Adam logo em seguida.

— Claro. — Olho para Jane, sem graça.

Será que ele nos ouviu?

— Bom dia! Chegaram cedo. — Ele se aproxima, animado, ao mesmo tempo em que me escaneia.

Nunca vou me acostumar a esse sorriso, meu pai. Sinto meu pulso descompassado. *Vai ser assim pra sempre, Tamôra?*

— Você já viu os nossos números, Adam? — Jane quebra o clima quente, ainda bem. — O quanto esse *reality* está estourado.

— Eu nunca duvidei da gente. —Sorri e sinto em sua frase um duplo sentido.

— Achei que vocês tinham se arrependido de mim — comento.

— Será que você tinha alguma razão para pensar assim? — Bianca surge na nossa frente e me olha de forma desafiadora.

Bastou essa frase para eu me perguntar onde está aquela Bianca agradável, quase melhor amiga de minha mãe do outro dia? Algo errado não está certo.

— Reunião sem a minha presença? — ela questiona.

— A reunião é entre mim e Tamôra — interfere Jane enquanto arruma seus papéis. — Mas já terminamos, não é?

Despede-se e sai sem cerimônia.

— E o que você está fazendo aqui, *Adam Moreland*?

— Você sabe o que mais eu vim fazer aqui, não é, Bianca?

Bianca engole em seco e respira fundo.

— Como foi seu dia ontem? — Ela olha dele para mim.

— Melhor impossível.

Eles estão conversando por mensagens subliminares e eu gostaria de me retirar.

— E você, Tamôra? Como foi a folga?

— Tudo bem.

— Que bom. Eu recebi um e-mail curioso ontem à noite. — Ela o olha, magoada. — Com uma foto de um casal, num clima bem romântico, numa praia. Parece que lá perto de você, Tamôra.

Congelo, contudo nada respondo.

Ficamos os três em silêncio por instantes demorados e constrangedores.

— Eu vou falar isso uma única vez. Espero que seja bem clara. — Seu foco é ele. — Ou você acaba com essa coisa que rola entre vocês ou o negócio vai ficar complicado para o seu lado.

— O que você quer dizer, Bia?

— Você me entendeu. Ou se afasta dela ou vou fazer essas fotos se espalharem. Já imaginou o escândalo que vai ser o diretor casado de caso com a apresentadora?

— Você sabe que isso não é verdade.

Eu, que até agora, estava de espectadora, me levanto exasperada. Ser exposta como se eu fosse uma destruidora de lares. Eu não tenho nada com isso.

— Você me seguiu, Bianca? — Adam indaga.

A constatação de que ela não está bem, como ele quer que eu acredite, estoura como bolas de aniversário na minha cara. Ela me parece mais perigosa do que imaginei.

— Para pessoas públicas, vocês não tomaram muito cuidado, não é? As fotos pareciam um book de pré-casamento. Mas eu não segui vocês, não me prestaria a isso.

— Como essa pessoa conseguiu as fotos? — ele questiona, irritado. — Você mandou alguém nos seguir?

— Isso poderia ser considerado assédio, sabia? — ela ironiza, sem respondê-lo. — O que iriam pensar? O diretor assediou a apresentadora, que, inclusive, já foi aluna dele? Será que ele não fez isso desde aquela época? — Ri com amargor. — Isso é sério, hein, Adam? Imaginou isso nos tabloides de fofoca? Seria o fim de um *reality*. Sem falar que você ainda poderia ser processado pelo pai dela.

— Cala a boca, Bianca! — Adam diz entredentes. — Você sabe muito bem o que há entre mim e Tamôra.

— Sei? A única certeza é que você me traiu — grita.

— Nem você acredita nisso, não é? — Ele perde a paciência. — Você sabe que, se alguém foi traído, não foi você.

— Pare de gritar — ela sussurra. — Alguém pode ouvir.

— Que ouçam. Estou cansado disso tudo, Bianca. Estou farto.

— Não seria melhor que resolvessem isso entre vocês? — sugiro, constrangida e assustada, sem saber no que pensar e em como sair dessa confusão.

Não gostei nem um pouco de ela falar sobre meu pai.

— Tamôra, Adam não é um homem livre. — Ela olha para mim. Está nervosa, com os olhos rasos d'água, a boca tremendo. Não vejo raiva, só desespero e eu me compadeço. — Por favor, retire-se dessa história.

Sinto-me exposta. Eu gosto dele, porém, diante de tudo que aconteceu aqui hoje, isso não vai acabar bem. Acredito nele, mas, mesmo que eles não estejam mais juntos, Bianca não está disposta a perder seja lá o que eles compartilham. E não vale a pena perder a paz desse jeito. Eu cheguei com outro foco e estou perdida no meio desse tiroteio.

Bianca não é fácil, contudo também é uma mulher apaixonada. Eu sempre estarei ao lado da mulher, mas não posso baixar minha cabeça para ela. Não vou permitir que me humilhe, nem me exiba para conseguir o que quer. Antes que eu comece, é Bianca quem fala.

— Você só tem a sofrer se insistir.
— É uma ameaça?
— Um aviso.

Adam está com o queixo quase colado no peito, com o maxilar travado, tenso, de braços cruzados, com a respiração audível e profunda, como se fizesse força para não socar a parede mais próxima. Ele levanta o seu olhar para mim. É intenso e cheio de significados. Eu desmonto nossa conexão e olho para ela.

— Ok. Aviso recebido com sucesso, chefa. Agora chega de show.

Pego minha bolsa, saio do camarim e resolvo dar uma volta na praia, que fica em frente à mansão, e botar a cabeça no lugar.

Se depender de mim, hoje a gravação vai atrasar. Se é que ainda vai acontecer.

CAPÍTULO 21

Após dias de insistência, Bruno finalmente conseguiu me arrastar para jantar com ele. Jane, ele e eu temos ficado cada vez mais próximos. Mas, dessa vez, ela não pôde vir conosco. Precisou resolver alguma demanda do programa. E, mesmo reclamando, ela adora ser a faz-tudo de Adam e Bianca. Então, resolvemos não abortar o plano, seríamos somente Bruno e eu. O que também achei bom, pois assim saí para respirar um pouco. Ando irritada, distante do meu bom humor costumeiro. Eu sinto que Adam me quer, que me deseja, porém nosso relacionamento continua muito obscuro.

Decidimos ir ao SoHo, restaurante japonês na Bahia Marina, próximo à Baía de Todos os Santos, que eu sou apaixonada. Imagino o que meu pai diria se soubesse que considero esse o melhor restaurante de todos. Inclusive, melhor do que o do nosso hotel.

Sinto minha bolsa vibrar, olho e respiro fundo ao perceber que é uma chamada de Adam. Desligo. Não quero falar com ele agora. Pedimos carpaccio de salmão e legumes grelhados de entrada. E para beber, eu peço sakeroska de abacaxi com hortelã e Bruno uma caipirosca de maracujá.

O meu telefone volta a vibrar. É Adam outra vez.

— Não vai atender?

Bruno me tira das minhas elucubrações. Volto a desligar.

— Não é urgente.

Devolvo o celular para dentro da bolsa e torno a minha atenção para meu companheiro de jantar.

— Tam, você ouviu o que te perguntei?
— Quando?
— Antes de o telefone vibrar?
— Desculpa. Eu me distraí.
— Posso te ajudar?
— Estar aqui comigo já ajuda.
— Se quiser, posso te acudir de outros jeitos — insinua maliciosamente e passa a língua pelos lábios inferiores de forma afetada.

Eu rio. *Palhaço*. Ele tem uma capacidade admirável de me arrancar sorrisos.

— Sobre o que você estava falando?

Decido parar de pensar no "drama Tamôra-Adam" e aproveitar os momentos impagáveis com meu amigo. *Amores tiram do prumo, amizades colocam*.

— Sobre o nosso casamento.

— Quê?!

Ele explode numa gargalhada contaminante, que me faz chorar de rir.

— É o que nossos fãs desejam que aconteça, não é? Estou brincando, Tam. Não precisa passar mal. Também tenho urticária só de pensar em compromisso. Não era sobre isso, porém deixa pra lá, não falei nada demais. Quem precisa desabafar aqui é você. Por que não conta o que te aflige? — Ele segura minha mão, mas se afasta assim que o garçom chega com os nossos pedidos. — É algo sobre o *I AM*?

— Não.

— Tem certeza? — Ele espera o garçom se afastar. — Tem a ver com Bianca? Adam?

— Bruno, vamos focar em outras coisas? — Coloco um pedaço do carpaccio na boca e o sinto derreter. Nossa, tinha esquecido como isso era bom! — Como está o flat novo?

— Maravilhoso. Inclusive era sobre isso que eu falava, enquanto você estava em Nárnia.

Levanta uma das sobrancelhas, como se dissesse: *"te peguei"*! Bruno acabou de trocar de apartamento. Ele dividia um espaço com um amigo e agora decidiu alugar um sozinho, na Ladeira da Barra. Um lugar incrível, com uma vista espetacular para o mar.

— Quero te levar lá. — Pisca o olho.

— Vou marcar com Jane para a gente te fazer uma visita. — Devolvo a piscada. — Faz o jantar?

— A três, gosto também. — Eu rio e ele me olha, satisfeito.

O meu telefone volta a tocar e decido atender. Chega de correr de Adam.

Chega de infantilidade, Tamôra!

Para minha surpresa, não é ele. É Madalena.

— Bruno, você me dá licença? — Eu me levanto. — É minha amiga Madá. — Bruno sabe de quem se trata, pois já recebi outras ligações dela enquanto estava com ele. — Prometo que é rápido.

— Claro. Vou aproveitar e fazer uma ligação também. Nossa comida é que não vai gostar.

— Desculpa. — Faço biquinho e saio a caminho da saída do restaurante e encontro um lugar mais reservado. — Oi, Madá. Onde você está, sumida?

—*Você está tendo um caso com Adam Moreland, Tamôra?* — Ela é direta.

— Não vai rolar nem um *"Oi, amiga, como vai?"* — provoco.

— *Responde, Tamôra Maria.*

— De onde você tirou isso? — Tento ganhar tempo.
— Estou em Los Angeles. Acabamos de almoçar com um amigo de Máximo e ele me contou que só se fala sobre isso por aqui, pelos bastidores. Que a esposa dele, Bianca, ligou para essa pessoa se queixando de alguém. É você, não é, Tam?
— Não — digo, sem muita convicção.
— Tam, Adam é muito conhecido aqui. Mesmo sendo diretor, é visto como galã. Também com aquela beleza toda, né? Você não tem noção. Eu vou adorar se for verdade e ficarei chateada se ficar sabendo pelos outros.
— Quem disse que sou eu, Madalena?
— E não é? Você sempre foi arriada por ele e eu bem notei que você estranha nas últimas vezes em que nos falamos.
— E daí?
— Quem mais seria?
— Eu que sei?
— Você não pode guardar uma informação dessas de sua melhor amiga. Ou não sou mais? Tudo seu agora é com essa tal Jane.
— Ela é minha amiga, mas também trabalha comigo, Madá.
— E Bruno?
— A mesma coisa.
— Eles sabem?
— De quê, Madá?
— Do seu romance!

Por mais que eu compreenda a curiosidade e a chateação de minha amiga, não consigo aceitar esse tom. Logo ela, que anda tão cheia de segredos com meu irmão? Mesmo querendo saber, jamais a colocaria na parede, como faz comigo agora. Eu não me rendo à pressão, tampouco à chantagem. Respiro fundo e devolvo a bomba:

— E você, Madá? — questiono, degustando cada sílaba.
— Eu o quê?
— Você me conta os seus segredos?
— Do que você está falando?
— Do Horácio. — Madá fica em silêncio por alguns segundos. Ouço um barulho de vento, como se ela estivesse do lado de fora de algum lugar. — Onde você está?
— Não tente reverter para mim.
— Com quem você está?
— Com Máximo, oras.
— Ele sabe de você e Horácio?

Estou surpresa de Madalena ainda estar com esse cantor, se ela anda de *siricotico* com meu irmão.

— Que besteira é essa, Tamôra?
— Você acha besteira me cobrar e manter os seus segredos? Mesmo que eu estivesse com Adam, você não tem o direito de fazer isso, desse jeito. Uma cobrança descabida, descuidada...
— Você não está com Adam? — ignora minha queixa.

Eu até poderia lhe contar, mas com esse papo, não me sinto segura. Se ela não me conta o que acontece com ela, eu também não sou obrigada a contar nada sobre mim. Além disso, apesar de eu confiar nela, a pessoa que lhe contou isso pode estar por perto e já chega de disse-me-disse. Qual foi a intenção de Bianca ao espalhar isso com esse povo de lá, onde é cheio de tabloides.

— Quem é você para me julgar sobre segredos?
— *Isso é uma resposta?*
— Entenda como quiser.
— *Ok.* — Ouço um click e logo depois um silêncio.

Ela desligou na minha cara? Olho para o mar e tento controlar minha pulsação que está a mil. Não quero levar essa energia à mesa em que estou com Bruno. *Chega de drama.*

Caminho de volta em direção a ele, que sorri e me mostra a barca cheia de sushis e sashimis.

— Você demorou, tive de fazer o pedido do prato principal. Se não gostar, a gente troca. Se achar pouco, a gente pede mais. — Ele me olha com cara de cachorro que aprontou algo ou que caiu do caminho da mudança. — Tudo bem com a ligação?

— Não. — Eu me sento. — Mas vai ficar.
— Vai. — Puxa a cadeira para ficar próxima à sua. — Senta. Você precisa experimentar isso aqui.

Coloca a iguaria em minha boca. Eu fico apreensiva com a possibilidade de alguém nos ver. Jantar com ele não é problema, já que a gente até comenta sobre nossas farras gastronômicas durante o programa, mas comidinha na boca é coisa de namoradinho, mesmo que sejamos só amigos.

Chega de show!

— Bruno, se alguém vir, vai espalhar que a gente se pega.
— O que é ótimo para o meu currículo. — Relaxo e decido aproveitar a companhia. — A gente formaria um belíssimo casal, não?
— Não.

Dou risada enquanto meu amigo me oferece mais um pedaço da comida japonesa. Ele puxa de volta, antes de chegar à minha boca.

— Só te dou se você disser que sim.

Finjo pensar e decido entrar na brincadeira.

— Sim! Somos o suprassumo da beleza e perfeição.
— Gosto de você porque não sabe brincar leve. Suprassumo é uma palavra muito boa. De onde você tirou isso? Nem minha avó fala uma coisa dessas.

CAPÍTULO 22

Sim, é verdade quando dizem que o tempo passa rápido, quando ocupamos a cabeça. Depois das tentativas de falar comigo ontem à noite, Adam sumiu. Eu me desespero só de imaginar que ele tenha desistido de mim. Assumo que fui infantil e, por isso, pensei em retornar a ligação. Porém, falaria o quê?

Sei que precisamos conversar, mas não me sinto pronta agora. Ainda mais com a chantagem de Bianca. E, se eu encontrá-lo, vou querer respostas que talvez ele ainda não possa me dar. E não quero mais pressioná-lo.

Após correr cedo, tive uma reunião de trabalho com Jane aqui no resort. Finalmente, contratamos uma empresária para mim. À tarde, relaxamos na piscina, com direito a debate sobre um livro erótico que lemos, drinks e fofocas. Agora à noite, Bruno nos convenceu a encontrá-lo com outras pessoas da equipe numa boate nova, que fica no bairro Rio Vermelho, *point* jovem e, ao mesmo tempo, boêmio de Salvador.

Quase me arrependo quando, de longe, vejo a porta da boate lotada de gente. Mas não me atrevo a desistir com uma Jane animada ao meu lado. E, para piorar, vim sem carro e combinei de dormir no *apart* dela.

Logo na entrada, avistamos Bruno todo lindo e galante, como sempre. Ele vem ao nosso encontro, dá-nos um beijo no rosto e nos arrasta para onde estão os outros colegas de trabalho. Recebemos nossa pulseira VIP e temos o acesso liberado.

— Tem que gostar muito dessa barulheira para não sair correndo da porta, mas depois que a gente entra, é difícil querer ir embora — comento, quase gritando.

— Mesmo com muitas pessoas, som alto e o sacrifício para chegar até o bar, não é? — completa Jane. — Fora os gatinhos.

— Eu só vejo um gatinho aqui, dona Jane. Eu! — Bruno aponta para si e abre os dentes em um sorriso presunçoso. — Vamos aproveitar essa pulseira VIP, minha gente. Está aí, uma das vantagens de apresentar um *reality* de sucesso.

Mal chegamos ao espaço VIP, corremos para o bar, onde peço um mai tai. Desde nossa festa havaiana no resort, viciei nessa bebida. Viro o copo rapidamente e peço para descermos para a pista de dança.

Dançamos e conversamos, tudo ao mesmo tempo, numa bagunça confortável e gostosa. Quando eu danço, esqueço tudo ao redor. É um momento meu, comigo mesma. E agora estou feliz por ter concordado em estar aqui.

Sinto duas mãos em minha cintura e sou virada para dar de frente com Bruno, que me olha com intensidade. Não sei se ele está bêbado, porém não consigo reconhecê-lo do jeito que me encara. Olha nos meus olhos, depois para minha boca. As pessoas conhecidas sumiram ao nosso redor e o sinto se aproximar e beijar meus lábios.

Era só o que faltava!

Fico paralisada, com os olhos abertos e logo em seguida o empurro, irritada.

— Endoidou, Bruno? O que quer com isso?

— Te beijar. — Tenta se aproximar de novo, eu me afasto.

— Não vai rolar. Nós somos amigos.

— Amigos não se beijam? — sussurra ao meu ouvido.

— Não — digo, firme.

— Então, não quero mais ser seu amigo. Pronto.

Eu tento não rir, mas falho, porque até ao fazer besteira, ele é engraçado.

— Acho melhor eu ir embora.

— Fica. Desculpa. — Ele passa a mão na cabeça, finalmente constrangido. — Não faço mais. — Ele cruza os dedos e beija, como se fosse um juramento. — Vamos só dançar e conversar?

Olho para ele, desconfiada.

— Promete que não vai tentar mais nada?

— Qual é o problema, Tam? Estamos solteiros. Não é nenhum compromisso. Só beijo e, se você quiser também, um sexo gostoso. Que mal há na gente ficar junto e se curtir?

— Eu não posso.

Ele me puxa e subimos novamente até a área VIP. Nós nos encaminhamos para o bar, onde nos servimos de mais bebidas. Pego outro mai tai e água.

— Qual é o seu lance com Adam? — Ele me pega de surpresa.

Quero acabar esse papo. Ainda mais aqui, no meio da boate, cheia de gente ao redor.

— Vocês têm alguma coisa. Ou vão ter. — Não é mais uma pergunta.

— É complicado — solto, cansada de esconder.

Bruno é meu amigo, poxa. Já não basta ter escondido de Madá?

— É. Bianca não vai deixar vocês em paz.

— E nem é só sobre ela. Tem o *reality* também.

— Ela tem dois terços do *I AM*, Tamôra. Imagine a confusão que isso vai dar?

— Sério?
— Ele não te contou? — Bruno bebe do seu copo, pensativo.
— Fala, Bruno.
— Ela é a sócia majoritária dos direitos do *reality*. Adam tem apenas um terço. Então ela é mais nossa chefe do que ele.

Fico aturdida, como se uma tonelada de pedra caísse sobre a minha cabeça. Bebo o mai tai em um único gole e tento respirar normalmente. Não me sinto melhor.

Isso não vai acabar bem. Isso não vai acabar bem.
— Como você sabe?
— Sou amigo de Daniel, o ex-sócio que vendeu a parte dele pra Bianca. Era um projeto dos três.
— Ai, meu pai. — Isso diz muito sobre Adam ainda não ter sido mais firme nessa história com Bianca.
— Vocês dois estão juntos?
— De verdade? Não sei.

Ele fecha os olhos.

— Não vou esconder que sou a fim de você, Tamôra, mas é de boa. — Ri. — Sempre percebi a química entre vocês. Aliás, só não percebe quem é besta. — Ele alisa meu rosto. — Só toma cuidado, princesa. Daniel me contou outras coisas, que agora não vêm ao caso, porém Bianca certamente fará de tudo para tê-lo de volta.

Depois disso, que chance eu tenho de não sair machucada?

— Tamôra? — Ouço uma voz atrás de mim e não preciso me virar para saber quem é.

Gelo e sinto fisgadas no meu estômago. Sabe as tais borboletas? Elas acabaram de levantar voo. Como é um encontro da equipe, não me surpreendo por ele saber que estou aqui.

— Oi, Adam — Bruno o cumprimenta e se volta para mim: — Vou deixá-los a sós. Estarei por aqui, se precisar.

Ele se retira e eu permaneço de costas.

— Eu te liguei muito, menininha.

Fecho os olhos, ao sentir o impacto da saudade de ouvi-lo me chamar desse jeito. Dois dias e sinto como se fossem a eternidade. Ele se põe na minha frente e eu tenho a visão exata do homem que tem tirado meu sono e minha tranquilidade. Ele está aqui, lindo e imponente, mais perfeito do que aquele por quem me encantei há dez anos. Com essa pele escura e os olhos verdes cristalinos, que, ao me olhar, fazem meu coração bater descompassado e minha calcinha molhar.

Acabei de perder o prumo.

Está feliz, Adam? Sorrio sem humor.

— Podemos sair daqui? — sugere.
— Pra onde?
— Pra minha casa? Eu agora moro definitivamente naquela casa da Praia do Forte e sou quase seu vizinho.

Poderia ficar aqui e curtir a noite com meus amigos, como era o plano. Mas não podemos adiar mais essa conversa. Não vou ficar em paz. Além disso, quem sabe, depois dessas doses de bebidas e as lembranças da nossa última noite juntos, eu não possa provar mais desse homem dentro de mim? Só por hoje.

— Vou pegar a minha bolsa e avisar Jane para que ela não me espere.

A casa que Adam alugou na Praia do Forte é razoavelmente perto da minha, já que é uma praia antes e fica num vilarejo afastado, com poucos vizinhos e vista privilegiada para o mar. É um local bem aconchegante, com dois andares e espaço suficiente para caberem duas famílias. E isso me faz ficar curiosa sobre sua escolha em ficar mais tempo na cidade.

Chegamos há dez minutos e quase não falamos nada, assim como a nossa viagem da boate até aqui.

— Quer beber alguma coisa? — Ele oferece enquanto se encaminha para o bar e enche um copo de gelo. — Vou preparar um scotch para mim. Um original escocês.

Sorri, mas o sorriso não chega aos seus olhos.

— Não, obrigada. Já bebi minha cota de hoje.

Sento-me em uma das poltronas e olho para meu ex-professor, que me olha também ao beber o conteúdo de seu copo, ainda próximo ao bar.

— Você vai morar aqui?

Ele assente e continua a me olhar de forma intensa.

— Eu vi o beijo, Tamôra.

Congelo.

— Beijo? Quer que eu diga a frase costumeira: não é o que você está pensando?

Sorrio sem humor.

— Não é necessário. Vi que você o recusou.

— Viu?

— Ele quer você.

— Bruno é meu amigo.

— Ele quer mais do que isso. Eu não quero que ele coloque mais as mãos em minha mulher. — Deixa o copo no bar e se aproxima de mim. Senta-se ao meu lado e cheira meu pescoço. — Como senti falta disso.

O aroma do perfume dele, misturado ao álcool recém-bebido, me inebria. Só me lembro de uma das clássicas dos livros eróticos: *"Ele me estragou para os outros homens"*. E me estragou mesmo.

Como vou pensar em Bruno se sou dele? Rio de mim.

— O que eu faço com você, Adam? — Gargalho, porque essa eu disse propositalmente alto.

Ele franze o cenho de modo interrogativo e me puxa para seu colo. Ao segurar meu rosto, ele busca minha boca com sua e me golpeia com sua língua sedenta. O beijo é urgente, como sempre, contudo, dessa vez tem também desespero.

— Você precisa se afastar dele — continua sem parar de me beijar. — Você é minha.

— Que eu sou sua o quê? — Tento me levantar de seu colo, mas ele me segura. — Vai investir nesse clichê pré-histórico?

Consigo me libertar de seu aperto e me encaminho até a adega, que fica embutida na parede. Ok. Desisto de não beber mais nada alcoólico hoje. Pego uma garrafa de vinho, abro, derramo numa taça e bebo um gole. Ficamos alguns minutos em silêncio.

— Como você se acha no direito de me exigir algo? Sua mulher, pelo menos publicamente, não sou eu. — Não quero ser a chata do rolê, a repetitiva, a que fica em cima. Mas está tudo muito confortável para ele. E hoje eu decidi que vai ou racha. — Onde estou me metendo, Adam?

Ele põe as mãos na cabeça e apoia os cotovelos nos joelhos, absorto.

— Bianca e eu nunca tivemos um relacionamento sério de fato, Tamôra.

— Oxe, mas vocês são casados.

— Não mais. Na verdade, oficialmente, nunca fomos. — Ele respira fundo. — Esse assunto é chato. Preferia não ter de te envolver agora.

— Desenvolva. — Eu me sento em outra poltrona, mesmo com a vontade de voltar para os seus braços. *Foco, Tamôra.* — Já estou mais do que envolvida.

— Ela e eu éramos amigos com benefícios. Aí fomos ela e eu, Daniel, que é primo dela e nosso ex-sócio, e a mulher dele, que na época era só um rolo também, a uma dessas festas doidas em Las Vegas pra comemorar o contrato que conseguimos para o programa. Aí aconteceu o que sempre acontece em Vegas. No outro dia, quando acordei com uma aliança no dedo, soube que tínhamos nos casado, assim como Daniel e, agora, ex-mulher dele... Bianca não tinha bebido, porque a ideia era a gente voltar no mesmo dia de carro e foi escolhida a motorista da rodada. Ela contou que eu a carreguei pra a capela pra dizer "sim" a Elvis e que, pra ela, tudo bem, porque... — Ele dá uma pausa. — Estava grávida.

— Hã? Vocês têm um filho?!

Engasgo com vinho e minha pulsação acelera. Quando faz que vai se levantar para me ajudar, faço sinal negativo com a mão. Eu me sinto no meio de um terremoto, embora nunca tenha presenciado um.

— E você se casou com Bianca em Vegas?

— O casamento era só um blefe dela. Uma brincadeira sem graça dela e do Daniel. Chegou até a ser um plano dela quando entraram na capela. Porém, só ele se casou e, como não estava bêbado, ao ver o quanto eu estava embriagado, não permitiu que nos casássemos de verdade. Mas os dois decidiram me pregar essa peça e mentir para mim no dia seguinte. Fiquei tão aturdido com a história do casamento e do bebê que nem me importei de conferir qualquer documento. Era pra ser uma *trollagem* só de uma semana, mas quando ele soube da gravidez, contou a verdade. Contudo, nem bem voltamos para Los Angeles e, não sei como, já tinha

saído na mídia sobre tudo o que havia acontecido. Até nos sentarmos com a nossa assessoria para discutir a contenção desse dano, já tinha se espalhado feito pólvora.
— Mas e o seu filho?
— Ela estava realmente grávida.
— E você decidiu não desmentir pra todo mundo por causa dele?
Ele assente.
— Também. E, como o *reality* era só um projeto, decidimos deixar as coisas se acalmarem sem revelar a verdade. — Ele fica reflexivo por alguns segundos. — Não foi fácil crescer com pais distantes, Tam. Fui rebelde. Fiz coisas bizarras. Eu nunca quis um filho, mas como aconteceu, não queria que minha história se repetisse.
— Nossa, em que século você vive, Adam? — indago, perplexa. — É muita responsabilidade para um ser inocente. E onde está essa criança, que vocês nunca mencionaram?
— Bianca sofreu um aborto espontâneo.
Ai, meu pai. O terremoto não para. Agora virou tsunami.
— Sinto muito!
Eu me levanto e me sento perto dele, ainda em outra poltrona para manter uma distância segura e me proteger dos meus próprios sentimentos contraditórios.
— Já tem dois anos. — Sua voz parece embargada.
Ficamos alguns segundos absorvidos pelas nossas divagações e permito que ele tome seu tempo para quando se sentir confortável para continuar, já sem ter a certeza de se devemos prosseguir com esse papo.
— Não precisa continuar se não quiser.
— Foi por minha culpa, Tam. — Ele me olha, apreensivo, com os olhos marejados. — Nós não fomos maduros. Ela cobrava demais um relacionamento que eu não conseguia dar a ela. Moramos juntos por um tempo, pra evitar burburinhos, mas brigávamos excessivamente. Numa dessas brigas, precisei viajar, ela sofreu um sangramento e perdeu o bebê, sozinha. Então, ela ficou muito deprimida e precisou de um tratamento severo.
— E você se culpou por isso.
— Até hoje.
— Nossa, que tenso o que vocês viveram.
— Não éramos um casal. Nunca fomos. E esse foi o grande erro. Nunca deveríamos ter misturado. — Ele passa a mão no rosto, ainda tenso. — Para piorar, ficamos juntos outras vezes, era conveniente. E ela engravidou novamente. E perdemos esses também.
— Esses?
— Eram gêmeos. E dessa vez, com quatro meses.
— Meu Deus, que tragédia. Sinto muito, Adam. Eu não consigo imaginar a dor de vocês.
— Um dos momentos mais difíceis da minha vida.

Ele se aproxima e se senta na mesma poltrona em que estou e acaricia meu rosto.

— E, mais uma vez, após uma briga nossa. Com isso, eu não tive coragem de me afastar dela. Deixamos seguir, acomodados. Recentemente, com a possibilidade de fazer o *reality* fora dos Estados Unidos e com a situação do meu pai, decidi vir para o Brasil e pus fim em tudo. Meu plano era fazer uma proposta a ela e ao Daniel, que após se separar da mulher, decidiu trabalhar em Nova York. Bianca foi mais rápida e comprou a parte dele. Eles fizeram a transação em segredo. Então, ela me comunicou e colocou como condição para liberar os direitos, vir pra cá junto comigo, como minha mulher.

— E que amigo esse Daniel, hein?

— Eles sempre foram muito unidos, parceiros, cúmplices e desconfio que se pegavam também. Mas nunca me importei até isso me afetar profissionalmente. Fui atrás dele pra tentar entender. Ele tinha todo direito de negociar com ela em vez de comigo, mas sem eu saber? Pensava que éramos amigos.

Seu semblante pesaroso me comove e eu fico com vontade de acariciar seu rosto, mas mantenho-me firme e focada em seu relato.

— Eu até poderia ter feito escândalo e não ter cedido a essa chantagem besta, mas isso seria péssimo pra o *reality*. E como eu não tinha a intenção de me envolver com ninguém, não me importei. Bia, mesmo com essas loucuras, sempre foi inofensiva. E deu a vida por esse programa. Achei justo que ela me acompanhasse. Estava tudo bem, até você acontecer. — Ele olha com cara de cachorro pidão e aponta seu colo. — Não quer se sentar aqui?

E, boba e sedenta de seu toque, aceito.

— Isso parece episódio daquele desenho *A Caverna do Dragão*, não é? Cadê o fim? Será que teremos um final feliz? — Adam não consegue segurar o riso. — Você não pode romper publicamente com Bianca?

— Romper o quê? Já falei que não temos nada.

— Publicamente vocês têm, sim. Para a mídia e o público vocês são casados. E Bianca já deixou nítido que não vai facilitar. Lembra da outra chantagem?

Ele suspira alto.

— Essa é a única parte que me preocupa. Sobre nosso não-casamento, a essa altura do campeonato, com o programa em alta e consagrado, não me importo. Mas se ela soltar essas fotos de qualquer jeito para a imprensa, teremos problemas. Você é a apresentadora do programa, foi minha aluna, é mais nova, tem um *shipper* forte com Bruno com direito a fandom...

— Será que ela faria isso?

— Espero que não. Ela também sairia prejudicada. Ela não vai querer perder dinheiro. Existe um contrato com a emissora, além de outras propostas. Se der algo errado, não sou só eu que fico mal. Esse *reality* sempre foi um projeto nosso. Eu só queria que ela me vendesse a parte dela.

— Você acha possível.
— Já tentei. Ela não aceita.
— Então é isso? Vocês estão amarrados por um tempo?
— Meu advogado é bom. Ele vai encontrar uma brecha.
— Apesar de tudo, consigo ter empatia por ela. Não imagino o que é perder três filhos. Sei que você sofreu também, mas pra mulher a carga é maior. É sobre o corpo dela também.
— Eu sei. E é por isso que você não vai me ouvir descascando-a como se fosse uma mulher louca. E eu tenho paciência com ela. Não é amor o que ela sente por mim. É a posse, a ideia de fracasso, de algo que ela queria que desse certo. Por isso o programa é tão importante também.

Olho-o com tristeza e, mais uma vez, fico feliz por não enxergá-lo como o escroto da relação. Embora Bianca tenha feito coisas de teor duvidoso, ela também é vítima. Mas não sei se suportarei ficar no meio do fogo cruzado. Ainda mais com a possibilidade de meu pai descobrir.

— Menininha... — Ele beija levemente meus lábios. — Eu só quero que saiba de uma coisa. Eu não vou desistir de nós. Confia em mim?
— Como podemos prosseguir desse jeito com isso, Adam? Até quando?
— Deixa o programa acabar e as coisas se acalmarem. — Beija levemente o vão entre meus seios. Abaixa a alça do meu vestido e passa a língua na minha auréola. Eu gemo baixinho e assinto. Isso é golpe baixo. — Você me promete também se afastar de Bruno? Ok que vocês são amigos, ele é um cara bacana, mas não consigo vê-lo pôr as mãos em cima de você.

Tento me levantar de seu colo e ele me segura mais forte. Então, volta sua atenção para meu outro seio.

— Isso é covardia, Adam — digo, entorpecida.
— Eu sei. — Chupa com força e eu grito. Ele sorri e assopra o mamilo, que se arrepia. — Eu sou um covarde apaixonado.

Apaixonado? Eu me lembro de minha mãe uma vez me dizer que quando homem quer algo, fala tudo que a gente gostaria de ouvir. E que um dos segredos da relação entre ela e meu pai dar certo é ela nunca abrir mão da opinião dela. Com Adam, sinto que caminho em uma corda bamba. Cada momento é um teste diferente.

Ele tem ciúmes de Bruno, mas assim como eu acredito nele, ele necessita confiar em mim. Não é só sobre um amigo. É um colega de trabalho, que sempre foi muito legal e que faz parte do *reality* dele. Não podemos misturar as coisas. Ao mesmo tempo, entendo que não é confortável para ele, já que o viu me beijar.

E se Bruno tentar de novo? E se isso for parar na mídia? Do jeito que meu parceiro de palco é fanfarrão, é bem capaz de repetir o feito. E se futuramente Adam e eu assumirmos alguma relação, serei aquela que abandonou o mocinho do romance fofo para ficar com o diretor comprometido. Vou virar a vilã da história.

— Tamôra, eu não sei se serei condescendente se eu vir aquela cena da boate de novo... — Adam interrompe meus delírios.

— Você vai fazer o quê? — Eu o desafio passando a língua desavergonhadamente no lóbulo de sua orelha. Ele geme alto. — Seu ponto fraco, é? Bom saber. — Eu o atiço. — Bruno é meu amigo, Adam. Desiste.

— Não me provoque.

Eu me esfrego nele e sinto seu membro rijo, mesmo por cima de sua calça. Puxo com os dentes seu lábio inferior e o beijo suavemente.

— Não me ameace. — Aprofundo o beijo e torço para que esse assunto se encerre. Ele não está em condições de me exigir nada. Se nem tudo é como eu quero, nem tudo será como ele quer. Esse é o jogo. — Só me coma.

— É isso que você quer, menininha safada? Seja feita sua vontade.

Ele volta a me beijar enquanto me levanta.

Chega de papo. Eu coloco as minhas pernas ao redor de sua cintura, sem descolar nossos lábios, e ele anda em direção às escadas que dão acesso ao seu quarto. E não conseguimos passar dela...

CAPÍTULO 23

Duas vezes por mês, minha mãe e eu tiramos para fazer um dia de mulherzinhas. Vamos a um shopping grande de Salvador, cuidamos dos nossos cabelos, das unhas, fazemos compras e botamos o papo em dia.

Acabamos de sair do salão de beleza especializado em cabelos afros, onde ela hidratou o dela e eu refiz minhas tranças. Antes eu fazia manutenção delas a cada dois meses, mas com o programa, preciso estar sempre impecável, então tenho cuidado a cada quinze dias.

Resolvo comprar alguns vestidos, já que o verão exige roupas mais leves e usei quase tudo do meu guarda-roupa. Como a maioria deles é estampada, não dá para repetir nos eventos.

— A senhora acha que combino com esse, mãe?

Saio do provador da loja com um vestido longo cheio de flores amarelas, minha cor favorita, e com uma vendedora atrás de mim, louca para que eu realize a compra. Minha mãe está sentada, entretida com um de seus romances.

— E com o que você não combina, minha flor? — Ela me olha por cima dos seus óculos de leitura. — Está maravilhoso!

— Eu já te mostrei cinco e a senhora falou a mesma coisa de todos. Por favor, me ajude, mãe.

— Estou te ajudando, oxe! Tenho culpa se todos ficaram lindos em você?

— E se eu levar todos?

— Quem está aí? — Ela brinca com olhar desconfiado. — Quem abduziu minha filha? Você nunca foi consumista assim, Tamôra. Sempre foi um sacrifício comprar um vestido, imagine cinco.

— Eu mereço depois de tanto trabalho — Desfilo pela loja sob o olhar da vendedora animada.

— Você vai levar os cinco mesmo? — pergunta, ainda surpresa.

— Vou. — Dou pulinhos de alegria, também desconhecendo essa nova versão de mim.

Sempre fui a mais econômica lá de casa, apelidada por Horácio de "Maria Casquinha".

— Isso não tem a ver com tal diretor, não é? — inquire.

Lá vem ela! Eu me faço de desentendida.

— Não sei aonde a senhora quer chegar.
— Tamôra, você está com esse rapaz, não é?
— Que rapaz?
— Você saiu de mim. Sei quando esconde algo. — Olha para a vendedora. — Ela vai levar todos. Eu vou pagar.
— Não vai. Eu vou pagar.
— Não posso dar um agrado para minha filha?
— Mãe, a senhora já pagou o salão.
— E vou pagar os vestidos também.
— Não vai. — Olho para a vendedora, que está meio perdida sobre o que fazer. — Eu vou pagar.
— Qual é seu nome? — A minha mãe pergunta à vendedora.
— Jéssica.
— Então, Jéssica. Deixe comigo.
— Mãe! — Eu ralho quando vejo Jéssica se afastar e caminho de volta para o provador com minha mãe atrás de mim.
— Não adianta fugir do assunto, Tamôra Maria. Você está ou não com Adam?
— Não é uma dúvida, não é, mãe?
— Filha, eu nunca me meti nos seus relacionamentos, mas...
— Eu só tive um e a senhora se meteu, sim. — Rio.
— Engraçadinha. — Ela ri também. — Esse cara já tem um relacionamento, filha. Não tem como dar certo.
— Ele não tem.
— Foi isso que ele te disse?
Não respondo.
— Esse papo é bem velho, não é, filha? — Ela me ajuda a fechar o zíper do vestido que estava usando quando saí de casa. — Todo homem casado ilude a amante com essa ladainha de que a mulher é louca, que o persegue, que vai se separar, mas esse dia nunca chega. Isso é papo pra manter as duas.
Eu a olho em desagrado.
— O roteiro dele é outro, mãe. — Rio.
— Entendo você estar deslumbrada. Afinal, ele foi seu primeiro amor. Isso significa muito. Imagina o cara chegar e falar tudo que você quis ouvir nos seus sonhos mais juvenis.
— Não sou tão ingênua assim, mãe. Conversamos sobre tudo.
— Ele não vai terminar com Bianca, Tamôra.
De repente, o celular de minha mãe vibra em sua bolsa. Ainda meio agitada, ela busca o aparelho e estagna quando vê a imagem da pessoa em uma chamada de vídeo. Só ela, não. Eu quase caio dura quando observo a figura de Bianca na tela.
Minha mãe, desconcertada, não atende. Coloca o celular de novo na bolsa e olha em busca de Jéssica.
— Mãe?

Ela não me dá atenção. A vendedora Jéssica volta com a maquininha de cartão. Eu faço sinal para que me dê, porém ela entrega para minha mãe.
Puxa-saco!
Essa batalha parece que eu perdi, contudo a que vem agora, não. Vou descobrir de uma vez por todas que negócio é esse que acabei de ver.
Puxo minha mãe pelo braço.
— Por que a Bianca está te ligando? E uma videoconferência?
— Não é nada demais, filha. Provavelmente ela quer nos encontrar.
— Nos encontrar? Aqui? Como assim, mãe? Ela sabe que estou no shopping?
— Falei para ela que viríamos aqui hoje.
Oi? Que trama é essa que minha própria mãe está envolvida? Está cada vez pior.
— O que a senhora esconde de mim? Vocês agora viraram *best friends*?
— Filha, ela é estrangeira. Não tem com quem conversar. Que mal há? — ela diz enquanto escreve alguma coisa em seu celular, que agora está novamente em suas mãos.
— Eu estou com Adam! — grito, exasperada. — Como assim *"Que mal há?"*. Como a senhora não percebe que Bianca te usa para me atingir?
— O mundo não gira em torno de você, não, filhota.
— O mundo, não. Mas o ex dela, sim.
— Ex, não. Você queira ou não, ele é o marido dela. — Minha mãe perde a paciência. Pegamos as nossas sacolas nas mãos de Jéssica. — Obrigada, amor. Até mais. — Nós nos encaminhamos para a porta da loja. — Tem muitas coisas que você não sabe, Tamôra.
— Quais coisas?
— Você vai saber. Vamos, ela vai nos encontrar. Combinamos naquele japonês que você gosta, lá em cima.
Será que existe mais coisas, além das que Adam me contou?
Vontade não me falta de me sentar com ela e botar as cartas na mesa. Mesmo sem a intenção de me prejudicar, minha mãe é contra minha relação com Adam. Aí, se eu entrar no assunto, serão duas contra uma. Sem falar que não tenho nada a ver com a história deles. Se eu decidi estar com Adam, apesar de tudo que já ouvi, não vou voltar atrás.
— Desculpa, mãe. Não vai dar.
— Mas a gente não iria mesmo comer agora, filha?
— Ia? — Eu me faço de tonta. — Precisamos voltar para casa, mãe. Tenho outro compromisso e se a gente parar pra comer, vai pegar a hora do rush. — Abro bem os olhos para ela, na esperança de convencê-la a não me contradizer e de não falar sobre esse assunto. Já deu. — Vamos?
— Você está fugindo?
— Fugindo de que se a senhora disse que não tem nada demais? Ou tem? — desafio.
Nós nos olhamos por alguns segundos e a percebo travando uma batalha interna. Ela digita mais uma vez algo em seu celular. Parece ter escolhido tomar partido de Bianca. Vejo uma nova Melinda diante de mim e

essa, confesso, não me agrada nada. Se vai mesmo se comportar desse jeito e ficar do lado de lá, ela também conhecerá uma nova Tamôra. Uma filha que não mais se subjuga às decisões de outras pessoas.
Chega!
— Ok — ela concorda, mesmo a contragosto.
Caminhamos para o estacionamento do shopping e damos por encerrada essa tarde Clube da Luluzinha, que, pelo visto, não vai rolar mais tão cedo.

CAPÍTULO 24

Decido ficar em casa durante a manhã. Ao mesmo tempo em que coloco em dia minha dose de vitamina D, exposta ao sol à beira da piscina, também atualizo minhas redes sociais e respondo às milhares de mensagens que recebo desde a estreia do programa. Uma das primeiras coisas que Layza, minha nova empresária, fez ao começar seu trabalho, foi me dar um sermão ao notar que eu não reservei um tempo especial para isso; o que ela está mais do que certa, já que não contratei e nem quero ninguém para esse serviço. Preciso me organizar e ter um contato mais direto com as pessoas que gostam de mim. Contudo, o que eu queria mesmo era curtir a piscina sem fazer nada, logo após pegar uma sauna e depois assistir a um bom filme romântico, bem água com açúcar.

Ter um dia só para mim e só comigo mesma, sem dar satisfação a ninguém. Há quanto tempo não faço isso, hein?

Após dedicar parte da minha manhã às minhas redes, fecho os olhos e divago sobre os últimos acontecimentos de minha vida. Há um ano quem diria que eu estaria à frente de um programa de televisão, que teria terminado com Lucas e começaria logo em seguida a namorar Adam, meu diretor e ex-professor de História? Se eu escrevesse essa narrativa, diriam que forcei a barra.

Em meio às minhas divagações, quando ainda estou de olhos fechados, sentada numa das espreguiçadeiras da borda, percebo uma sombra em cima de mim. Para minha completa surpresa, deparo-me com aquela a quem tenho tentado evitar, mas que focou em me cercar de todas as maneiras.

— O que faz aqui, Bianca? — A minha voz sai ríspida por ela invadir, mais uma vez, meu território e ainda com a minha mãe ao seu lado.

— Tudo bom, Tamôra?

— A que devo a honra?

Ela tira os óculos de sol, senta-se ao meu lado e olha para minha mãe, que até então estava calada.

— Vou deixar vocês conversarem sozinhas. — A minha mãe deixa escapar um sorriso sem graça e vai embora.

Enquanto observo-a se afastar, tento imaginar qual a sua pretensão ao permitir esse fácil acesso de Bianca em nossa vida. Logo ela, cabeça aberta e, embora sempre preocupada e presente, nunca se intrometeu desse jeito invasivo na vida dos filhos.

— Qual a sua intenção com esse cerco, Bianca? — Fito-a de forma especulativa. — Aqui você não é minha chefe.

— Serei direta. Eu não vou desistir de Adam se é isso que você pensa — começa.

— Não acha que já estamos grandinhas pra ficar disputando homem?

— Existem coisas que você não sabe.

— Tipo?

— Adam e eu estamos mais ligados do que você imagina.

— É sobre os bebês?

Ela recebe essa informação com surpresa e se levanta, assustada.

— Você sabe?

— Sei sobre Las Vegas e sobre a armação para comprar os direitos do *reality* também. — Ela abre os olhos, perplexa. — Você contou a minha mãe também sobre isso ou só o que te convém?

— Ele não tinha o direito de expor isso. Essa história não era só dele.

— Foi o motivo que ele deu para não ter me contado antes. Mas não era o que você queria fazer todas as vezes em que armou *essas emboscadas patéticas* com minha mãe?

— E ainda assim, continuam juntos — afirma, irritada.

— Olha, Bianca, eu não consigo imaginar a sua dor diante de tantas perdas e, acredite, isso não é uma disputa.

— O que acha que vai acontecer quando esse programa acabar? — Ela ignora meu comentário. — Que ele vai me abandonar para ficar com você?

— Eu não acho nada. Só estou aqui na minha casa, na paz de Deus, enquanto aproveito o meu dia de folga.

— Olhe pra mim e olhe para você, Tamôra. A quem você acha que ele vai escolher?

Eu travo, perplexa. *Estava demorando, não é?*

— O que você quer dizer com isso, Bianca? Que você é melhor por eu ser negra?

— Eu? Eu nunca disse isso. — Ela finge espanto. — Como posso falar isso se eu sou apaixonada por Adam, que é negro? — Ela fica nervosa e eu a observo para ver até onde ela vai chegar. Gente assim corre uma maratona para tentar justificar o injustificável. — Eu falo sobre quem eu sou. Você ainda cheira a fraldas, Tamôra. Mal saiu da faculdade.

— E eu acho que já passou da hora de você ir embora.

— Peço desculpas se você entendeu errado — insiste, sonsa.

— Escute aqui, Bianca. — Eu respiro profundamente e busco a paciência que já não tenho mais. — Eu acredito, de verdade, que você esteja machucada, ainda dolorida com as suas perdas, mas não tolero, não aceito e não respeito gente preconceituosa que se finge de fofa. Ainda mais na minha casa.

— Não seja injusta, Tamôra. Eu não quis te ofender.

— Eu vou fingir que acredito em sua justificativa, ok? Mas vá embora agora. Senão, eu vou ligar para meu pai e você vai saber em poucas lições o quão "racista" você é! — eu grito e lhe mostro o celular disposta a começar algo que jamais imaginei viver hoje.

Porém o racismo é assim. Apresenta-se quando a gente menos espera. E essa certeza de impunidade que eles têm, faz com que a gente recue e no final saia ainda como louca.

— Eu vou. Mas não pense que vou deixar você mudar o foco, sem dizer que não permitirei que atrapalhe a minha relação com Adam.

— Você acredita mesmo que sou eu quem atrapalha a história de vocês? — Eu rio sem humor. — Não era você que estava segura há pouco por causa do tom da sua pele?

— Você é nova, Tamôra. — Ela me ignora. — Tem muito que aprender sobre a vida.

— Nossa, que madura você é, não? — ironizo. — Olha, se tem uma coisa que eu aprendi, mesmo com a pouca experiência que você julga que eu tenho, é que ninguém merece amor de migalhas. Aceite esse toque, apesar de você não merecer e, sem favor, saia da minha casa. Cansei.

Confesso que, ao ver esse destempero dela em minha frente, apelando para tudo por causa de homem, temo também por mim. Eu me questiono se também não faço um papel ridículo enquanto Adam sai como o gostosão disputado por duas mulheres. Ele não me deu motivos para duvidar de suas palavras, de seu sentimento e de seu caráter, mas e se essa certeza que ela tem, for fruto de algo que ele também alimentou, até mesmo inconscientemente?

— Eu não vou abrir mão dele, Tamôra. E vou passar por cima de quem se colocar na frente.

— Mais uma ameaça?

— Entenda como quiser.

— Está bem, Bianca. Recado recebido. Só tome cuidado porque se você insistir nessa perseguição descabida, vai terminar numa delegacia. Hoje foi por pouco, viu? E, acredite, ninguém vale tudo isso. — Eu me levanto e pego as minhas coisas que estão espalhadas na espreguiçadeira. — Vou chamar minha mãe pra se despedir de você.

Eu a deixo para trás com a certeza de que o que falei para ela também serve para mim. Adam é maravilhoso, é o meu desejo ficar com ele, mas não vou brigar com ninguém para ver quem ficará com o dito mocinho da história. É patético, vergonhoso, cafona e melancólico. Posso não ser a mocinha dessa narrativa, mas a vilã, não quero e não serei. E nisso, eu tenho o poder de escolher.

Chega de show.

CAPÍTULO 25

Desde o fatídico dia em que Horácio descobriu sobre mim e Adam, sinto que ele tem me evitado. O que é estranho, já que, mesmo ocupados, sempre fizemos questão de, pelo menos, correr juntos algumas vezes na semana. Por isso, antes de sair para mais um dia de gravação, decido visitá-lo no escritório que fica dentro do resort.

— Ora, ora... Se Maomé não vai à montanha, a montanha vai até Maomé — cantarolo assim que entro na sala.

— Não sabe mais bater à porta, irmãzinha? — brinca com um sorriso torto, sentado atrás de sua mesa enquanto olha por cima da armação dos óculos de leitura, que o deixa ainda mais charmoso.

Não é porque é meu irmão, mas ele é lindo! Não à toa, Madá está caidinha por ele. Só falta assumir.

— Está fugindo de mim? — Eu me sento em frente à sua mesa.
— Que novidade é essa?
— Saudades. — Pisco para ele.
— Desembucha.
— É sério. Estava com saudades. Por que *o senhor* foge de mim?
— Eu corro é de problemas. Apenas.
— Você me conhece há um tempo e ainda acha que eu vou me envolver com problemas?
— Há quanto tempo você e Adam estão juntos, Tamôra? — Ele deixa a pasta que estava aberta na mesa e me aborda sem mais rodeios.
— Não muito.

Meu irmão me olha intensamente, como se escaneasse a minha alma.
— Naquela festa que teve aqui, vocês já estavam?
— Foi naquele fim de semana.
— Que loucura. — Ele se levanta, dá uma volta na sua mesa e fica na minha frente. — Como você se meteu nisso?
— A pergunta certa é como sairei, Horácio.
— Adam disse que não era casado. Como é isso? Todo mundo pensa que ele e Bianca são.
— É uma história longa e pessoal.

Talvez seja uma boa contar para ele, mas Adam confiou em mim.
— E se essa tal de Bianca souber?
— Ela já sabe.
Ele me olha seriamente, passa a mão na cabeça e não disfarça a confusão que ronda seus pensamentos.
— E tudo bem?
— Digamos que ela não tem facilitado. Ontem mesmo esteve lá em casa.
— Tam, eu não quero nem imaginar se o papai descobre uma coisa dessas. Eu mesmo tive vontade de quebrar a cara dele, a mamãe vai morrer.
— A *dona Melinda* já sabe e tem se comportado de forma estranha.
— Estranha como?
— Como se fossem cúmplices, soubesse de tudo e tomasse partido da Bianca.
— E será que ela não está certa?
— Infelizmente, eu não posso entrar no assunto, porque não me pertence. Mas a história de Bianca e Adam é daqueles clichês, na qual uma das partes fica amarrada por algo, que não tem nada a ver com amor. Você ficaria com alguém por conveniência?
— Um filho? — indaga.
— Como sabe?
— É sério? — A voz dele sai alta. — Eu chutei, Tamôra. *Conveniência* só pode ser filho ou dinheiro... Meu Deus, uma criança no meio é sério. Que merda é essa?
— Eles perderam — digo num fio de voz.
— Como assim? Como se perdeu? Morreu?
— Bianca sofreu um aborto.
— Que pesado.
— Põe pesado nisso.
— Mas, *peraí*. Desde quando filho prende alguém, pelo amor de Deus?
— Horácio, pelo amor de Deus digo eu. Vou te contar, mas aguenta essa língua na boca.
— Até parece, não é, Tam?
Minha relação com meu irmão é a mais transparente e confiável possível. Apesar de amigo de Lucas, sempre desabafei com ele e creio que Lucas também, sobre a nossa relação, e ele nunca se meteu, nunca abriu a boca para me contar nada e vice-versa. Isso, inclusive, me irritava. Porém, também me fazia perceber que nele eu podia confiar. Por isso, durante os minutos seguintes, conto toda a história que Adam me revelou.
— E o que vocês farão agora? — ele pergunta enquanto digere a história.
— Como diz o bom baianês *"quem souber morre"*. — Rio. — Vamos esperar o *reality* acabar e ver o que é possível fazer. Os advogados dele estudam as possibilidades. Mas o que eu quero de verdade é que Bianca também fique bem e suma da minha vista. E nem é só por causa de Adam.

Ela é perigosa, tem falas racistas e não quero ter de lidar com esse clima de novela mexicana. Não quero drama, sabe? Dispenso.

— Só penso em papai. Ele esfola esse Adam vivo se descobrir.

— E eu não sei? Sem falar que é capaz de me mandar pra longe daqui. No entanto, me preocupo mais com a mamãe. Ela está toda amiguinha de Bianca. Ontem armou pra ela vir conversar comigo, acredita? Foi patético. Queria entender o que se passa pela cabeça de *dona Melinda*.

— Tam, talvez eu tenha a resposta. Não sei, pode ser só achismo mesmo.

— Então fala.

— Dia desses, eu peguei uma conversa dela com nosso pai. Antes de se casar, mamãe perdeu um filho. Seria mais velho ou mais velha do que eu.

Eu sinto como se meu sangue tivesse saído do corpo e minhas mãos ficam frias. Como não soube disso antes? Essa história é mais comum do que a gente imagina, mas saber que é a da minha família me choca.

— Depois, quando estávamos sozinhos, ele e eu, o pressionei. Na verdade, ela tirou o bebê e até hoje não se perdoou por isso.

— Jesus amado! E por que ela tirou?

— Foi no início do namoro. Talvez imaturidade da parte dela.

— Dele não?

— Ele só soube após ela ter tirado. Mas você tem razão.

— Será que por isso ela largou a carreira pra fazer a vontade dele e só cuidar do hotel e da gente? Consciência pesada?

— Talvez seja por isso que ela apoie a Bianca, embora as narrativas sejam diferentes.

— Cada uma com sua maluquice, elas fizeram por amor, *neam*?

— Mas essa coisa de ficar junto por causa disso, eu julgo.

— Nossa, muito século passado. Mas, como diz nosso pai, coração é terra que ninguém passeia. Cada qual com seu babado.

É estranho saber algo profundo sobre uma das pessoas que você mais tem como próxima, ainda mais sobre o seu passado. De repente, fico sabendo que teria uma irmã ou um irmão, e só descobri hoje, aos vinte e cinco anos. Todo mundo tem algo para esconder, contudo também sei que guardar coisas como essa, só nos aprisiona.

— Agora consigo compreender — reflito. — Fico aliviada com a possibilidade de ela não ter apoiado a perseguição de Bianca, sim, ter dado suporte por conta das histórias parecidas...

— Se ela estivesse contra você, já teria contado ao papai. Não é?

— Nesse ponto, você tem razão.

— Tenho em todos, mana.

— Até parece.

Ele volta para a sua poltrona e ficamos os dois alguns minutos em silêncio, presos em nossos pensamentos.

— Olhe, Tam, se prepare pra dividir essa mesa aqui com seu irmão quando papai souber. — Solta uma risada contagiante. — Ele te tira desse *reality* em dois tempos.

— *Tu ri?*
— Pra não chorar, baby. — Ele segura minha mão por cima da mesa e faz carinho. — Eu me preocupo com você, Tamôra. Por mais que eu saiba que estamos no século XXI, as coisas com as mulheres são vistas de maneiras diferentes. E esse relacionamento com seu diretor, pode sobrar pra você.
— Eu sei.
— Mas quem disse que viver é fácil, não é? Algumas relações começam tortas mesmo.
— Está falando de mim ou de você?
— Lá vem você de novo.
— Eu me abri. Agora é a sua vez.
— Eu não sabia que era uma troca...
— Agora é.
— O que quer saber? — Seu tom está leve.
— Sobre você e Madalena... O que rola?
— Nada. — Ele pressiona minha mão, que permanece presa à dele. — Ainda. Quando ela chegar dessa viagem longa, a gente vai conversar.
— Eu não acredito. — Eu me levanto, animada, e corro para me sentar em seu colo. — Já imaginou você e Madá juntos? Vou surtar.
— Mais?
— Engraçadinho.
Olho as horas e vejo que preciso ir embora. Daqui a pouco tem gravação e, mesmo que a conversa esteja boa, não posso me atrasar.
— Você não pode dizer à mamãe que sabe, ok? — Levanta-se e me acompanha até a porta. — É um assunto que ainda a machuca. Sem falar que foi o papai quem me contou, não ela.
Faço sinal de juramento e quando me viro para sair pela porta, esbarro em meu pai.
— Pai? — grito, assustada.
— Que surpresa, filha. — O seu tom é brincalhão, enquanto vem na minha direção.
— Pai? — repito, anestesiada.
— Acho que ainda sou. — Ele ri. — Que cara é essa, Tamôra?
Fico parada, petrificada. *Será que ele ouviu alguma coisa?*
— Tam, você não tinha uma gravação agora? — Horácio intervém, na tentativa de me salvar e me olha com a cara de *"sai daqui agora!"*
— Ah, é verdade. Desculpa, pai. Estou atrasada. — Eu me estico e lhe dou um beijo no rosto. — Até mais tarde.
Saio correndo e me dou o título de pessoa mais indiscreta do Universo. Eu jamais poderia ser atriz, não sei disfarçar. Se meu pai não ouviu nada, com certeza, ficou desconfiado.
Que papelão, hein, Tamôra?

CAPÍTULO 26

Acordo assustada com um barulho e percebo que é meu celular que vibra em cima da mesa de cabeceira. Olho para ver quem me manda mensagem a essa hora da manhã.

Adam: *Olá, minha menininha bárbara. Estou aqui. Vem me encontrar.*
Tamôra: Aqui onde?

Sorrio ao pensar que em breve o encontrarei. Enquanto espero sua resposta, olho o relógio para ver as horas e me surpreendo ao constatar que nem é tão cedo quanto imaginava. São quase 11 horas da manhã.
Estranho minha mãe ainda não ter me acordado, acho que talvez por eu ter chegado muito tarde ontem das gravações. Se não fosse isso, ela já teria entrado aqui, aberto as cortinas e me tirado da cama. Para dona Melinda, não existe território proibido em nossa casa. Sempre entrou em todos os espaços sem pedir licença e todos nós já desistimos de pedir um pouco mais de privacidade. Eu já entendi que só a terei quando tiver meu próprio espaço; meu próximo passo.
O telefone vibra de novo.

Adam: *À porta do resort.*

Quê? Adam pirou. Desisto de mandar mensagens e disco o número dele.
— Você é louco? — pergunto, assim que ele atende à ligação.
— *Bom dia para você também, my little girl!*
Seu tom é bem animado, o que baixa minha guarda. Adam tem encarado tudo isso com mais humor e leveza do que eu. A sensação é de que sempre estou com medo ou acho que devo algo a alguém. Enquanto ele, que sempre foi sisudo e deveria ser o mais interessado em resolver isso tudo o quanto antes, tem sido relaxado e espirituoso.
— *Louco de saudades. Vamos dar uma volta?*

— Tá — respondo, ainda sem saber o que pensar sobre essa visita surpresa. A saudade é enorme também, mas ele se expor assim é uma loucura. — Deixa só eu vestir uma roupa adequada e já desço.

Tomo um banho rápido, ponho um dos meus vestidos de verão — minha marca registrada —, uma sandália rasteira e desço para ver o que meu... *Posso dizer "namorado"?* Fico animada. Sim! O que será que meu "namorado aprontou? Isso me soa tão estranho e, ao mesmo tempo, tão bom.

Avisto o carro dele assim que saio das dependências do resort. O safado não se deu nem ao trabalho de estacionar mais afastado. Ele está de brincadeira, não é possível.

— Adam Moreland, você sabe que o escritório do meu pai é bem perto daqui, não é? — inquiro, assim que entro e me sento no banco do carona. — E se o Horácio te pega aqui? Ou meu pai?

— Não vou ganhar nem um beijo? — Levanta uma das sobrancelhas.

— Vamos sair logo daqui.

— O vidro é escuro.

— O que aconteceu com você, Adam? Está descuidado? Não sei que milagre ainda não te abordaram. — Ele suspira alto, se dá por vencido e gira a chave. Quanto mais rápido tirá-lo daqui, melhor. — Pra onde vamos?

— À praia?

— Praia, Adam? E se alguém nos vir lá?

— Você, por acaso, não faria um passeio desses com seu *amigo* Bruno?

— Mas ele é de fato meu amigo.

— Posso ser um amigo também. Que mal há em sairmos? Eu sou gringo. Poderíamos dizer que você tem sido uma espécie de guia turístico pra mim.

— Nem você acreditaria nisso, não? — brinco. — Que desculpinha mais besta é essa? Minha amiga me contou que saiu algo em Los Angeles sobre você estar com alguém por aqui. Quem você acha que colocou na mídia?

— Fofoca sempre vai ter.

— Fofoca talvez com a mãozinha de Bianca, Adam. Ela já me avisou que não vai abrir mão de você.

Ele respira fundo, desfaz o sorriso que estava estampado em sua cara até então e nos direciona para o estacionamento próximo a uma das feiras de artesanato da cidade. O lugar está vazio, mas ainda assim me mantenho temerosa.

— Tamôra, vai ser sempre assim? Ou você se acalma ou isso aqui... — Aponta de mim para ele. — Não vai dar certo. Não sou mais criança. Não estamos brincando de esconde-esconde, tampouco fizemos nada de errado. Eu quero você!

— É que eu demorei tanto pra ser conhecida e agora que consegui um pouquinho, não posso errar.

— Então é sobre isso? É sobre "fama"? — ele pronuncia a palavra como se estivesse se referindo a algo amargo.

— Você já está feito, eu ainda não.

— Isso é um problema.

Consigo identificar sua irritação pela força que suas mãos fazem no volante do carro.

— Você não entende. Eu preciso dar certo, Adam.

Penso em contar o acordo que fiz com meu pai, mas é algo tão ridículo que prefiro não me abrir sobre isso. Não nesse momento. Não com Adam aborrecido desse jeito. Ele vai achar que se meteu numa furada e que sou uma bobona, que permite ser chantageada pelo pai. Não quero abrir mão de tudo que conquistei até agora, mas também não quero perdê-lo. É possível?

Ficamos alguns minutos em silêncio. Eu penso o que dizer de modo que ele não se ofenda e ele talvez tente digerir o que conversamos.

Meu ex-professor, finalmente, segura minha mão, puxa-me para seu colo e me dá um beijo de tirar o fôlego.

— Eu quero você, Tamôra. — Acaricia meu rosto. — Relaxa, minha menininha!

— Você quer me contar por que está confortável, mesmo que não tenha resolvido sua história ainda? — Tento sair de seu colo. Ele não deixa.

— Não é que eu esteja confortável. Apenas é difícil ficar longe de você. Dá pra entender? Essa é a única certeza no meio dessa loucura toda.

Coloca a mão em meu pescoço e puxa minha cabeça em direção à sua. Ficamos nos encarando e nos atiçando. Ele se aproxima mais para me beijar e provoca, afastando-se logo em seguida. Isso me deixa na vontade e tonta com seu cheiro. Adam é sexy e sabe disso. Ele me puxa, mais uma vez, para um beijo lascivo e eu me sinto uma grande massa derretida com suas carícias.

— Eu me assusto como me perco com você. — Ele esfrega sua ereção em mim e eu arfo, já completamente molenga. — Eu preciso de você, agora.

— De jeito nenhum. Nós ainda seremos presos por atentado ao pudor.

Tento, mais uma vez, deixar seu colo.

— Se conseguirmos concretizar o ato, não vou reclamar de ser preso.

Consigo empurrá-lo e abro a porta do carro para sair. Ele bufa e sai também. Andamos em direção à praia e nos sentamos na areia, onde ficamos em silêncio admirando o mar.

O telefone dele toca e, por sua tensão, já imagino quem seja. Ele hesita em atender.

— Atende, Adam. Deixá-la no vácuo é pior.

— Não é ela. É Daniel, o primo.

Eu o olho, curiosa.

— O falso amigo? O que vendeu a parte dele no *reality* sem te consultar?

Ele assente.

— E por que você não o atende?

— Sei o que ele quer falar e não estou a fim de ouvir.

— E o que ele quer falar?

Ele não responde. Com isso, entendo que seja um terreno ainda sombrio, por isso, não insisto.

— Quer que ele e eu sejamos sócios no programa dele em New York — responde, após um longo tempo.

— Como é que é? Primeiro ele vende a parte dele de Los Angeles sem que você saiba e agora quer ser seu sócio de novo?

— Basicamente isso.

— E a cara dele nem arde? — Rio de forma sarcástica.

Ele ri sem humor. O telefone volta a tocar. Ele desliga.

— Você não vai mesmo topar?

— Lógico que não. Além disso, tenho outros planos.

Fico paralisada. Se o *reality* já vai acabar, quais serão esses *outros planos*? Mesmo curiosa, fico com receio de perguntar. Ainda estamos no início de nossa relação e noto que, nem tudo, ele se sente à vontade para falar comigo.

— É Nova York, Adam. Imagine o estouro que vai ser, com a mídia americana toda em cima.

Eu me sinto estranha só em falar isso, porque sei que se ele for, possivelmente teremos de nos separar. Contudo, não posso ser egoísta. Não é todo dia que surge uma oportunidade como essa.

— E daí, Menininha? Eu já falei que tenho planos. Sem falar que não ligo para essa bobagem toda. — Seu tom é um pouco irritado. E me olha fixamente. — Numa coisa Bianca tem razão. Você é muito nova e ainda vai cair do cavalo com essa história de fama. Nem tudo é sobre isso.

— Se você acha isso, por que quer ficar comigo? — Eu não sou ciumenta, mas essa coisa de colocar os comentários da ex dele entre nós, não me parece certo. Sem falar que é para me desmerecer. Não gostei. — E você é mais velho só sete anos. Nossa, que velho! Vai me tratar como criança até quando?

— Até você parar com essa besteira, Me-ni-ni-nha.

— Pare de me chamar de menininha! — digo num tom mais alto e me arrependo, porque quase fiz jus ao apelido.

Como foi que saímos de um momento romântico para essa discussão descabida? Com ele, a minha sensação é de sempre estar pisando em ovos.

— Você pode me deixar em casa? — Eu me levanto decidida a caminho do carro.

— Tamôra, desculpe-me. — Ele tenta segurar minha mão, mas eu me afasto. — Eu sei que o que falei foi péssimo. Eu só me preocupo com você e toda essa história de fama.

— Não entendo como a nossa conversa veio parar nesse ponto. Nunca falei que faço tudo por fama. Mas tenho ciência de que é importante. Você não liga, porque já conseguiu.

— Eu nunca corri atrás disso, *Tamôra*. — Frisa o nome de modo irritado.

— Tudo bem, Adam. — Bufo, resignada. — A gente não está conseguindo se entender hoje. Você me leva ou vou por conta própria?

— Ô mulher difícil! — Ele levanta as mãos em rendição e eu amoleço, quando ouço o seu sotaque lindo.

— Olha só quem fala. — Tento prender o riso.

— Vamos lá pra casa, Meni... Digo... Tamôra? — Segura meu braço e faz um olhar pidão.

Nós nos olhamos fixamente. Eu tento manter a seriedade, mas não aguento e explodo numa gargalhada contagiante.

— Até que enfim, né? Estava esperando esse convite desde o início. Depois eu é que sou a difícil.

— Por que não me falou antes?

— Pensei que você fosse mais esperto. Pra que você alugou uma casa perto de mim, se não foi pra facilitar a nossa vida?

— Retiro o que disse sobre você ser difícil.

— O quê? — Finjo estar aborrecida, dou um tapinha leve em seu ombro e corremos em direção ao carro.

Pelo menos, por hoje, não pensarei nos possíveis problemas. Na verdade, pensar assim tem sido uma constante nos últimos dias. Estou bem repetitiva. Porém, estar apaixonada é sobre isso também, não é?

Eu que lute!

CAPÍTULO 27

Acabo de chegar de um show em Salvador, para o qual fomos Bruno, Jane e eu. Viramos mesmo um trio inseparável de amigos. Fazemos quase tudo juntos. Ir aos shows de verão é um dos programas que mais amo e agora com o *reality*, somos sempre VIP. Jane estava doida para conhecer Jau, um cantor baiano maravilhoso que, por coincidência, sou apaixonada.

Apesar da insistência dela e de Bruno para que eu dormisse na casa de um deles, preferi voltar para a minha. Eu até poderia dormir na casa de Jane, mas ela acabou flertando com um rapaz e talvez tenha encontrado alguém melhor para passar a noite. E na casa de Bruno, nem pensar. Adam me falou que teria uma reunião e que, se terminasse cedo e eu já estivesse livre, eu poderia ir à sua casa. Como ele não deu sinal, mesmo após eu ter mandado mensagem, deixei a ideia de lado.

Algo que tem me preocupado ultimamente é o sumiço de Madalena. Desde que eu me recusei a lhe falar sobre Adam, ela tem me evitado. Nós nos falamos somente uma vez e, mesmo assim, por mensagem, quando lhe perguntei se estava bem e ela me respondeu um *"tudo bem"* apenas, sem mais. Nem um *"E você?"*, *"Beijo, amiga"*. Nada. Por isso mesmo, ainda dentro do carro, na garagem de minha casa, deixo o orgulho de lado e faço uma ligação para ela.

O problema é que ela não atende. Será por causa do fuso horário? Mas, como saber onde ela está agora? Tenho a impressão de que só quando ela voltar para o Brasil nós nos resolveremos. Acho que o problema dela é ciúme das minhas novas amizades. Deixo a mensagem *"saudades"*, entro em casa e, ao não encontrar mais ninguém acordado, subo para meu quarto.

Tiro minha roupa, espalhando-a pelo chão do meu closet e vou para minha banheira, como sempre. Relaxo e, logo após fechar os olhos, ouço um barulho de mensagem chegar. Corro apressada, pensando que é de Adam para me avisar que está livre. Porém, para minha surpresa, é de Madalena.

O estranho é que há apenas um link, sem texto nenhum. Será um vírus? Se for, paciência. Clico e tenho um choque ao me deparar com uma reportagem sobre Adam e Bianca. A revista OK tem a manchete: *"POWER*

COUPLE[4]" com a foto dos dois abraçados, de forma íntima, e confesso que isso me deixa incomodada.

Calma, Tamôra. Não tem nada demais nesse abraço. Mas, recebo um segundo choque quando me deparo com o conteúdo da matéria:

"Adam e Bianca Moreland decidiram esticar a temporada no Brasil. Eles acabaram de assinar para mais uma temporada do I AM. A versão brasileira do reality, assim como a versão americana, fez tanto sucesso que eles fecharam um contrato milionário. Além disso, a crise que viveram recentemente, com direito até a uma misteriosa pivô, foi contornada e os pombinhos vão entrar em plena lua de mel, com direito a viagem romântica assim que as gravações dessa primeira edição acabarem.

Não é maravilhoso? Que eles aproveitem muito os ares tropicais e nós daqui, desejamos boa sorte!"

Que palhaçada é essa?

Levanto-me da banheira, não tenho mais clima. Se a intenção do banho era me acalmar, deu errado. Pego uma toalha, me enxugo rápido, ponho um roupão e corro para o notebook. Entro na internet, digito o nome dos dois e encontro mais algumas reportagens parecidas. *O que significa isso? Será que eles voltaram a se entender?* Só pode ser por isso que Adam não me mandou notícias hoje. *E que história é essa da segunda temporada?* Eu e Bruno não ficamos sabendo. *Será que são esses os tais "outros planos" que ele me falou no último encontro, quando ele veio me buscar aqui em casa?* Na verdade, eu o senti estranho. A dúvida é: *Ligo?* Já passa da meia-noite. Muito tarde. Se ele não me retornou, é porque já dormiu. Ou será que está ocupado? Com Bianca? Talvez ela tenha estado o tempo todo certa. Ai, ele me pediu para confiar em nós dois! *Mas como?* Seja o que for, só ele pode me responder.

Disco rapidamente seu número, sem me dar tempo para desistir. Chama três vezes e a chamada é recusada. Meus olhos se enchem de lágrimas. *Ele recusou a chamada.*

Eu me encosto à porta do quarto, penso na possibilidade de sair, de ir a casa dele e tirar a limpo. Começo a sentir falta de ar. *Preciso me acalmar. Preciso me acalmar.* Que angústia. Amar é bom, mas é foda!

Não consigo mais segurar as lágrimas. Nelas há desespero, dúvida, tristeza, apreensão. O meu choro começa a sair alto. Preciso falar com alguém, senão vou enlouquecer. Resolvo ligar para a única pessoa com capacidade de me acalmar nesse momento. Mesmo que esteja a poucos metros de mim, prefiro não ser invasiva como minha mãe, e uso o telefone.

Eu o acordo.

— Tam? — Sua voz é sonolenta.
— Você pode vir aqui?
— Onde você está?
— No meu quarto! Vem logo, Horácio!

---

[4] Inglês: Casal poderoso

CAPÍTULO 28

— Memorei?

Observo Jane, ao se aproximar, e não sei se estou arrependida de tê-la chamado aqui em casa. Quando liguei para ela hoje e marquei uma reunião urgente, após conversar com Horácio ontem, a ideia era extrair dela informações sobre a renovação do programa. Ela é a pessoa mais próxima a mim nesse momento.

Eu nem sei se quero estar na próxima temporada, já que Bianca também vai estar à frente e não posso me associar a um projeto de alguém que falou aquelas coisas para mim. Porém, gostaria de saber dos planos deles. Na realidade, dos planos de Adam.

Talvez tenha sido tudo especulação da mídia americana, curiosa com os passos do "*Power Couple*", como eles os intitularam. Por causa disso, tenho ignorado as ligações e mensagens de Adam. Antes de conversar com ele, preciso saber onde estou pisando, o que é verdade, o que é mentira, e Jane é a pessoa certa para me elucidar.

— Claro que não, boba. Está pra nascer alguém mais pontual. — Levanto-me da cadeira em que estou sentada no jardim, onde temos armada uma mesa de café da manhã, no lugar preferido de minha mãe, e dou dois beijos em seu rosto. — Sente-se. Estava só te esperando pra começar a comer.

— Ai, como eu amo o café da manhã de sua casa. Dona Melinda arrasa demais! — Senta-se, animada. — Onde está a Layza? Ainda não chegou? — Entranha.

— A reunião é só com você, Jane.

— Aconteceu alguma coisa? — Preocupa-se. — Sua cara está péssima.

— O que você sabe sobre a nova temporada do *I AM*?

Vou direto ao ponto antes que eu desista. Ela me olha de forma interrogativa.

— Não entendi, Tam.

— Bianca e Adam assinaram uma nova temporada?

— Tam... — Vejo-a numa luta interna. — Algumas coisas são confidenciais. Por mais que sejamos próximas, eles são os meus chefes e não tenho autorização para falar sobre determinados assuntos.

— Isso é uma resposta?

— Eu não posso falar.
— Não pode ou não quer?
Ela respira fundo e bebe um pouco de suco de laranja.
— Ai... Tá bom. Mas promete não falar nada e ficar na sua.
— Claro! — Eu demonstro ansiedade.
— Eles assinaram há duas semanas.
Ai, meu Deus, então é verdade!
Fico em silêncio por alguns segundos e penso em como dar continuidade à conversa. A pergunta mais óbvia aparece:
— E Bruno? Sabe?
Ela assente.
— Como você soube, Tamôra?
— Eu li num site gringo.
— Tam... — ela fala como se tentasse escolher as palavras. — Eles acabaram de assinar. Até isso tomar forma, fechar o formato e a equipe, demora um pouco.
— E por que Bruno já sabe?
Nós nos encaramos.
— Você quer mesmo a verdade?
— Foi pra isso que te chamei.
— Ele foi convidado, mas Bianca não quer você no próximo.
A notícia me choca, mas não me surpreende. Ainda mais após o meu último encontro com ela, quando deixou nítido que faria de tudo para me tirar do caminho. E ainda teve aquela fala racista de forma subliminar. Além disso, como a notícia sobre o *reality* é verdadeira, a reconciliação entre ela e Adam também deve ser.
Com certeza, eles estavam juntos ontem e ele tem me procurado para terminar o que quer que a gente tenha. Nem acho que ele mentiu sobre seus sentimentos, mas embora o meu ex-professor tenha resistência à fama, o *I AM* é a sua prioridade. Eu sempre fui o lado mais fraco.
Como eu caí nessa presepada?
— Adam tem batido o pé que não abre mão de você, mas Bianca está irredutível. Ela tem pressionado, inclusive, os patrocinadores e ele está pra explodir. Já dá pra imaginar, não é? — Jane segura minha mão. — Tamôra, não vou te pressionar a me contar nada, mas é óbvio que se contei essas coisas, é porque te considero. Não sei o que você faz, que eu não aguento minha língua na boca. — Ri. — Se eles souberem que te conto tantas coisas, logo estarei na fila dos desempregados.
— Pelo menos, você me faz companhia. — Esboço um sorriso amargo.
— Duvido. — Ela põe um morango na boca. — Sei muito bem que agora o *I AM* não é a sua única opção. Sem falar que eu acho mais fácil a Bianca se complicar com essa insistência.
— Por que diz isso?
— Você e Adam estão juntos, não é?
Eu me calo, mas o que as palavras não esboçam, os olhos gritam. Minha mãe sempre me disse que o meu olhar fala muito e que eu nunca saberia

esconder a verdade por detrás deles. Sinto que é o que acontece agora. Não sei se tenho ainda coragem de assumir verbalmente. Isso seria me colocar numa situação difícil. Ainda mais agora que, possivelmente, Adam e Bianca reataram, mesmo que ele insista em me manter no programa.

Não dá para ser contra a sócia majoritária, tampouco jogar fora a história que eles têm. Então escondo o meu rosto com as mãos e penso em algo que eu possa responder, sem me comprometer mais. Porém, Jane tem sido mais do que uma colega de trabalho. Ela é minha amiga e já demonstrou ser de total confiança. Sem falar que passou da hora de eu desabafar com alguém que não seja minha família.

— Estamos. Quer dizer... Estávamos.

— Estavam como? O cara é arriado por você.

— E eu por ele — digo. — Mas você não leu que os dois se reconciliaram?

— Você acredita em tudo que lê em tabloide, Tamôra? Vamos deixar de drama? — Ela enche um prato de cuscuz de milho. — Venha cá, você sabia que é falta de educação deixar a comida esfriar?

Essa é a sua tentativa de encerrar o assunto e eu compreendo. Ela já falou mais do que deveria. E eu agradeço.

Eu a observo, feliz, enquanto se delicia com as guloseimas preparadas pela minha mãe. Decido esquecer esse papo sério e aproveitar com ela. Pelo menos, por ora.

Num ponto, Jane está certa. Ando muito dramática e essa nunca foi a minha vibe. Dizem que o amor nos transforma, não é? Confesso que mal me reconheço ultimamente. Essa minha nova versão me assusta.

CAPÍTULO 29

Despedidas sempre mexem comigo e a do *I AM* não poderia ser diferente.

Hoje tivemos o último episódio, que foi ao vivo, como o primeiro. *Que programa intenso foi esse?* Mas dessa vez, tirei de letra. Aquela pessoa insegura do primeiro episódio desapareceu e, queira Deus, nunca mais se manifeste. Além disso, acompanhar também a evolução dos candidatos foi incrível. No final, qualquer um dos finalistas poderia vencer.

Como apresentadora, não pude deixar transparecer minha torcida por nenhum, mas, felizmente, venceu um dos que eu queria.

Se antes eu tinha alguma dúvida sobre minha vocação, agora não tenho mais. Nasci para isso. A adrenalina que isso me dá é surreal. Mesmo com todo trabalho, com todo estresse, com tantas horas... Valeu a pena. Ao mesmo tempo, tenho a amarga incerteza sobre o futuro. Recebi várias propostas para outros trabalhos, mas ainda não decidi nada. Está tudo em suspenso.

Nesse instante, estamos na festa de encerramento.

Que frio na barriga. Já chorei muito. Adam nos preparou uma surpresa. Assim que acabamos a gravação, fomos direcionados ao jardim da mansão, onde foi armada uma grande tenda, com comidas, bebidas e show de um grande DJ.

A festa está lotada. Os convidados são desde patrocinadores e membros da equipe a ex-candidatos e finalistas. Fujo da aglomeração e vou ao banheiro retocar a maquiagem. Adam e eu ainda não conversamos desde que li sobre ele e Bianca. Nos últimos dias, tenho focado somente no meu trabalho. Adam até tentou conversar, fez contato, mas fugi dele, ignorei suas ligações, mensagens e procurei sempre estar acompanhada nos dias que precisamos gravar.

Tá, confesso que foi covardia mesmo. Ou imaturidade como, algumas vezes, ele mesmo insinuou. *Sabe aquele babado de ter medo de ouvir o que não quer? De ele dizer que se arrependeu de nós dois e resolveu dar outra chance à antiga relação?*

Bianca também tem se mantido longe. O que, para mim, é um alívio. Ela quase não se envolveu na última gravação e foi embora tão logo acabou.

Após alguns momentos diante do espelho, na tentativa de ensaiar como ficarei nessa festa sem transparecer incômodo, saio e me surpreendo com a figura daquele que tenho tentado evitar nos últimos dias.

— Vai continuar fugindo de mim, Menininha?
— Não estou fugindo de você, Adam — minto.

É sacanagem comigo o quanto esse homem é bonito. É uma indecência, um golpe que nem o santinho do desapego pode ajudar. Estou lascada mesmo.

— Eu até pensei em aparecer de surpresa em sua casa, mas preferi esperar uma oportunidade em território neutro. — Ele direciona o olhar para minha boca e passa a língua levemente pelos seus lábios.

— Aqui é neutro? — Rio e tento quebrar o clima quente que, de repente, se instalou. *O aquecedor está ligado? Porque não é possível que seja só a nossa química.* — Mais campo minado, impossível.

— Gostou da festa surpresa? — Continua a olhar para os meus lábios.
— Adam, não é melhor a gente conversar em outro momento?
— Que outro momento? Hoje, amanhã? Que horas? — Ele se aproxima de mim e eu tento me afastar, mas ele me encosta na parede do lavabo que fica em frente ao banheiro.
— Adam, alguém pode aparecer...

A minha respiração irregular não deixa dúvidas sobre o que eu quero no momento.

Como esse homem consegue me tirar do prumo desse jeito, meu pai?

— Estávamos bem e, de repente, você não responde meus contatos, foge de mim... O que foi? — Ele encosta a boca em meu pescoço. — Não mereço saber o que fiz? Até pra me defender.

Ao ouvir o ruído de um pigarro, ele se afasta apressado.

— Tam, estão chamando a gente pra tirar fotos. — Bruno nos olha desconfiado, e brinca: — Posso dizer que você está ocupada por tempo indeterminado.

— Deixa de palhaçada, Bruno. — Eu me desvencilho de Adam e vou em direção ao meu amigo sem esconder o alívio por ter sido ele a nos interromper. — Virou meu secretário agora? Ou já é saudade?

— Se algum dia eu disser que não sentirei sua falta, pode me bater. Você sabe que é só estalar os dedos que eu corro atrás de você que nem um cachorrinho. — Bruno pisca de forma teatral.

— Até parece. — Quando olho para trás, vejo Adam com a cara de poucos amigos.

— Não quis interromper vocês. — Bruno me olha, constrangido, ao perceber o clima hostil.

— Tudo bem. Acho melhor a gente ir lá tirar as tais fotos. — Tento aliviar o clima.

— Estou falando sério, parceira. Vou lá e dou uma desculpa. Não é tão urgente. Só evitem o que acabei de presenciar aqui. Pode dar B.O., sabe como é que é, não é? — Beija minha testa. — Boa sorte aí! — Dá um

tapinha no ombro de Adam. — Parabéns, Adam. Encerramos com chave de ouro.
— Parabéns pra você também — diz, seco.
Esperamos que ele saísse, em silêncio. Adam me leva em direção ao meu camarim e fecha a porta atrás da gente, trancando-a. Eu sinto como se o ar estivesse abafado, mesmo com ar-condicionado ligado nas alturas.
— Esse cara quer você, Tamôra — ele fala, irritado.
— Esse *cara* tem nome, Adam. — Tento usar um tom ameno, não quero pesar o clima.
— Ele quer você — insiste, sem prestar atenção à minha reprimenda.
— E você, Adam? — provoco-o.
— Eu o quê?
— O que *você* quer?
— Você sabe o que *eu* quero. Eu que não sei o que *você* quer. — Ele me prensa na parede e eu sinto o ar quase faltar. — Por que você ainda não se afastou dele, hein?
Adam me puxa e me beija longamente, ciente do poder que exerce sobre mim. Engulo seus gemidos, chupo sua língua e perco o pouco do controle que eu tinha.
— Você não está em condições de me exigir nada, bonitão — respondo tonta, sem nenhuma convicção.
Por que eu tenho de falar tudo isso mesmo?
— Quantas vezes terei de te dizer que ele não te vê somente como amiga?
Ele arrasta a língua pela minha boca e chupa a minha. Sinto meu coração quase explodir em meu peito.
— E daí? — Consigo dizer brevemente, quando ele me permite respirar.
— E daí que você é minha.
— Que sua, Moreland? Não acha que está muito possessivo, não?
— Você sabe disso. — Ele passa a língua em meu pescoço e eu fico arrepiada. *O que esse tem nessa língua que me enlouquece tanto?* — Seu corpo sabe disso...
Eu travo uma luta com os meus sentidos, solto-me dele e tento respirar normalmente, embora sua proximidade não me permita raciocinar direito.
— Esse negócio de pertencimento é ultrapassado, hein? Bem texto de livro hot das antigas. Uma coisa é a gente aqui, essa loucura, esse fogo... Não preciso dizer textualmente que estou entregue agora. Mas você não manda no meu querer, nas minhas escolhas, oxe. Você falou como um homem do século passado. Sem falar que é cafona.
— Você está certa, desculpe-me. — Ele toma ar e se afasta de mim. — É que não me sinto confortável com ele te rondando desse jeito.
— Eu li os tabloides americanos... — Mudo de assunto propositalmente. Preciso tirar essa dúvida de minha cabeça logo. — Lá estão dizendo que vocês, agora que a temporada acabou, vão sair em lua de mel.

— É essa a razão de seu afastamento? — Assinto. — Eu também li nos perfis de fofocas brasileiros que você e Bruno se pegam. É verdade, Tamôra?

— É claro que não — solto, exasperada.

— Se você acredita nas fofocas americanas, por que não devo acreditar nas fofocas brasileiras?

— Eles também falaram que vocês renovaram para uma segunda temporada. Isso não é verdade?

Ele fica em silêncio.

— É verdade ou não?

— É.

— Então me diga por que eles falariam a verdade sobre uma coisa e mentiriam sobre a outra?

Ele coça a cabeça como se tentasse se acalmar, vem na minha direção, leva-me de encontro a ele, segura meu rosto e me beija de forma arrebatadora, de novo e de novo. Adam sempre me beijou ardentemente, mas hoje sinto desespero também e eu esqueço até de quem sou.

— Se você quer fazer parte desse circo de celebridades, tem de entender que nem tudo é verdade — sussurra ainda entre beijos. — Você precisa confiar no que eu digo, Menininha. É você quem eu quero. Quantas vezes terei de repetir isso?

— Mil. — Sorrio.

— Eu não quero mais Bruno perto de você.

— Isso não está em negociação, Adam. Não vou me afastar dele.

— Como acha que eu me sinto em não poder te tocar na frente de todos e vê-lo com as mãos em cima de você?

— Eu não entendo.

— Como não entende? Não percebe o quão é difícil não poder te assumir pra todo mundo e ver aquele cuz... Bruno te cercar... Você é minha namorada, porra!

— Sua namorada?

— Eu pensei que você soubesse.

O fato de ouvi-lo se referir a mim como namorada pela primeira vez me alegra e me irrita ao mesmo tempo. Como ele só fala isso agora e de forma a demarcar território? Não gosto desse tom.

— Você não acha melhor a gente dar um tempo, Adam?

— Que merda é essa de tempo?

— Está tudo errado. Você ainda está enrolado e, ao mesmo tempo, me exige coisas que não são justas. Não é OK eu me afastar de Bruno, que é só meu amigo, que me ajudou esse tempo todo e você poder continuar próximo de Bianca, com quem você já teve algo.

— É diferente.

— É bem pior. Sua relação é outra. E mesmo assim, eu nunca te encostei na parede pra te fazer escolher entre mim e ela.

— Eu nunca escondi a gente. Todo mundo sabe, só não assumimos... ainda.

— Eu confio em você, Adam. Esse é o ponto.
— Também confio em você. Não confio é nele.
— Quer coisa mais clichê do que essa? Se eu não o quero, não vai acontecer nada. Acho melhor você resolver sua primeira vida, sua cabeça... Eu também preciso cuidar da minha.
— Você quer terminar comigo por causa de uma fofoca, Tamôra? É isso? Algo que você também é vítima? Você sabe que isso não vai acabar, não é? Quem está na mídia, infelizmente, está sujeito. E digo mais uma coisa: vai piorar, ainda mais pra você. Eu só sou essa coisa de celebridade nos Estados Unidos. — Ele me olha de forma penetrante e suspira fundo. — Não tenho mais idade para esse negócio de dar tempo. Ou a gente fica junto ou...
— Ou?
— A gente termina. Esses dias sem você foram insuportáveis. Não quero mais ficar nessa brincadeira de gato e rato, sem saber o que pensar ou como agir. Quero te ligar e ter a certeza de que está tudo bem entre a gente. Ou você está comigo nessa ou não está.

Eu sinto que a gente não está na mesma página. Temos mais momentos de tensão do que de calmaria. Na verdade, na nossa relação não existe sossego. É cheia de combustão em todos os sentidos. E nos últimos dias, andamos fora da curva.

Por mais que eu acredite que para ele também não está sendo fácil, creio que, em algum momento, vai sobrar para mim. Ele precisa resolver sua antiga história para começar outra, sem melindres, encontros furtivos no banheiro e ciúme excessivo. Ao mesmo tempo, a possibilidade de não vê-lo mais me asfixia. Eu não quero. Mas será que não é o que precisamos?

— Tá bom. — As duas palavras mais rápidas do que eu esperava.
— *Tá bom* o quê?
— A gente termina.

Pego minha bolsa, saio do camarim e corro para meu carro, cuidando para não ser vista.

Essa festa acabou para mim.

Saio sem destino, sem ter a certeza de que o que fiz foi realmente a melhor decisão. Mas foi mais do que preciso para o momento.

Após minha conversa definitiva com Adam, decidi resgatar o pouco do amor-próprio que me restava e não ficar deprimida, presa no meu quarto. Assim que acabou a confraternização da equipe, Jane foi me encontrar num barzinho e entre caipirinhas, choros e muitos risos, botei tudo que sentia para fora.

Desabafar foi bom para eu concluir que vivia um amor de migalhas, exatamente, o que tinha criticado Bianca. Hoje acordei renovada e disposta a virar a página. Ao pensar de forma positiva, não me arrependo de nada, porque vivi uma história com meu amor adolescente e isso me amadureceu para estar pronta para outro. Não agora. Na verdade, o melhor é focar na minha carreira, que vai muito bem — obrigada! —, e deixar essa coisa de relação amorosa para depois.

De preferência, bem depois. Errei ao emendar uma na outra. Porém, tudo é aprendizado, não é verdade?

O dia hoje será bem agitado. Planejo, após os meus exercícios, visitar dois apartamentos que me interessaram. Amo a minha família, mas não vejo a hora de ter o meu canto, com as minhas coisas e construir a minha história, sem precisar dar satisfação o tempo todo.

Corro pela orla da Praia das Pérolas. Não quis fazer isso na Praia das Ostras, porque ainda não tenho condições de relembrar os meus momentos com Adam, sem ficar triste. Penso o quanto minha vida mudou em poucos meses. Apresentei um *reality show* de sucesso, terminei um namoro chuchu — como disse minha amiga sumida Madalena —, me relacionei com o meu ex-professor, que agora é também meu ex-diretor, e ainda estou cheia de propostas de trabalho, com o desenho de futuro promissor.

Vivi em menos de um ano mais do que vivi em quatro anos de faculdade. Só a forma como sou observada hoje nas ruas tem me causado estranheza. Os olhares estão mais acintosos e confesso que estou incomodada.

Sou acordada dos meus devaneios pelo barulho da chamada do meu celular. Ao tirá-lo do bolso e olhá-lo, identifico o número de meu pai.

— *Onde você está?*
— Oi para o senhor também, pai.
— *Onde você está?* — Sua voz sai como um berro, o que me preocupa.
— Na praia, correndo. Aconteceu alguma coisa, pai?
— *Volta pra casa, agora.*
— Aconteceu alguma coisa, *Seu Ricardo*? Foi com a mamãe? Ou foi algum terremoto? Rola isso agora em Salvador?
— Não.

Tentei brincar, mas sua resposta curta e grossa, não me deixa dúvidas de que algo muito sério aconteceu.

Então fala, pelo amor de Deus!

— *Você pode fazer o favor de voltar pra casa, Tamôra Maria? Nós estamos aqui te esperando. Precisamos conversar.*
— Nós quem, pai?
— *Seu irmão, sua mãe e eu estamos te esperando pra o café da manhã.*
— Pai, eu estou no meio da minha corrida. O senhor não pode esperar só mais meia hora ou adianta por aqui mesmo?
— *Não. Ao contrário de você, preciso trabalhar.*
— Eita, que o bicho pegou, né, pai? Eu também trabalho, viu? Não tenho culpa se entrei de férias.
— *Trabalho? Sei...* — Ouço um suspiro do outro lado do telefone. — *Tamôra, sem mais delongas, é exatamente sobre isso que precisamos falar. Volta logo pra cá!*

Não gosto quando ele me trata desse jeito. Ele é meu pai, devo respeito, mas já sou adulta e já provei para ele que posso cuidar de mim. Ao mesmo tempo, estou curiosa para saber o que pode ser tão sério.

O que seria tão urgente a ponto de fazê-lo ficar tão nervoso? Vai ter briga, não é? Já aprendi que nunca posso entrar numa discussão com ele na defensiva. Porque só por esse diálogo, já fico com vontade de afrontá-lo. Afinal, sou filha de quem mesmo?

— *Tamôra, está me ouvindo?*

— Estou, pai.

— *Te dou quinze minutos, então.*

— Desculpa, paizinho, mas o senhor vai ter de esperar. Se não é questão de vida ou morte, vou terminar minha corrida e te encontro aí. Aproveita e já organiza uma jarra de suco de maracujá, com camomila, lavanda... Porque, pelo seu tom, vou precisar. Aliás, tome também. *A gente vai conversar em slow motion.* — Gargalho para não chorar.

— *Tamôra...*

— Ok. Já entendi a ameaça. Tchau!

Desligo a chamada, coloco o telefone no silencioso e volto a correr. Aprendi que não adianta ficar batendo testa com ele. Vou fazer o que é melhor para nós. Quando estou estressada, minha corrida é sagrada e pelo que parece, essa conversa não será nada agradável. Pelo menos, para mim. E se for esse o caso, não chegarei lá agora.

Coloco um fone no ouvido e boto minha *playlist* em som alto. Seja lá o babado que vier, vai ter de esperar. A bomba, ele e quem quer que seja.

Seu Ricardo não conhece a filha que tem? Logo eu, teimosa que nem ele.

CAPÍTULO 30

— Finalmente! — Meu pai se adianta, irritado, assim que coloco os pés em casa e os encontro à mesa de café da manhã. Seja lá o que for, não é coisa boa. — Você tem algo para nos contar, Tamôra Maria Diniz?

— Que eu saiba não, mas, me parece que vocês têm, não é? — Olho para minha mãe, que abaixa a cabeça. — O que eu perdi aqui?

— Eu já sei de tudo, Tamôra — ele continua. — O que passou pela sua cabeça ao se meter numa sujeira dessa?

— *Peraí*. O que aconteceu?

Sabe aquela velha história de que *quem deve, teme*? Fiz muitas coisas nos últimos tempos para temer, não é? *Se organizar, entendo direitinho, mas vamos com calma.*

— Pai, seja mais explícito.

— A tal da Bianca falou com sua mãe e eu escutei parte da conversa das duas. O diretor decidiu se desligar do programa por sua causa. E sua mãe não quis me falar nada. Por isso, te liguei. Queria que você me contasse essa história. — Sua cara está brava. — Se voltasse quando ordenei, eu saberia a sua versão primeiro. Mas a bomba estourou — ironiza. — Veja com seus próprios olhos.

Ele me entrega um calhamaço de papéis impressos e o meu coração erra várias batidas quando leio o teor. Meu pai, além de ler as coisas on-line, imprime tudo que julga importante. O meio ambiente que lute. São várias matérias que falam sobre meu romance com Adam.

Eu sinto uma tontura e as mãos do meu irmão me amparam.

— Estou aqui. — Ele aperta meu ombro.

Sorrio agradecida e me afasto com os papéis nas mãos. Preciso de ar. Vou para a outra sala. Passo minutos reflexivos na tentativa de assimilar como conseguiram juntar essas coisas. Tem fotos da gente na Praia das Ostras, depoimentos de pessoas próximas — sem dizer quem — que confirmam a nossa história, sites de fofocas, perfis sensacionalistas com especulações, suposições, julgamentos e um foro com discussões sobre os motivos reais da saída de Adam do projeto.

Uma matéria me culpa sobre o possível fim do programa. E é lógico, não faltam ofensas racistas a nós dois e machistas dirigidas a mim. Em boa parte, eu sou declarada culpada. Em muitos comentários me chamam de traidora e de destruidora de lares.

Não consigo ler mais. Os meus olhos estão cobertos de lágrimas. Eu queria correr daqui, fugir, não ter de enfrentar nada. Isso não deve ter surgido agora. Alguém da produção poderia ter me alertado antes.

Olho para o meu celular e vejo que está no silencioso. Eu me lembro de que fiz isso para que meu pai não interrompesse minha corrida. Vejo várias ligações e mensagens perdidas de Jane, de Layza, minha empresária, de números desconhecidos e até de Adam.

Ai, meu pai. Onde fui me meter? Agora ferrou mesmo.

Mas o que está ruim pode piorar, não é mesmo? Sinto a presença de meu pai atrás de mim e sei que ele não será condescendente comigo.

— Eu falei que essa história de televisão não daria certo.

— Pai. — Não consigo dizer mais nada. Só chorar.

— Foi pra isso que terminou com Lucas? Pra ficar de safadeza com o tal diretor? Que merda é essa, Tamôra? Não te criei pra se envolver com homem comprometido.

— Ele não é comprometido.

— Como um homem casado não é comprometido, Tamôra? Foi isso que esse bostinha te falou? Porque não parecia isso quando eles estavam aqui.

— Isso não é verdade. Ele nunca nos disse que era.

— E precisava?

— Eles são sócios, pai.

— Ricardo. — Ouço a voz de minha mãe e me viro para olhá-la. — Vamos nos acalmar. Deixa a menina assimilar as coisas. Depois vocês conversam.

— Essa brincadeira pode destruir até os nossos negócios. Imagina o resort no meio disso tudo. Você vai acabar com essa relação agora — ele fala, sem dar importância ao pedido de minha mãe. — E você vai entrar num bendito avião e vai para São Paulo fazer uma especialização.

— Quê?

— E te digo mais: você vai refazer sua história com Lucas e, quem sabe, tirar o nome da nossa família dessa sujeira toda. Eu te dei chance demais. Agora é comigo. Chega!

— Pai — Horácio tenta intervir —, não é pra tanto.

— Como não é pra tanto? Olha pra essas matérias. Olha do que estão chamando sua irmã. Essa menina sempre teve de tudo. Sempre deixei que fizesse o que quisesse, mesmo sendo contra. No entanto, ela superou todas as expectativas negativas que eu tinha dessa profissão.

Olho para ele e tento encontrar palavras para contra-argumentar. Por mais que ele tenha razão em estar chateado, nada justifica falar comigo desse jeito e me tratar como uma irresponsável ou como uma criança, com a qual ele pode forçar seus atos. Ou então como se não tivesse dado certo. Eu só me apaixonei. Que mal há nisso?

A sensação que tenho é que meu pai estava só esperando um deslize para fazer exatamente isso.
Tá se divertindo com isso, não é, Seu Ricardo?
Essa constatação me acalma e até me diverte. Ele sabe que não fracassei. Acatar essa tirania não faz sentido. E a questão não é só ele... Se eu deixar meu pai, Bianca, Adam ou quem quer que seja decidir por mim agora, não terei mais autonomia na minha vida. Não foi a minha independência que eu sempre quis?
Meu telefone toca e ao olhar a tela, identifico que é Adam.
— Você vai terminar essa palhaçada agora — meu pai fala, logo atrás de mim, ao perceber de quem é a chamada.
— A gente não está mais junto.
Eu cancelo a ligação, pois não quero falar com ele na frente de minha família. Será que ele está bem? A minha vontade agora é fugir com ele para um lugar onde ninguém nos conheça.
Minha mãe me observa de forma especulativa. Ela também me deve uma conversa. Preciso saber até quando ela ficará de ti-ti-ti com Bianca. Porém, agora não é o momento dela também.
— Ótimo! — Ele suspira aliviado e noto até um breve sorriso despontar.
— Me desculpe, eu te amo, te respeito, o senhor e Horácio são os homens mais importantes da minha vida. — Vejo o seu semblante desanuviar com a declaração. — Mas não pense que vou fazer tudo que o quer, não vou fazer nenhuma especialização, nem aqui, nem em São Paulo, nem em qualquer outro lugar.
Seu rosto agora se torna uma carranca. Vejo minha mãe acariciar as costas dele na tentativa de acalmá-lo. E eu ainda tenho mais coisas para falar.
— E sobre Lucas, não estamos no século passado. Qual é o próximo passo? Vai me obrigar a me casar com ele? — Agora lágrimas descem torrencialmente pelo meu rosto. — Você e mamãe nunca erraram na vida? Nunca fizeram algo e se arrependeram depois? Nunca erraram como filhos? Como pais?
Olho dele para minha mãe e me lembro da história que Horácio me contou sobre o irmão ou a irmã que não chegou a nascer. Minha mãe chora também e Horácio me lança um olhar de censura, talvez com medo do que eu possa revelar.
— Sinto muito, mas não serei a bonequinha de louça de vocês.
Não espero ninguém falar mais nada, dou as costas para eles e sigo para meu quarto.
Como de costume, primeiro, vou chorar embaixo do chuveiro, lamber minhas feridas e depois verei como sair razoavelmente bem disso tudo. E pensar que jurava que com o fim do programa, as coisas se acalmariam.
Adam bem que poderia mudar o sobrenome dele de Moreland para Furacão. O que tem de gostoso, tem de destruidor.

— Fala logo, Jane.

Estou há alguns minutos em uma ligação telefônica com o objetivo de extrair de Jane tudo o que ela sabe sobre essa bomba que caiu sobre a minha cabeça nas últimas horas. Ela está estranha. E me disse que tem algo pior para me contar, pediu até que eu me sentasse. E agora, está enrolando.

— *Estão falando que você está grávida.*

— Quê? — Sinto uma tontura.

— *Os tabloides estão ventilando que você está grávida e que, por isso, Adam abandonou tudo. Pra te assumir.*

— Estou lascadinha, né?

— *Tem mais um detalhe...*

— Vai ficar me largando as coisas em doses homeopáticas? Fala logo tudo pra eu partir rapidamente. — Ela gargalha e começo a rir com ela, de nervoso. — Vai me dizer que foi a Bianca que espalhou tudo?

Jane fica em silêncio e eu verifico se a ligação caiu.

— *Sim. Mas, Tam, eu também tenho uma parcela de culpa.*

— O que você fez, Jane?

— *Ela me fez passar o contato de um dos maiores caça celebridades de Los Angeles.*

— E por que você fez isso? — É tudo tão surreal que nem sei mais o que pensar.

— *Eu não sabia que era pra isso.*

De repente me lembro da implicância de Madalena com Jane e penso se não estaria certa.

— Ai, Jane. Será que não sabia mesmo?

— *Tamôra, eu jamais faria isso com você* — diz num tom sério, quase magoado. — *Desse jeito você me ofende.*

— Tá, desculpa. Estou nervosa. — Por mais que seja chato, não posso acreditar que Jane tenha feito de propósito. Ela tem sido uma parceira e tanto. — Por que Bianca fez isso também, hein? Eu já não estava fora do *reality*?

— *Ego ferido, Tam. Acho que ela apostou mesmo que essa vinda ao Brasil seria marcada pela reconciliação dela e de Adam. E olha que nem acredito que ela goste dele assim. É sobre poder e privilégios. Sabe aquela criança que não sabe perder? Que toma a bola pra acabar com a brincadeira?*

— Minha vida acabou, Jane — digo, exasperada. — Como vou sair desse pesadelo?

— *Acabou nada. Você é a cancelada de hoje, amanhã eles já encontram outra pessoa.*

— Eu devo ter feito algo muito bizarro pra isso acontecer. Tá vendo o que dá cobiçar o homem da próxima? Culpa sua. Por que você me incentivou a ficar com aquele gostoso? — Ouço a risada dela do outro lado e tenho vontade de esganá-la. — Você ri? Virei oficialmente a *talarica* internacional. Com direito até a gravidez.

— *Você é uma figura.*
— Pra que ela fez isso, Jane? — repito o questionamento.
— *Nunca assistiu filme ou novela na qual a vilã diz "se ele não fica comigo, não fica com mais ninguém", não?*
— Nesse caso, eu estou mais pra vilã do que ela.
— *Deixa de besteira, Tam. Bianca está mordida. E gente ferida é a derrota. Vou falar com a assessoria do reality. Depois, vamos marcar uma reunião entre mim, você, Adam e Layza...*
— Adam não, deixe-o quieto.
— *Ele está no meio do problema, Tamôra. E sabe lidar com essas coisas.*
— Mas ele é o pai da criança, né, Jane? — Rio de mim mesma. O que é um peido pra quem já está cagado? — Quer dizer, o pai da suposta criança, que nunca existiu.

Jane se engasga e rompe numa copiosa gargalhada. Eu rio junto de novo, porque tenho ciência de que quando fico desesperada, fico patética e só falo besteira. O povo deve me odiar muito. O pior é que, nesse momento, até eu me odeio.

— *Tam, você vai precisar se acalmar, tá? Não vou chamar Adam pra ir aí, mas precisarei conversar com ele. Ele não estará na próxima temporada, mas ainda é o chefe. Ai, meu Deus! Ainda tem essa. O cara abandonou o barco à deriva. Sei nem como vai ser.* — Ela suspira alto. — *Vou ligar pra Layza e juntas estaremos aí mais tarde pra fazermos um "gerenciamento de crises".*
— O que é isso?
— *É pra ver como te salvar desse terremoto, fofinha. Na verdade, estamos todos dentro de um. E tem profissionais especializados nisso, sabia não?*
— Ah, sim. Então põe Gerenciamento de Crises nisso. Na minha época de faculdade, era mais fácil, porque a internet não era tóxica como hoje.
— *Pois toma lá seus cinquenta copos de chá de camomila, se acalma, que mais tarde estarei aí.*
— Ok.
— *E, Tam...*
— O quê?
— *Para de fugir do Adam. Ele é tão vítima quanto você.*
— Eu sei. Mas é que estamos com algumas rusgas.
— *Problemas no paraíso?*
— Maldita hora que o apelidei de Adão! — Ela volta a gargalhar. — Meio que terminamos.
— *Ah, não. Isso, sim, é uma tragédia. Vão dar essa vitória pra Bianca e esse bando de cobras doidas pra vocês comerem as maçãs amaldiçoadas?*

Nossa! Jane está inspirada hoje.

— Talvez seja porque o que começa errado, termina errado — murmuro mais para mim do que para ela.

— Ah, nem vem com esse papo de derrotada. Já sonhei com o casamento no futuro, eu como madrinha e um padrinho bem gostoso para me agarrar.

— Nem é só sobre mim e Adam que estou falando.

— *Sobre o que é então, Tamôra?*

— Deixa pra lá.

— *Mais tarde você me conta.*

— Tá bom.

Desligo. Não iria prolongar a assunto, porém, para mim, está mais do que claro: é chegada a hora de sair de cena e entregar o palco limpo, deixar outro espetáculo entrar. Não comigo. Mas quem sabe toda essa conversa tenha sido só um sinal para avisar que meu pai esteve certo o tempo todo.

Se eu vou ter de conviver com esse tipo de coisas na minha carreira, será que vale a pena mesmo? Acontecer isso nesse momento é simbólico. *Coisas boas acontecem para pessoas boas no que fazem*, como o próprio Adam falava em nossas aulas, pode ter a ver mais com administrar um resort familiar do que apresentar um programa no momento.

Talvez nisso, eu possa ser bem-sucedida. Será?

CAPÍTULO 31

— Então, quer dizer que a senhorita resolveu tomar conta de todas as manchetes do dia, hein, dona Tamôra?

Observo Bruno, ao se aproximar da piscina da minha casa, onde estou acompanhada de Horácio, e sorrio. E não é que no meio do caos, ele resolveu me fazer uma visita? Aliviado por eu ter companhia e ter de voltar para o trabalho, meu irmão se levanta, dá um tapinha nas costas de Bruno e sai.

— Chega mais perto, seu besta — berro quando o percebo parado, com a cara desconfiada. — Veio tirar sarro da minha cara?

— Pelo contrário. — Ele me dá beijinhos em cada lado do meu rosto. — Como você está? — Ele se senta na espreguiçadeira ao meu lado. — Grávida, Tamôra?

Franzo o cenho sem entender a pergunta, mas rapidamente me lembro dos boatos.

— Ai, Bruno, nem me fale. Cada hora é uma coisa nova. De onde esse povo tira tanta criatividade?

— Como você está com tudo isso?

— Estou melhor que há três horas. Espero que pior do que amanhã. Você quer beber algo? — Ele nega. — Como fui deixar tudo isso chegar a esse ponto, Bruno?

— Isso o quê, Tamôra? As fofocas? Você, que se formou em Jornalismo, sabe que também existe essa parte podre. E tem a internet com pessoas bizarras, que se sentem fortes por se esconderem atrás de perfis. Não é culpa sua. A minha dúvida é: como aquelas fotos vazaram?

Levanto uma das sobrancelhas e o olho de forma desafiadora.

— Bianca?

— Quem mais inventaria uma *pataquada* dessas?

— Tem fofoqueiro que quer aumentar pra apimentar a matéria.

— Isso não é apimentar. É maldade. Você tinha de ver o tanto de insultos para mim nos comentários dos perfis. Havia até mensagens racistas.

Meus olhos se enchem d'água.

— Você vai fazer algo em relação a isso?

— Sobre o racismo? Processar, lógico. Pra eles verem que internet não é terra de ninguém. Racismo é crime, mesmo que as autoridades finjam que não.

— Conte comigo, viu? Estou aqui para você.

Sorrio, agradecida.

— E Bianca que fique esperta. Na última vez que nos encontramos, ela fez insinuações racistas. Só que ela é perigosa, fez a sonsa, fingiu que não disse o que disse e eu não tive como provar. Mas se ela se aproximar de mim de novo, eu vou gravar e meter processo.

— Eu imagino e não queria estar na sua pele.

— Não estaria. Como sempre, tudo sobra pra mulher, né? Adam está como o garanhão e eu como a destruidora de lares.

— E como ele está?

— Ainda não nos falamos.

— Não? — Ele se surpreende.

— Não. Mas estou doida pra saber se ele está bem.

— Brigaram? — Assinto. — Vocês me parecem tão envolvidos. No início, cheguei a ficar preocupado. Mas o cara realmente gosta de você, tanto que me odeia.

— É complicado. A sensação é de que andamos em círculos. Agora, com esse escândalo, tem também o meu pai, que não vai aceitar. Quero nem imaginar o que ele vai fazer quando souber sobre essa fofoca de gravidez.

— Daqui a pouco todo mundo esquece e seu pai fica de boa.

— Duvido. Os fãs do *reality* me odeiam. Os fãs do casal 20 dos EUA também. — Suspiro, chateada. — Até o povo que me shippa com você, não se conforma. Dá uma tristeza.

— Eu vi. Logo isso vira notícia velha e vão atrás de novas vítimas pra perturbar.

— Jane me disse a mesma coisa. Mais tarde terei uma reunião de gerenciamento de crises com ela.

— Nem sabia que isso existia.

— Bem-vindo ao mundo das celebridades! No nosso caso, sub. — Gargalho. — Ou sub sub.

— É, dona Tamôra. Eu vim aqui te consolar, porém vejo que você está levando tudo na leveza. — Ele belisca a minha bochecha.

— Se tem uma coisa que aprendi nos últimos tempos foi rir de mim mesma. Vou fazer o quê?

— Que tal dar uns amassos no amiguinho aqui? — Ele prende e me puxa para espreguiçadeira dele e cantarola: — *"Eu não tô fazendo nada, você também[5]"*.

Sorrio. Sei que ele está brincando, mas também sei que, como ditado, *"toda brincadeira tem um fundo de verdade"*, então, volto para a minha espreguiçadeira.

— Vim aqui te contar uma novidade também... — Faz cara de mistério.

---

[5] Música: *Deixa Isso Pra Lá* – Jair Rodrigues

— Adoooooro! E por que não falou logo?
Dou-lhe um tapa leve no ombro. Ele fica em silêncio mais um tempo, de pirraça e gargalha quando ameaço bater nele de novo.
— Tá bom! Tá bom! Lembra do ex-sócio do Adam e da Bianca?
— Claro. Daniel?
O falsiane que traiu Adam, digo para mim ao me lembrar da história contada por Adam.
— Ele me convidou pra ser apresentador de um projeto novo dele, em Nova York.
— Você vai morar em Nova York? — berro e avanço para abraçá-lo em sua espreguiçadeira. — Que maravilha, Bruno! Que maravilha! Você vai, não é? Temos de comemorar, não? Que tal um mai tai?
— Você viciou mesmo nessa bebida, né?
— Memória emotiva. — *Como esquecer o dia do luau no resort?* — Bruno, você acha que esse Daniel é de confiança?
— Por causa do *reality* e dessa história toda dele com Bianca?
— Só curiosidade mesmo. — Apesar de saber sobre a sociedade, não sei até que ponto Bruno tem conhecimento. — Só fica esperto. Esse bolo deles é tão estranho, sei lá!
— Fica tranquila. Além de ele ser meu amigo, estarei lá só como apresentador. — Ele me olha de forma especulativa. — O que você pretende fazer até a hora dessa reunião de gerenciamento de crises? Vai encher a cara de mai tai, lamber as feridas e se lembrar da morte da bezerra?
— Oxe, vamos celebrar sua ida para Nova York. Quer coisa melhor?
Bruno pega minha mão.
— Tamôra, você não vai reagir?
— Como assim?
— Tira essa bunda daí e corre atrás do cara. É óbvio que você está chateada por não estarem juntos. Além do mais, enfrentar isso com ele é melhor. É tudo sobre vocês, né? E ele tem muita responsabilidade nisso também.
Ouvir essas palavras me faz chegar à conclusão de que, apesar de levar quase tudo na brincadeira, Bruno sempre tem os melhores conselhos.
— Será que ele vai querer me ouvir? E se me fotografarem na porta dele?
— Vai disfarçada, ué. E se te reconhecerem, paciência. Já não está na merda mesmo?
Nervosa, olho para ele, que abre um sorriso amplo e faz sinal para eu me levantar.
— Deixa esse mai tai pra tomar com ele. E se não der certo, você já sabe que pode me procurar... — Pisca, maroto.

CAPÍTULO 32

Noto o semblante surpreso de Adam assim que abre a porta. Sinto minhas mãos, que já estavam suadas, transpirarem mais e minha pulsação acelerar. Após ter contado três toques da campainha, já estava em dúvida entre esmurrar a porta ou desistir de vez desse embate.

— Lembrou que eu existo, Tamôra?

Ao ouvir o tom rouco e irônico de sua voz, tenho a certeza de que o melhor era ter ido embora mesmo.

— Podemos conversar? — Vontade eu tenho é de abrir o chão e me jogar dentro.

— Pra quê? — Seu olhar demora no meu e eu sinto como se tentasse me desvendar. — Desde quando você faz isso?

Pronto! Já entendi que ele não vai facilitar.

— Por favor. — A minha voz sai como um sussurro.

Ele sai da frente da porta e faz sinal para eu entrar.

— Sente-se — pede, quando percebe minha indecisão em frente ao sofá. — Quer beber alguma coisa? Água, um suco, um vinho, um chá?

— Tem cachaça?

Vejo uma ameaça de sorriso emergir em sua boca.

—Você está linda — diz, após seus olhos verdes topázios me varrerem de cima a baixo.

Seu semblante demonstra exaustão, com olheiras marcadas. Ele está cansado. E eu sei que tenho responsabilidade em parte disso. Tento engolir a vontade repentina de chorar.

— Sabe há quanto tempo quero *conversar* com você? — Sua voz sai mais branda, mas esgotada.

— Você terminou comigo, esqueceu?

— Você pediu aquela merda de tempo e eu falei que não sou homem de dar tempo a ninguém, *esqueceu*? — Talvez eu preferisse que ele estivesse gritando, irritado, ao invés de exausto. — Eu te liguei, mandei mensagens...

— Eu sei.

— Sabe? — Ele se senta ao meu lado. — O que você quer aqui, Tamôra?

Opto por ficar em silêncio.
Vou falar o quê? Como dizer que o quero. E se ele não me quiser mais?
— Eu tive medo.
— De mim?
— Claro que não.
— De quê?
— Como você reagiria se estivesse no meu lugar? Houve tantas coisas nos últimos dias. Nós nos afastamos, veio aquela enxurrada de ataques, de perfis de fofocas... Todo mundo está com raiva de mim. Eu sempre sonhei com a fama, mas não desse jeito.
— A fama vem com essas coisas também. Tem bônus e o ônus. Mas você não está pronta, não é? Ser famoso é uma merda, Tamôra. Vai ter sempre alguém à espera de algo que a gente faça ou que alguém invente.
— Você sabe que foi ela?
— Bianca está machucada.
— Jane disse isso também. Mas Bianca fala coisas muito problemáticas, injustificáveis.
— Eu sei. Eu ouvi algumas coisas também. Nada do que ela fez é desculpa pra tamanha sordidez, mas é a realidade. Eu deveria ter sido mais enfático quando resolvemos essa viagem. Ela acreditou que me dobraria como me dobrou outras vezes. E eu estava preocupado com outras coisas, que nem percebi esse ciclo. — Ele me observa com cautela. — Até você surgir e aí meu foco mudou, e ela percebeu.

Eu me aproximo dele e passeio meus lábios nos seus. Adam me fita de modo profundo e o sinto ponderar entre me beijar ou não.
— Gostoso — sussurro ao seu ouvido e o vejo se arrepiar.
Eu tomo a iniciativa e o beijo desesperadamente. Ele me põe em seu colo e segura minha nuca. É um beijo urgente e de saudades.
Após minutos de entrega, ele se afasta com dificuldade, ainda com a mão na minha nuca.
— Você já deve saber que abandonei o projeto, não é?
Eu confirmo com a cabeça.
— Não é correto, Adam. É o seu projeto.
— Não posso viver de chantagens e ameaças. Não topo prisão, pressão... Não seria eu se topasse.
— Era seu projeto — insisto.
— Quem tem uma ideia, tem duas. Ou mais.
— Tem certeza?
— Sei que não é uma situação fácil pra você, mas eu falei, desde o início, pra confiar em mim. A partir do dia em que decidi, eu nunca tive dúvidas dos meus sentimentos por você, Menininha... *Eu sou louco por você.* Só tive medo de que acontecesse exatamente isso. De ser você a mais prejudicada dessa história.
Sua voz está embargada. Saio do seu colo e me ponho de frente.
— Por que quando as coisas se complicam, você se afasta?
— Não é isso. Eu tive medo, mas Bruno...

— O que ele tem a ver com isso? — ele me interrompe, irritado.

— Adam, esse ciúmes não faz o menor sentido. Nunca te dei motivos. Inclusive, foi ele quem me aconselhou a vir até aqui.

Ele se levanta bruscamente.

— Então, agora eu devo ser grato a ele? É isso? — O seu tom é amargo. — Quer dizer que se ele não te aconselhasse, você não viria? — Ele anda até o bar, pega a garrafa de uísque e enche o copo e bebe em um gole. — Eu devo ser idiota mesmo.

Coloca mais uma dose no copo e vira rapidamente.

— Adam...

— Isso aqui não vai dar certo, Tamôra — ele fala de forma decidida, ao colocar o copo no bar e se virar para mim.

— Isso o quê?

Eu me levanto e me aproximo dele, que se afasta.

— Você e eu. Como você quer que eu não me aborreça se prefere confiar em alguém que me afeta do que em mim? Se não se abre comigo e se abre com ele?

— Ele é meu amigo. E você também não confia em mim.

— Ele te quer, Tamôra. Como acha que me sinto ao ver vocês dois serem ovacionados pelo público, com a fama positiva, do jeito que você quer, enquanto a possibilidade da nossa relação é rechaçada por todos? Por mim, tudo bem. Não me preocupo com a fama. Mas você muda, se preocupa, some... Eu sou o cara mais velho, mesmo com só sete anos a mais, sou mais experiente e, para eles, sou comprometido com outra, mesmo que seja mentira. Eu sinto que luto sozinho. E não acho que tenha culpa. Agora é o seu momento de curtir, de aproveitar o que vem por aí.

— Não. Você não está sozinho.

— Será que você se apaixonou pelo diretor e não pelo Adam?

— O quê?!

— É melhor a gente parar mesmo por aqui — complementa. — Eu acho que estou te exigindo demais. Você é só uma menina.

— Não fala assim, Adam. É muito injusto. Eu já sou uma mulher. E não sou obcecada por fama, tampouco quero ter sucesso a qualquer custo. Eu estudei, me formei... Sempre falei que queria dar certo em minha carreira e viver disso. Que mal há?

— Nenhum. Você está certa. Por isso, é melhor que eu me retire agora. É muito pra você dar conta.

— Parece até que sou uma virgem e que você quer me roubar da casa dos meus pais.

— Vontade não me faltou, viu? Toda vez que você não atendia às minhas ligações. — Ele solta uma risada sarcástica. — Que mulher difícil!

Vejo sua luta interna para me dizer essas coisas e suas palavras chegam como um soco em minha barriga. Munida mais uma vez de coragem, seguro seu queixo e o beijo. Ele suspira, quase de forma imperceptível e eu enfio a língua em sua boca. Se essa é a nossa última vez, que pelo menos eu tire minhas derradeiras casquinhas. Ele espalma as mãos em minhas costas e me aperta de encontro a ele.

Dessa vez, quem suspira sou eu. E bem alto, porque não quero esconder o que ele faz comigo.

— É melhor você ir embora, Tamôra. — Ele me afasta e o encaro, sem entender.

— É isso que você quer? — inquiro, já sem saber o que fazer e nem onde enfiar minha cara.

Essa pergunta também poderia ser para mim. *É isso que eu quero?*

— Não tenho mais idade, nem energia pra ficar brincando de esconde-esconde, na torcida pra você não fugir de mim e correr atrás de seus amigos. Eu quero pra valer. Não vale a pena brincar. Isso eu já vivi, de outra forma, com Bianca, e não foi divertido. Nós dois precisamos amadurecer. Eu preciso aprender a lidar com a insegurança, que eu desconhecia em mim. E você parar de fugir do embate, de correr dos problemas.

Foi tão mais fácil com Lucas. Foi até um alívio o nosso fim, já com Adam é tudo intenso. Talvez estejamos em tempos distintos mesmo ou sejamos polos opostos. Por isso, sinto uma dor dilacerante quando penso na possibilidade de não ficarmos mais juntos.

Por que essa vontade insana de me jogar em seus braços e convencê-lo a mudar de ideia?

A verdade é que nossa relação nunca foi brisa. E o que quero para mim agora? A tranquilidade, o furacão ou nenhum dos dois?

Engulo um soluço que me rompe, repentinamente, tirando-me de meus devaneios.

— Você pode me levar até a porta?

CAPÍTULO 33

Mal pude acreditar quando recebi a ligação de minha amiga Madalena, que acabou de chegar ao Brasil e avisou que me encontraria hoje. Nunca ficamos um longo tempo sem a presença física da outra. Esse afastamento causou até um mal-estar entre nós, já que ela morre de ciúmes da minha recém-amizade com Jane.

Decidimos nos encontrar no Takê, um restaurante japonês que fica no Morro da Paciência, no Rio Vermelho, em Salvador. Agora, estou há quase uma hora a ouvindo discorrer sobre suas últimas aventuras e o fim de seu romance com o tal cantor de ópera. Somos interrompidas pelo toque insistente de seu celular com a chegada de mensagens. Ela me olha de modo suspeito.

— Que tanta coisa é essa que estão te mandando, Madalena? — indago, ao espiar por cima de seu celular e captar alguma informação enquanto tomo um gole da minha sakeroska de kiwi.

Já fizemos nossos pedidos. O garçom nos conhece de outras vezes e já sabe que gostamos da barca da casa, um combinado com oitenta peças com os mais variados tipos de sushis e sashimis. E de entrada, escolhemos vegetais grelhados.

— Quem te manda mensagens? Que coisa mais irritante esse barulho!
— Nada.
— Como *"nada"*, Madá? Você se desligou da conversa e está aí concentrada no celular.
— E Adam? — Muda de assunto.
— O que tem o *gostoso* do Adam? — Eu a olho de forma desconfiada.
— Vocês terminaram mesmo?
— Sim. — Suspiro, chateada.

A sensação é de que vou desabar a qualquer momento. Não tenho notícias dele. O que é um alívio e um martírio ao mesmo tempo. A saudade é sufocante. Tento ocupar minha cabeça com outras coisas e me preparar para ter uma conversa definitiva e inevitável com meu pai, mas é impossível, já que meu ex tomou conta do meu sistema. Quanto mais tento esquecê-lo, mais tenho certeza de que será uma missão impossível. E com o escândalo, Jane me orientou a sumir. A ficar em casa e a dar um tempo das redes sociais, até as pessoas esquecerem.

Ouço outro bip. Madá recebe mais uma mensagem e eu perco a paciência.

— Se você não parar ou não me contar o que é, eu vou embora. — Faço sinal de me levantar.

— Desculpa, Tam! São mensagens do seu irmão.

— Meu irmão? E o que ele quer? — inquiro, desconfiada.

Ah, esses dois!

— A gente está meio que se conhecendo. — Sua bochecha adquire um tom rubro.

— No sentido bíblico? — Dou uma risada maliciosa, um pouco mais aliviada com a notícia, e ela assente. — Quero saber de tudo.

Vibro, mas logo me lembro de que temos um assunto sério em pauta.

— Ele sabia que estaríamos juntas. E sabe também que eu vou poder te preparar melhor.

— Preparar pra quê?

— Saíram mais matérias sobre você. — Ela me olha preocupada, sem parar de mexer no guardanapo.

— Mais? E por que ele está enviando pra você e não pra mim, a interessada?

Ela fica em silêncio.

— Jane me disse que isso iria parar — divago.

— Não sei por que você confia tanto nessa Jane.

— Sem tempo pra esse ciúme besta, tá? Estou farta de gente ciumenta. — Puxo o celular de sua mão. E congelo diante do que vejo. — Que bizarrice é essa, Madá? São fotos minhas com Bruno.

— Você beijou Bruno, Tamôra? — questiona com uma voz magoada, com certeza porque eu não contei a ela.

— *Ele* me beijou, Madalena. E foi algo tão sem importância. Logo depois Adam chegou e a gente saiu juntos.

— Você ficou com os dois numa noite?

— Não, *sinhá doida*. Tá parecendo marido traído. Bruno me beijou de zoação mesmo. Pra ver qual era. Mas eu já estava envolvida com Adam e ele foi me buscar.

— Você ficou com os dois numa noite e não me contou? — insiste absurdamente.

— Madalena, dá pra gente focar no que interessa? Estou diante de um problema grave, você não percebe?

Não consigo segurar as lágrimas quando começo a entender o peso do que isso significa.

— Calma, Tam. — Ela se levanta e coloca a cadeira ao meu lado, pega um novo guardanapo da mesa e seca minhas lágrimas. — Com certeza, foi a Bianca.

— Quando isso vai parar?

Leio os comentários das notícias e me desespero. Mostro as dezenas de comentários maldosos que acompanham a matéria. Eu poderia já ter me acostumado, vide aos insultos que recebo desde que descobriram o meu relacionamento com Adam. No entanto, não dá para a gente se acostumar ao ódio, não é? Estão me chamando de coisas pesadas, como se eu fosse uma pessoa do mal, que quer ficar com todos. Isso até passaria, porque vem de pessoas que não me conhecem, mas quando penso em quem possivelmente arquitetou isso, eu me entristeço.

— A gente precisa fazer alguma coisa, Tam. — Madalena me acorda dos meus pensamentos. — Eu não acho que você deveria deixar que outras pessoas te defendam. Uma equipe fazer isso é tão impessoal. As pessoas precisam ver o quanto você é humana e não tem a intenção de destruir a família de ninguém. Por que você não faz uma *live* numa rede social?

— Live, Madá? Isso não é exposição demais?

— Então faz um vídeo. Veste aquelas roupas claras, coloca pouca maquiagem e diz um texto pedindo desculpas... Começa o clássico "quem me conhece, sabe..." todo mundo que faz alguma merda, quando vai pedir desculpas, começa assim o texto. É clássico. E fake.

— Se é fake, por que está me mandando fazer? — Nós duas rimos de nervoso.

— Eu acho que você deveria pensar em algo que fosse mais a sua cara. Essa coisa de fingir que nada aconteceu é muito frustrante e afasta. As pessoas não vão comprar essa ideia. É como se a brasa estivesse ali só esperando um vento. Se elas perceberem que é você mesma que escreve e toma conta de suas redes, verão a verdade em você e tomar suas dores.

Pondero sobre as palavras de minha amiga. Se há uma coisa que anda me irritando é não poder ter o controle sobre minha vida. Pessoas mandam e decidem por mim. E o que adianta?

Sinto falta da Tamôra que era dona de si, mesmo em meio à crise profissional. Estranho que agora que consegui o que queria, não me sinto plena. Não faz sentido as pessoas que me seguem e me adoram, acreditarem nessas notícias. Porém, como seria o contrário se não me manifestei? E eu não cometi nenhum crime para me esconder. Ou cometi? Eu me apaixonei pelo homem errado, mas a gente não manda no coração. Ou manda?

— Você acha? — pergunto, mais para mim do que para ela.

— Com certeza. Hoje em dia todo mundo prefere pessoas de verdade. E a internet tem facilitado isso. Celebridade inalcançável é coisa tão antiga, tão anos 90.

O garçom chega com a nossa comida e ela me olha com expectativa. Sei que ela quer que eu aceite mais pelo prazer de eu desobedecer a Jane do que pelo problema em si. Porém, não deixar de estar certa. Eu preciso reagir.

— Se quiser, posso te ajudar.

— Vamos terminar de comer, tá bom? Afinal, viemos aqui pra isso. E depois eu vou pra casa. Tive uma ideia.

Ela bate palmas, animada, levanta-se, pega a cadeira e se coloca no seu lugar de origem.

— Não pense que vou esquecer. Você vai me contar sobre esse seu babado com meu irmão, viu, cu-nha-da?

— Meu Deus, é mesmo. Nós seremos cunhadas?

— E com tudo de bom e ruim que essa relação pode ter. — Pisco de forma ameaçadora e ela me devolve um sorriso nervoso. Madá conhece a amiga que tem. — Se prepara.

— Será que é uma boa ideia, Madá?

Já estou em casa, sentada em frente ao meu notebook, na tentativa de seguir o que Madalena e eu combinamos. Não tenho mais a mesma certeza de algumas horas.

— Não é muito impulsivo? Eu tenho uma equipe pra isso. Pode ser até um bom caminho, mas não é melhor pedir a opinião da Jane e da Layza? E existem mais coisas, além dessas fofocas.

— Ah, não, Tam. Você já estava decidida.

Tentei deixar minha amiga na casa dela antes de vir para a minha, porém ela fez uma cena de que a gente ficou muito tempo longe da outra e que eu a tinha trocado por outras pessoas. Jane, inclusive, me ligou, certamente para falar sobre os últimos acontecimentos, mas estava dirigindo e Madalena fez questão de atender e dispensá-la.

— Isso está ridículo. Cadê aquela minha amiga corajosa que dá a cara a tapa? — complementa.

— Oxe, sou corajosa, não sou doida não. Vou entregar a minha cabeça aos leões? Eu agora sou relativamente conhecida, Madá. Não posso pensar só em mim.

Eu me levanto e me sento na cama.

— Relativamente? Só se fala em você nos últimos dias. Ô mulher de sorte! Um dia com o gostosão do Adam, agora com o não menos gostoso do Bruno. — Ela me olha de forma especulativa. — Tem mais alguma coisa que você esteja me escondendo? Por que não atende as ligações de Bruno?

— E que droga vou falar? — resmungo, lembrando-me das três ligações dele que ignorei, enquanto ainda estávamos no restaurante.

— Ele deve estar tão preocupado quanto você. Não entendo essas coisas das pessoas não atenderem as ligações das outras.

Eu sei que minha amiga está certa, mas, no fundo, acho que estou culpando Bruno. Se ele não tivesse me beijado, nada disso teria acontecido.

— Madalena, Madalena... Deixa de ser cínica — debocho. — Passei dias tentando falar com você e você de *calundu*, sem me atender, com ciúmes sei lá do quê.

— De você ter me escondido todo o babado com Adam e ter preferido desabafar com Jane.

— Você estava longe, amiga.

— E telefone e rede social servem pra quê? Quantas vezes te perguntei?
— Ela me puxa pela mão e me senta novamente em frente ao computador.
— E não fuja do tema, não. O foco agora é você. Senta a bunda aí e escreve algo decente para seus fãs.

Eu bufo, porque sei que ela está certa, embora as coisas não sejam tão simples quanto ela imagina. Porém as palavras dela me fazem repensar se talvez eu tenha agido errado durante todo esse tempo. Essa ideia de ficar entocada é coisa de quem fez algo errado. É a confirmação do que Adam também me falou. Sobre eu escolher fugir e eu não fiz nada.

Enquanto isso, Bianca, a real causadora de tudo, segue plena. Quando era só a atitude impulsiva de uma mulher machucada, eu conseguia até ter empatia por ela, porém agora, ela passou dos limites. Sem falar que está mais do que na hora de deixar essa vida de celebridade para trás e viver a realidade. Pelo menos, por enquanto.

Após alguns minutos pensando no que escrever, decido postar uma espécie de carta-aberta, que presumo que servirá tanto para os meus fãs quanto à imprensa e a quem mais interessar pela minha vida. Inclusive, a ex do homem que não devia, mas ainda povoa meus pensamentos.

Onde aquele gostoso estará e fazendo o quê? Que saudade daquele homem, meu pai!

— Não viaja, Tam! — Madá grita ao notar que meus pensamentos estão longe daqui. — Foco.

— Calma, estou pensando. — Eu me irrito. — Que tal você ir procurar Horácio e me deixar um pouco sozinha? Não sei escrever sob pressão.

Ela me olha, ponderando, balança a cabeça de forma afirmativa e sai do quarto.

Antes de começar a escrever, penso se devo ou não assumir que tive algo com Adam. No entanto, eu me lembro de que não poderia falar qualquer coisa sem perguntar para o próprio e, como não pretendo ter mais esse tipo de conversa com ele, então digo somente que não estou envolvida com ninguém no momento. Sou solteira.

Chega o momento em que mais temia. Começo a digitar. Não falei para ninguém, mas escrever esse texto também pode significar deixar por ora a minha carreira para trás. Decidi não aceitar as propostas que eu recebi. É melhor entender de uma vez por todas que, agora, não é inteligente brigar com meu pai.

Ouvi uma vez que, muitas vezes, é necessário recuar para pegar impulso. Talvez seja sobre isso, é cuidar da cabeça, do corpo, do coração e só ir para a guerra com as devidas estratégias, fortalecida, sem medo de ser feliz.

Escrevo que estou grata por ter feito parte de um projeto tão vitorioso, sem me esquecer de citar e agradecer a Bruno, pela parceria, a Adam pelo convite e pela confiança. E a toda equipe pelo apoio. Não cito Bianca, por razões óbvias. Até porque não vou agradecer à racista, não é?

Eu me perco alguns momentos com os meus pensamentos.

E agora, Tamôra? É chegado o momento de escrever que já que o compromisso com o programa acabou, querida, e hora de também de sair de cena. Decido comunicar que abandonarei a minha carreira. Abro meu coração, contando tudo que sinto, que farei uma viagem e darei um tempo das minhas redes sociais.

O que, para muitos, vai parecer fuga, para mim será um reencontro. Com a minha origem.

Entro na minha galeria de fotos, escolho uma com toda a equipe no último dia de gravação do programa e, após alguns segundos de hesitação, posto com o comunicado. Fecho meu notebook, já sentindo meus olhos lacrimejarem.

Que merda! Que merda!

Deito-me em minha cama e o pranto é inevitável. Meu celular começa a apitar e eu já imagino por quais motivos. É claro que farei o de sempre. Ignorar. Não quero e nem vou dar mais explicações para ninguém. Essas pessoas não fazem mais parte da minha vida. E é como se tivesse tirado um peso das costas, embora seja muito doloroso e eu ainda me sinta perdida. É para o meu bem, eu sei, mas não é fácil. Não será.

Percebo alguém abrir a porta e pessoas se aproximarem. Eu me sento na cama e em meio à névoa provocada pelas lágrimas, identifico Madalena e Horácio.

— Tam, abandonar seu sonho? — Madalena pergunta, também chorando.

— Você tem certeza? — indaga meu irmão.

Afirmo com a cabeça e eles me puxam para um abraço e, em silêncio, envolvida pelos dois, desabo.

CAPÍTULO 34

Após alguns dias dentro de casa, isolada, Bruno me convence a encontrá-lo para um almoço entre amigos, parceiros, segundo palavras dele.

— Como você está? — ele me questiona assim que nos sentamos a uma mesa no lugar mais reservado que encontramos no Barravento, restaurante que costumamos frequentar na orla de Salvador, com vista privilegiada para o Farol da Barra.

Assim que nos instalamos, observo alguns celulares direcionados para nós. Aceno, dou um sorriso sem graça e me sento, quase me arrependendo de ter saído de casa hoje. Eu poderia dizer que estou mais do que acostumada a esse alvoroço, porém não estou.

Há dias minha vida tem imitado a arte e praticamente virou um *reality show*.

— O que você acha? — Aponto uma pessoa do outro que tira fotos nossas. — Esqueci desse detalhe quando aceitei seu convite.

— O humor está no pé, né? — brinca.

— Ai, desculpa! — Gargalho, sem conseguir me conter ao costumeiro senso de humor dele. O garçom nos traz o cardápio. Eu escolho uma água de coco; Bruno, um suco de cajá. — Mas está foda.

— Está mesmo. — Ele me olha de forma especulativa. — E você e Adam?

— Todo mundo me pergunta isso.

— Como vocês estão?

— Acabou.

— Terminaram?

— Ele terminou. — Bufo.

— Que otário! — ele fala mais alto e, ao perceber que se exaltou, põe a mão à boca e cochicha: — Como alguém pode terminar com você?

— Acontece. É o segundo pé na bunda em menos de um ano.

— O que se passa na cabeça desses doidos?

Eu dou risada e agradeço por encontrar em Bruno um amparo. Hoje sinto que tem algo diferente nele.

— Desculpa por te enfiar nisso. — Seguro sua mão, mas, ao reparar a plateia nos observando, afasto-me.

— Nisso o quê?
— Nessa história toda. Bianca, Adam...
— Oxe, Tam, você não tem culpa nenhuma.
— Mas sua vida também virou um inferno.
— Quem te beijou na boate fui eu.
— Porém só parou no site por causa de Bianca, que fez isso por causa de Adam, com quem eu estava envolvida. Ou seja, culpa minha.
— Não vejo assim. O que você tem a ver com a obsessão de Bianca? Além do mais, qualquer um poderia tirar fotos naquele dia. Não fui discreto.

O garçom volta com nossas bebidas e, como estamos com pouca fome, ele nos sugere aperitivos de frutos do mar e sai para buscá-los. Bruno procura minha mão, eu tento afastar, mas ele segura firme.

— Quer saber de uma coisa? — ele diz e mexe no bolso. Retira um embrulho, tal qual um presente e coloca em cima da mesa. — Abre.

Pisco, atordoada. Olho para os lados e vejo que as pessoas nos observam. Pego a caixa e coloco no meu colo, na tentativa de escondê-la dos olhares curiosos.

— O que é isso, Bruno?
— Abre e me diz o que acha.

Faço o que ele pede e me surpreendo ao me deparar com um conjunto de joias, contendo um colar, uma pulseira e um anel com pedras azuis.

— São safiras?
— Gostou? — ele me pergunta com expectativa.
— Como você sabe que safira é uma das minhas pedras preferidas? Desde criança, amo safiras.
— Quer que eu te ajude a colocar?
— Como você sabe que gosto de safiras? — insisto.
— Quer saber mesmo? — Faz cara de mistério.
— Estou curiosíssima — desafio, ainda com a caixa no meu colo.
— Parece que você esquece as coisas que fala em suas entrevistas, né? Eu li em algum lugar que você falou.
— Por que isso, Bruno? — O meu tom é de advertência.
— Eu queria que essa história que saiu fosse verdadeira, Tamôra.
— Como assim?
— Você e eu. — Ele me olha intensamente e eu engulo em seco. — Juntos.
— Bruno... — Mais uma vez tento afastar minha mão, mas ele não permite.
— Eu gosto de você desde o primeiro dia em que te vi.
— Tá faltando a parte em que você grita: *Brincadeira!* Diga, por favor! — imploro. — E me pede pra dar opinião sobre esse presente que comprou para alguém especial e que está só me passando um trote, pra descontrair desse momento estressante que estou vivendo. Alguém que você conheceu e se apaixonou, finalmente. Alguém que conseguiu derreter seu coração gelado. Não é isso, *amigo*?

Faço questão de frisar o que ele é para mim. Rio sem vontade, já sem saber como sair dessa situação. *Meu Jesus Cristinho!*

— Não estou falando de casamento, Tamôra. Só de a gente se curtir mesmo. Alguém rompeu, sim, as barreiras desse coração gelado. Uma mulher linda, sensual, que não tem noção do poder que tem... Você!

— Que brega, Bruno!

A caixa com o conjunto queima em meu colo. Num movimento brusco, cai no chão e eu me abaixo para pegá-la. Sinto o calor do corpo de Bruno tentando resgatar a caixa do chão para me ajudar. Eu me levanto ainda atrapalhada e volto a me sentar. Ele faz o mesmo.

— Tam, eu não quero te deixar constrangida. Pensa, pelo menos.

Ele mexe no celular e abre os olhos, assustado. Preocupada com o rumo que tomou nossa conversa, tento recuperar o clima amistoso que sempre tivemos e me inclino em sua direção para olhar o que aconteceu. Ele me mostra uma página de fofocas de flagras de celebridades, onde nossas fotos no restaurante já estão estampadas.

Exasperada, olho para os lados tentando descobrir quem foi.

— Ai, meu pai! Já? Como são rápidos. Gastei tanto tempo pra escrever aquele texto todo, dizendo que não estava com ninguém. Foi quase um TCC e parece que não adiantou nada. Só deixou Jane furiosa comigo por ter feito sem a autorização dela.

— Adiantou, sim. Deu uma diminuída nos *haters.*

— Elas continuam pensando besteira. E agora, com essas fotos...

— Sempre vão pensar. Até você assumir alguém de verdade. — Ele pisca para mim. — Ou não.

— Ou Bianca me deixar em paz.

— Agora que você e Adam terminaram, ela vai. Vocês terminaram mesmo, não é? — insiste e eu assinto. — Talvez se a gente assumir, isso também ajude a poeira a baixar.

— Você não está indo para Nova York?

— Estou, mas se você me quiser, eu fico.

— Bruno.

— Ou então você pode ir comigo.

Fico em silêncio, chocada. Bruno sempre foi meu lugar mais confortável em estar. Aquele amigo perfeito. Apesar de volta e meia ouvir alguém desacreditar da possibilidade de existir amizade sincera entre homens e mulheres.

— Eu estou falando sério, Tamôra. Estou muito feliz com o convite que recebi, mas não tenho esse sonho todo de ir. Estou seguindo o fluxo. Não é todo dia que a gente recebe uma proposta dessas, mas por você vale a pena a desistência.

— Uau. Desistir de algo tão grande, por mim?

— Não estou desistindo da carreira, Tam. Eu recebi outras propostas aqui. Algumas que você também recebeu, inclusive. Lembra? Fazemos uma ótima dupla. Poderíamos repetir a dose.

— Eu não quero mais me envolver com isso, Bruno.

— Porque é uma boba. Um talento como o seu não pode ser desperdiçado por causa de uma história mal resolvida.

Engraçado e curioso como são as coisas. A proposta que Lucas me fez há alguns meses me deixou extremamente irritada. Ele queria que eu o seguisse e o sonho dele. A expectativa dele e do meu pai. Aí, Bruno chega com essa para eu seguir o que sempre foi o meu sonho. E com ele.

Seria tudo maravilhoso se o meu coração já não possuísse um dono. Queria muito que Adam tivesse essa mesma segurança e não viesse com uma bagagem como Bianca. Ao mesmo tempo, entendo que ele é mais vivido do que Bruno. As besteiras que Bruno pode fazer agora no auge dos seus vinte e cinco anos, ele já deve ter feito em algum outro momento da vida e não quer mais repetir... comigo.

— O que você me diz, Tam?

Ele me olha, ansioso. Essa versão dele eu realmente não conhecia. Se bem que Bruno sempre foi do tipo que "joga o barro na parede. Se colar, colou".

— Eu já decidi, Bruno — declaro.

— Tam...

— Nem que eu fosse uma louca apaixonada por você, cometeria tamanha estupidez de te pedir para desistir de Nova York. Vá, pelo amor de Deus!

Empurro a caixa para ele, que me devolve.

— Tam.

— Eu não quero ficar com ninguém, Bruno. Estive num relacionamento sem graça por anos, depois emendei logo com Adam... Não tive tempo para mim. Acho que esse momento chegou.

Pela primeira vez, vejo um ar de decepção em seus olhos. Eu acho que dessa vez foi sério. Ele beberica um pouco do suco de cajá, parecendo que está assimilando minha resposta. Até que fala:

— Ok. Mas fique com o presente. Se não quiser colocar aqui, vá ao banheiro e use, por favor! Presente de um amigo. Quem sabe, um com benefícios.

Dá risada e eu retribuo, mais aliviada. O garçom chega com nossos aperitivos e eu peço que ele traga para mim também um mai tai. — Acho que o dia está bem complicado pra eu ficar só na água de coco. Você me acompanha?

— Você não está dirigindo?

— Estava. Vou deixar meu carro no estacionamento. Meu pai está em uma reunião aqui perto. Pedirei pra ele me dar uma carona. A gente precisa conversar. Posso pegar o carro amanhã. — Eu o encaro em expectativa. — E aí?

— Agora quem tomou um pé na bunda fui eu. Vou de tequila. É mais forte.

— Já volto. — Pego a caixa e sigo para o banheiro. Posso até resistir ao amigo, mas não sou besta de dispensar um presente de safiras.

CAPÍTULO 35

— Então quer dizer que você desistiu mesmo do tal programa?
Meu pai finalmente toca no assunto após o longo silêncio que se fez no trajeto até o zoológico da cidade. Eu o convidei para vir aqui, como nos velhos tempos. Sempre que ele queria me contar algo importante ou percebia que eu não estava bem, era entre os bichos que conversávamos.

E, também, na minha infância, vínhamos aqui com nossos primos e passávamos o dia todo. Durante a manhã, ficávamos próximos aos brinquedos infantis e olhando os pássaros. À tarde, após comermos na lanchonete do zoológico, íamos ver os animais mais selvagens, como leão, onça e hipopótamo.

— Esse lugar me traz tantas memórias. Saudade de uma época em que tudo era mais simples — comento, sem responder à sua pergunta de imediato.

Ele segura minha mão e a beija com carinho.

— Vamos andar um pouquinho ou você quer se sentar na lanchonete?

— Estou sem fome.

Ele me puxa e me direciona para as gaiolas, onde estão os pássaros silvestres.

— Nem um suco de laranja?

— O senhor e suas tentativas de suborno. — Rio ao me lembrar da sua mania de me comprar com bebidas. — Bruno e eu comemos e bebemos muito no restaurante, pai. Estou cheia.

— Então, vamos fazer o circuito de sempre?

Caminhamos calados, cada um no seu mundo, suponho.

Como admitir que, de certa forma, ele estava certo?

Passamos por algumas pessoas que me reconhecem e pedem para tirar fotos comigo. Aceito e fico me perguntando se elas não leram que já desisti de tudo isso.

— Será que eles estão achando que somos namorados ou alguma coisa parecida? — meu pai questiona ao notar alguns olhares especulativos e, por vezes, maliciosos.

Ele não aparenta a idade que tem e, perto de mim, passa tranquilamente como um namorado. E o fato de estarmos de mãos dadas, pode fazer com que pensem mais bobagens.

— Era só o que faltava. Sou mesmo uma devoradora de homens para esse povo.

— É o preço da fama. — Ele ri.

Seguimos em direção às jaulas dos macacos e fico acenando para eles. Tão inocentes, mas tão espertos. Certeza de que não passam pelos mesmos dramas que nós, humanos.

— E o Lucas? Tem falado com ele?

Meu pai me olha e noto certo desconforto de sua parte.

— O que foi, pai?
— Lucas me ligou dia desses...
— E...?
— Ele está namorando, Tamôra. Na verdade, está noivo.
— Noivo? Já?
— Isso te afeta?
— Não! — digo isso de supetão, porque, no fundo, sinto algo, sim.

Não por nutrir alguma coisa por ele, mas por perceber que ele já me ressignificou. É certo que eu também me envolvi com Adam, mas nada perto de estar noiva. Não nos falamos mais após o término e ele não insistiu. Estranha a sensação de que eu nunca existi em sua vida.

— Ele não iria ficar esperando por você a vida toda, não é, filha?
— Ou ele nunca me quis de verdade. Vamos combinar, né, pai?
— Ele apenas foi prático.
— Não daria esse nome ao que ele fez. Noivar com uma pessoa poucos meses depois de pedir outra em casamento. Mas que seja feliz. Não quero o mal dele. Pelo contrário.

— Presente novo? — Observa o colar me dado por Bruno, que coloquei há poucas horas.

Levanto a mão e mostro a pulseira e o anel.

— Bruno me deu.
— Já? — ironiza, fazendo referência aos meus questionamentos em relação ao noivado relâmpago de Lucas.

— Pai, não estou criticando Lucas, se é o que está pensando. Só constatando que a gente não daria certo — digo, compreendendo a sua insinuação.

Não queria que Lucas ficasse sozinho para o resto da vida, mas é normal eu achar estranho ele se comprometer desse jeito tão logo, não? Natural também eu ficar um pouco com ego ferido. Afinal, ficamos juntos tanto tempo.

— Devo me preocupar?
— Com o quê?
— Primeiro o tal professor, agora esse Bruno...
— Bruno e eu não estamos juntos, pai.
— E o que significa esse presente aí?

— Não estou com nenhum dos dois, seu Ricardo.
— Sei... — Seu tom é de descrença.
— Bruno é meu amigo.
— Safira? Anel, pulseira e colar? Eu também disse que queria ser só amigo da sua mãe quando dei um anel de rubi pra ela. O cara te dá um kit completo? Pra cima de mim, que é só amizade, Tamôra Maria? Quer mentir pra mentiroso? Eu era o terror dos tribunais. Reconheço um golpe a quilômetros de distância.
— Pai, o senhor é muito besta. — Eu rio.
Devia conversar mais com meu pai. A gente diverge tanto profissionalmente que, às vezes, esqueço o quão divertido é falar sobre outros assuntos com ele.
— Foi tão sério assim essa sua história com seu professor?
Ele não perde a oportunidade, né?
Ele me estragou para os outros homens, pai, digo para mim e gargalho, lembrando-me da frase clichê dos livros eróticos que temo ser a mais pura verdade. Fico pensativa e ele parece me entender.
— Você não acha que sua vida era mais tranquila quando estava com Lucas, filha?
— Nem sempre a calma é sinônimo de felicidade. Eu sou muito nova pra me acomodar. E todo mundo sabia que Lucas e eu éramos um casal insosso. E agora, ele deve estar mais feliz. Noivar com outra pessoa em pouco tempo é coisa de quem está muito apaixonado.
— Vocês pareciam tão perfeitos.
— Sério? O senhor conseguia nos ver perfeitos, mesmo? — Ele não responde. — Faltavam as famosas borboletas no estômago...
— Tipo você e o tal Adam?
— Tipo você e mamãe. Não estou dentro de vocês pra falar de sentimentos, mas quando olho para vocês, vejo amor, paixão, cumplicidade...
— E é o que sente pelo professor?
Dou de ombros. Realmente não sei o que pensar e como vou seguir sem tirar Adam do meu sistema. Que desespero imaginar que posso não conseguir esquecê-lo!
Eu me sento em um dos bancos que passamos pelo caminho que dá acesso à parte mais selvagem do zoológico. Estou tão envolvida com os meus dramas que nem observo mais nada. Meu pai vem atrás de mim e se senta também.
— Acabou, pai. E acho que ele deve voltar pra os Estados Unidos.
— E o programa?
— Estou fora. — Constatar isso dói. Muito mais pelo jeito que tudo aconteceu.
— E agora, filha? O que vai fazer da vida?
Essa é a pergunta que não quer calar: e agora, Tamôra?
Ele me olha em expectativa e, involuntariamente, eu faço um retrospecto dos meus últimos meses. Programa, Adam, Bianca, mídia...

Nada aconteceu de forma branda. Foi tudo intenso. Antes disso, eu vivia a minha vidinha pacata de namoradinha mais ou menos, com um namoradinho mais ou menos, com dia certo, marcado no calendário para se encontrar. Vivendo de fazer testes para apresentar uma coisa aqui e ali, na tentativa de provar à minha família que as coisas que planejaram para mim não eram o que eu queria. E agora, após passar por uma experiência meteórica, estou aqui, me questionando se talvez eles que tinham razão.

— Eu vou trabalhar no hotel com o senhor. — A minha voz sai embargada. — Não era isso que o senhor queria?

Ele me abraça. Eu não consigo segurar o soluço. Após um tempo, ele desfaz o abraço e me olha, preocupado.

— Tamôra...

— Só peço que me dê um tempo — eu o interrompo. — Preciso sair daqui um pouco. Fazer uma viagem, espairecer, lamber minhas feridas, entender o que aconteceu, me recuperar do pé na bunda... — Sorrio amargamente. — Dos dois pés na bunda, né?

Ele assente e volta a me abraçar.

— Vamos continuar a andar pelo zoológico ou você quer se sentar pra beber algo e tentar se acalmar?

— Que tal o senhor fazer para mim um daqueles seus coquetéis maravilhosos lá em casa?

Eu me levanto, decidida a espantar esse clima pesado que tem me acompanhado nos últimos dias e puxo-o para se levantar.

— Com álcool, tá? Vamos embora. De repente, não consigo mais ver graça em animais presos.

— Depois não ache que quero te subornar com bebidas.

— Vou continuar achando. Mas agora, eu aceito o suborno.

CAPÍTULO 36

— Bom dia, família! — grito assim que entro no escritório do resort, encontrando meu irmão e minha mãe, aparentemente atarefados.

Eles se levantam animados, assim que me veem, depois de vinte dias desaparecida. Ninguém acreditou quando eu, após a conversa com meu pai no zoológico e mais alguns coquetéis feitos por ele em nossa casa, entrei em contato com a nossa agente de viagens, comprei uma passagem e, dois dias depois, embarquei num avião rumo às praias de Oahu, uma das ilhas do Havaí.

Apaguei todos os aplicativos de mensagens e deixei meu celular desligado no fundo da mala. Só me comunicava com eles quando era estritamente necessário, pelo telefone do quarto do hotel. O Havaí é, sim, um paraíso para casais, mas também é um lugar para solteiros ou novos solteiros, como eu, que só querem alguns dias de descanso de tudo e de todos.

Nadei com tubarões, surfei, subi ao topo do Diamond Head e Koko Head, os dois vulcões da ilha — hoje adormecidos e agora um dos pontos turísticos —, assisti a shows folclóricos e fiquei de boa na piscina, curtindo drinks e novos amigos. Conheci turistas de várias partes do mundo, entretanto, a sensação que tive, andando pelas ruas de Waikiki, em Honolulu, na capital, era de estar em Tóquio, no Japão, tamanha era a quantidade de japoneses.

Foi tanta coisa para fazer que nem pensei em Adam Moreland.

Mentira, pensei, sim. Um pouquinho. Um pouquinho, não. A quem eu quero enganar, hein? Eu me peguei várias vezes me imaginando ali com ele, nós dois quase implodindo aquele lugar afrodisíaco, de tanto sexo.

Era o Havaí, né? Mais romântico impossível.

— Filha, bem-vinda de volta! — Minha mãe me abraça. — Por que não avisou para eu te pegar no aeroporto?

— Quis fazer uma surpresa. — Meu irmão também vem me abraçar e eu o agarro.

— Quem faz surpresa, tem surpresa, viu? — Ele me dá um beijo no rosto e me lança um olhar divertido.

— O que eu perdi aqui? — devolvo, desconfiada. — Deixei minhas coisas em casa e vim correndo me colocar à disposição. Estou pronta para me tornar *apenas uma mulher de negócios*. — Ponho minha mão no rosto fazendo uma cena dramática. — Onde fica minha mesa? Dividiremos uma sala ou terei meu próprio espaço? Cadê o papai?

— Espera um minuto, mocinha! — diz minha mãe e olha para Horácio de forma suspeita. — Então, você não falou com seu pai hoje?

— Não. Acabei de chegar. Por quê?

— Acho melhor você falar com ele primeiro.

— O que foi? Não acreditam?

Dou um giro mostrando meu visual de empresária, vestida com um tailleur preto e uma camisa branca por dentro. Para arrematar, um scarpin amarelo. Um pouco vibrante, confesso, mas fazer o quê? Posso até entrar para o ramo corporativo, mas levarei meu estilo colorido comigo.

— Por onde posso começar?

— Tamôra, não faz a louca. Você não ouviu o que mamãe disse? Vai falar com o papai — Horácio se mostra cauteloso.

— Ai, gente, que medo. — Fico tensa. — O que foi?

— Acho melhor você falar primeiro com papai — insiste.

— Ih, Horácio, pra que esse mistério? Desembucha.

— Cadê seu celular?

— Na minha bolsa. Desligado. Por quê?

— Tamôra, você não tem visto suas redes sociais e nem falado com sua equipe? — questiona, surpreso.

— Apaguei todos os *apps* das redes sociais enquanto estive fora. Estava falando sério quando eu disse que queria férias de tudo.

— Se eu fosse você, correria para falar com nosso pai antes de fazer essa cena "Girl Boss Baiana"! — Ri.

— Você, por acaso, não pode fazer o favor de me adiantar o que é?

— Não — fala direto e encara minha mãe com cumplicidade. — Eu iria lá, tipo *agora, já, now*.

— Mãe? Não pode me contar?

— Me tira dessa, querida. Seu irmão disse tudo. Não sei se tem a ver com coincidência, destino, santo... ou tudo junto, porém vá lá falar com Ricardo. Que chatice! — Apressa-se em pegar sua bolsa de dentro de um dos armários. — Acabei por aqui. Vou pra casa organizar nosso jantar. Você janta com a gente, não é? — Pisca e eu assinto. — Até mais tarde, filhotes. Ah, e, filha, faz o favor de ligar logo seu celular. A tecnologia foi criada pra facilitar nossa vida, viu? — Ela me dá um beijo no rosto.

— Você vai ou não me contar o que está acontecendo aqui? — questiono Horácio, após ouvir minha mãe fechar a porta com a sua saída. — Que tanto mistério é esse?

— Mistério nenhum, Tamôra.

— Ah, não? Então, onde está o papai?

— Numa das salas de eventos.
— Teremos algum evento hoje?
— Sempre temos.
— Nossa! Quantas respostas evasivas!

Eu me sento, abro um pote que está em sua mesa e pego um bombom. Em outras épocas, eu já teria corrido para saber o que está acontecendo, entretanto, ultimamente tenho pisado em ovos com a minha família.

Horácio me olha de forma interrogativa. Eu insisto:

— Você não vai mesmo me adiantar o que papai está aprontando?
— Já disse que não.
— Eu vou gostar?
— Boa pergunta. Nunca se sabe o que passa nessa sua cabecinha, não é, maninha? Nunca sabemos o que esperar de você.
— É uma espécie de batismo? Tipo um trote, pelo meu primeiro dia de trabalho?
— A gente nem sabia que você chegaria hoje.

Horácio se volta para o seu computador e tenta disfarçar, porém percebo sua ansiedade.

Não gosto quando minha família faz isso comigo. Na minha formatura, planejaram uma surpresa, mesmo depois de eu dizer que não queria nada. Eu poderia entrar nessa brincadeira, ficar aqui e ignorar as repetidas vezes em que ele me mandou procurar papai. Porém, como eu me conheço bem, e como a vida não desiste de me aprontar surpresas, sei que não demorarei dois minutos e me levanto ansiosa.

— *Quem faz surpresa, tem surpresa, viu?* — repito o que ele me disse quando cheguei.

Horácio gargalha.

— Sai daqui e me deixa trabalhar, Tamôra.
— Os paramédicos do resort estão sempre a postos, né? — Eu me encaminho para a porta.
— Sim. Por quê?
— Vou passar mal. Você sabe que tenho gastrite curiosa?
— Nunca tinha ouvido falar dessa *modalidade*.
— Pois eu tenho. E se eu ficar muito mal, for para o hospital e ficar nas últimas, a culpa é de vocês.
— Maninha... — Paro quando ouço a voz de Horácio. — Boa sorte!
— Vou precisar?

Ele volta a gargalhar.

— Só vai, Tam, pelo amor de Deus! E me deixe trabalhar.
— Ok, ok. Mas é sério sobre os paramédicos, tá?

Mal ligo o celular, enquanto saio em busca do meu pai, e uma enxurrada de mensagens e chamadas perdidas pipocam na minha tela. Identifico várias ligações não atendidas de meus pais, de meu irmão, de Madalena,

Layza, Jane e até de Bruno. São tantas que o aparelho trava e preciso reiniciá-lo.

Por um segundo, tive a esperança de ele também ter me ligado. Porém, é óbvio que, a essa altura, já faço parte do passado de Adam Moreland.

Onde ele estará agora? Fazendo o quê?

Suspiro, saudosa. Vivi tantos anos sem nem me lembrar dele. Mas, agora é diferente. Antes desconhecia o sabor de seus beijos, seu cheiro, seu toque...

Como esquecer o que já experimentei e gostei? Você está lascada, Tamôra!

Tento refrear meus pensamentos e me encaminho para a área de eventos do resort que fica mais afastada, intencionalmente, para não atrapalhar a rotina dos hóspedes. Reativo os aplicativos das minhas redes sociais e aproveito para checar meus e-mails. São muitos, também. Mais de dez, só de Madalena e Jane. Sorrio ao me lembrar da implicância de Madá com Jane por ciúmes. Tenho de promover essa amizade o quanto antes.

Nós três juntas abalaríamos o mundo.

— Ai, ai, ai... O que é isso aqui? — Dou um berro ao abrir o link de um dos e-mails de Jane.

É uma reportagem sobre Bianca. Aqui diz que ela voltou para Los Angeles. É muito bom para ser verdade. *Seria muito cruel eu dizer "Já foi tarde!"?*

Êta! Ela vendeu a parte dela no programa para Adam? *Mas ele não tinha desistido do projeto? Meu Deus! Quantos babados!*

Começo a suar frio e a me sentir desnorteada.

Para onde estou indo mesmo? Abro o e-mail de Madalena com o assunto: "Você não vai acreditar!"

É uma matéria sobre Adam e Bianca com o título:

ELES NUNCA FORAM CASADOS

— *Bianca deu uma entrevista contando tudo? Socorro!* — berro novamente e começo a andar em círculos, ao mesmo tempo em que o meu celular começa a tocar.

Eu o derrubo com o susto. Abaixo para pegá-lo e verifico que é uma chamada de Jane.

— *Onde você está, Tamôra?*

— Oi pra você também, Jane! A propósito, fiz uma boa viagem, sim.

— *Nem vem com essa. A sumida aqui é você. Por que não deixou a droga do celular ligado?*

— Você está brava? — Tento brincar.

— *Ai, Tam, desculpa. Você quase me matou do coração.* — Ela suaviza mais o tom. Que saudades eu estava dela. Até de suas reclamações. — *Acabei de ler os e-mails.*

Minha vontade é de perguntar logo sobre Adam, mas tenho vergonha, medo ou sei lá o quê.

— É verdade, Jane?
— *O quê?*
— Ela foi embora?
— *Quem?*
— Bianca. — É claro que ela sabe quem, mas não ajuda de propósito.
— *Já foi tarde!*
Rio ao constatar que não sou a única cruel aqui.
— E ele está bem?
— *Quem?*
— Papai Noel, né? — Eu me irrito. — Adam, não é, Jane?
— *Quem não estaria ao se ver livre de Bianca? Mas, sinceramente, não sei. Por que você não pergunta pra ele?*
— Acabou, Jane. E você sabe.
Ficamos alguns segundos em silêncio.
— Ele já foi embora?
— *De onde?*
— Daqui, Jane! Oxe, criatura! Facilita minha curiosidade! — grito, exasperada.
Mas, em que isso tudo mudaria minha vida? Foi Adam quem terminou comigo.
— *Se você estivesse curiosa mesmo, não teria desligado o celular, não é? Tampouco apagaria os aplicativos de suas redes sociais.*
— Eita, essa eu mereço. Mas como você sabe que eu apaguei as redes?
— *Deixa pra lá. Você não pode ficar tantos dias com o celular desligado, sem manter contato... Você tem uma carreira.*
— Você não é mais a minha agente, esqueceu? Agora é só minha amiga.
— *Tam, onde você está?* — Ela me ignora.
— No resort.
— *Isso eu sei, coisa linda que dá trabalho. Onde no resort?*
— Como assim, você sabe que estou no resort, coisa fofa?
— *Ai, Tam, a sua mãe.*
— Você também está envolvida nesse mistério? O que vocês estão armando pra mim, Jane? Eu não gosto dessas coisas de segredinhos, mistérios...
As pessoas me olham curiosas, ao me ouvirem gritar ao telefone. Ok. Perdi a compostura, em meio a um monte de gente de férias ou a negócios, interrompidas por mim. A barata tonta aqui sou eu. Se eu me visse de longe, também me julgaria louca.
— Tam, eu estou na sala de eventos "Maragareth Menezes". Dá pra você vir aqui?
— *Você está aqui?* — Ouço a sua respiração, impaciente.
— *Vem logo, Tamôra.*
— Você está com meu pai? O que você está fazendo aqui, Jane?
É uma conspiração? Eu dei um tempo daqui exatamente por odiar não ter o controle sobre a minha vida. Minhas pernas querem correr de volta

para minha casa, só de pirraça, entretanto, sou curiosa e quero descobrir tudo de uma vez.

— Eu vou gostar disso?

— *Que merda de pessoa difícil, gente! Vem logo, Tamôra! Estou te esperando aqui.*

Desliga, não sem antes dar uma risadinha.

Faço o caminho para o Salão de Eventos "Margareth Menezes" do resort, curiosa e temerosa sobre o que me espera. Assim que chego à porta, deparo-me com Jane, que praticamente me empurra para dentro. A voz que eu ouço, assim que entro, me faz gelar. Sinto meu coração errar algumas batidas.

— O que Adam está fazendo aqui, Jane? — sussurro.

Ela não responde, mas me encaminha para frente, próximo de onde ele está. Estaco no lugar e ela tenta me empurrar, disfarçadamente, com o ombro.

"O que é isso?"

Eu me ponho em movimento, mas mudo a rota e tento passar por trás de algumas pessoas. Dou uma olhada pelo ambiente e avisto meu pai do outro lado, cumprimento-o e me dirijo a ele, sendo seguida por ela.

— E aquela notícia de que você tinha desistido do I AM, Adam? — Ouço o questionamento de um dos jornalistas enquanto ainda estou em movimento, com o tronco um pouco abaixado, para não chamar à atenção.

— Você mesmo confirmou essa notícia por meio de sua assessoria. O que fez você mudar de ideia?

— Isso é uma coletiva, Jane?

Ela assente. Encontro meu pai, que também estava vindo em minha direção, nós nos abraçamos e nos sentamos lado a lado com a companhia de Jane, apreensiva.

Adam responde, sem ainda me ver e eu não consigo segurar a emoção de revê-lo depois de tanto tempo. Que saudade que eu estava de sua voz, da forma despretensiosa que ele fala e prende a atenção de todos.

Que gostoso!

— Os sócios anteriores desistiram e eu fiquei com a parte deles.

— Bianca, você quer dizer?

— Ela também.

— Então, a informação de que vocês terminaram é verídica?

— Eu não gostaria de falar sobre a minha vida pessoal.

— Você concorda que é o que mais tem se falado nos últimos tempos?

— Nós os reunimos aqui para falar sobre o *reality*.

— Porém, apesar da primeira edição do *reality* ter sido um sucesso, os bastidores geraram mais engajamento, concorda? — insiste o repórter.

— Não deveria, não é? — Adam bufa. — Nós não estávamos mais juntos há muito tempo. Antes mesmo de chegarmos ao Brasil.

— E essa história de que mentiram que eram casados?
— Eu disse que estava casado alguma vez?
Esse é aquele momento em que o velho e sisudo professor Adam se faz presente e deixa de lado aquele ser envolvente e simpático de outrora. Contudo, o jornalista bem que pediu.
— E nunca negou.
Nisso ele está certo. Esse sempre foi um ponto.
— Por que você não gosta de falar sobre sua vida pessoal e se expõe tanto em suas redes? Isso não é comum entre diretores de *reality* — comenta outra jornalista.
Nossa! Ele vai pirar.
— Que tal voltarmos ao assunto que nos trouxe aqui? O *reality*? — Jane intervém, mexendo-se incomodada ao meu lado.
E é nesse momento que os olhares se voltam para a gente, ou melhor, para mim. Inclusive, o dele. O mesmo olhar sagaz, de águia, sempre atento, pronto para atacar. E eu sinto o tempo parar e a sensação de ter só nós dois aqui. Eu pensava que ficar longe dele faria esse sentimento louco diminuir em mim, no entanto, a verdade é que eu o amo ainda mais do que antes.
Merda! Lascada é pouco pra definir como estou. As borboletas do estômago viraram dragões e eu que lute.
— Tamôra, sua presença aqui significa que você também voltou para o programa? — alguém questiona, fazendo a nossa bolha se romper.
— Não — respondo, nervosa, rapidamente.
— Então você e Adam estão juntos mesmo?
— Também não.
— Por causa do Bruno, então? — Uma jornalista solta de forma maldosa e eu a encaro, incrédula.
Ao mesmo tempo, ela direciona seu olhar para Bruno, que até então eu não tinha visto aqui.
Ele não tinha ido para Nova York?
Olho para ele, atônita, ele só me olha de volta, sorri e fala sem som: "Depois a gente conversa".
— Por causa de nenhum dos dois. Esse resort é da minha família.
— O que torna as coisas mais íntimas ainda, não? — insiste a indiscreta.
— Por que uma coletiva no resort de sua família, Tamôra?
Tenho vontade de esganá-la.
Que tipo de pergunta é essa? O que é isso aqui, gente?
— Qual é o problema, Camila? É esse seu nome, não é? — pergunto, após observar o seu crachá. — Só tenho gratidão por essas pessoas e por ter feito parte do programa. Não terminamos brigados, não. Oxe! E são todos muito bem-vindos aqui. Além do mais, isso aqui é um centro de negócios. O resort "Hermosa Beach" fornece espaço para esse tipo de evento. Trabalho, Camila. Você também não veio aqui a trabalho? — Eu a encaro de forma desafiadora. — Eles também.
— Então você desistiu mesmo, Tamôra? Por quê? — Camila insiste.

— O que você vai fazer agora, Tamôra? Algum outro projeto em vista? — outro jornalista pergunta.

— Gente, essa coletiva não é sobre mim. Só estou aqui acompanhando meu pai. — Seguro a mão dele. — Eu já falei tudo que deveria sobre esse assunto por meio de minha assessoria e naquela postagem em minhas redes sociais. — Olho para Jane e faço sinal para ela interferir.

— Vamos voltar ao assunto *reality*? — Jane interrompe, levanta-se e vai em direção a Adam.

Ela fala algo ao seu ouvido e se senta ao lado dele. Os dois me observam de forma especulativa.

— Tamôra, a gente queria conversar com você antes, porém já que está aqui, que tal voltar a apresentar o programa? — Ele solta e arranca murmúrios dos presentes.

Eu fico envergonhada por ter me tornado o foco de todos.

— Como assim?

— É um convite mais do que oficial para você voltar a ser uma de nossas apresentadoras. Topa?

Eu o olho sem entender.

Como assim? Repito mentalmente.

— Fui completamente pega de surpresa.

— Sabemos. — Ele sorri de forma presunçosa. — Você e Bruno são a cara desse projeto. O sucesso dele se deve principalmente a vocês dois, a essa parceria bacana que tiveram.

— Preciso responder agora?

— De preferência.

— Olha... Fico bem lisonjeada, mas já tenho outros planos...

Durante a viagem, ao conviver com pessoas que abandonaram suas carreiras no mundo corporativo em busca de uma vida livre de amarras e relembrando a trajetória profissional de Adam, compreendi que não era certo eu abandonar meu sonho, nem a minha carreira. Por isso, decidi voltar cheia de energia, fazer o que meu pai sempre quis por um tempo, então convencê-lo de que ser empresária não era pra mim. E esse processo certamente me amadureceria, mas nada me preparou para esse *plot twist*. Não posso me desentender com meu pai, logo agora.

Olho para ele, sem saber o que dizer ou fazer.

— Por isso, não, minha filha. — Ele aperta novamente minha mão. Esse gesto se tornou o nosso código nesses últimos minutos. — Não era o que queria? — continua como um sussurro ao meu ouvido. — Apoiarei qualquer decisão que tomar.

— Sério? Cheguei do Havaí toda disposta a assumir minha versão Girl Boss e o senhor me diz isso?

Ele gargalha.

— O prazo do nosso acordo não era seis meses? — Ele abre um sorriso. — Não sabe contar? Você ainda está no prazo.

— E as cobranças? O senhor não queria que eu dividisse a responsabilidade com Horácio? Eu continuo sabendo o que eu quero, pai.

Mas é preciso saber o momento de dar um passo pra trás. Posso aguentar por um tempo ou até o senhor perceber que posso afundar nosso hotel.

— No final, você sempre esteve certa, filha. Corre atrás do seu sonho.

E Adam? Fui acusada de várias coisas, inclusive de ser obcecada pela fama e de querer ficar com o diretor por causa disso. Agora, a mesma pessoa que me acusou, por sinal por quem sou completamente rendida, está me chamando de volta como se nada tivesse acontecido? E minha família está ok quanto a isso. Inclusive, estão todos juntos confabulando.

— E aí? — Adam me chama, tirando-me das minhas divagações.

As pessoas na sala me olham e eu me sinto tremer. Sabe aquela vontade louca de sair correndo nua na rua ou se jogar no mar? Será que posso fazer isso agora? Se fosse o final de uma novela, eu gritaria *sim* e aproveitaria para agarrar o mocinho. *Peraí*. Estou querendo dizer que eu sou a mocinha?

Rio internamente. De desespero.

Me leva daqui, Jesus!

— Volta pra gente, Tamôra! Volta pra mim, Menininha!

Quê? O meu mundo para, mais uma vez. Eu me agarrei à segunda frase. Eu devo, sim, estar sonhando. Só pode.

Ele sorri de forma preguiçosa, levanta e estica o braço numa sugestão para eu me aproximar. Tenho vontade de perguntar o que mudou daquele dia para hoje sobre eu só pensar em fama? Sobre eu ser imatura?

Isso aqui não é novela, não, querido.

— Se quiser, a gente pode conversar depois — ele diz, ao notar a minha cara de interrogação.

As lembranças do dia derradeiro, em sua casa, voltam à minha cabeça. Faço que não com a cabeça e ele me olha, surpreso.

— Agradeço a proposta irrecusável, mas a resposta é não.

— Tamôra... — ele começa.

— O senhor pode me tirar daqui, pai?

— Tem certeza? — Meu pai começa, mas não quero ouvir mais nada.

— Quero sair daqui. Por favor!

Meus olhos ardem. Eu me levanto e meu pai acompanha meu movimento, ainda segurando minha mão. Ele não diz nada. Apenas me olha, apreensivo, e sussurra um ok.

O show acabou.

— Tamôra, espere, por favor! — Ouço a voz de Adam logo atrás de mim e tento me desvencilhar de meu pai para sair correndo, mas ele me segura forte e me faz parar.

— Você me disse uma vez que eu precisava enxergá-la como uma mulher adulta. — Meu pai coloca as mãos uma em cada lado do meu rosto, prendendo meu olhar. — Você não tem obrigação de mostrar nada pra

ninguém, mas será que é assim mesmo a melhor forma de resolver? Correr?
— Pai... — Tento, num fio de voz.
Era isso mesmo que eu queria fazer. Correr e me afastar de tudo isso.
— Eu vou para o escritório. Já fiquei muito tempo longe e estamos em dias cheios. — Ele me dá um beijo no rosto. — Você vai ficar, conversar com ele e só depois decidir o que quer mesmo fazer de sua vida. A partir *daí*, estarei aqui para apoiar. Combinado?
Ficamos alguns segundos em silêncio.
— Combinado? — repete.
Concordo com a cabeça e o vejo se afastar.
— Tamôra... — Fecho os olhos, ao sentir uma das mãos de Adam em meu ombro. Ele me vira de frente e me vejo obrigada a encará-lo.
— Não é melhor a gente conversar em outro momento? — sugiro, ao perceber a presença dos jornalistas, que vieram atrás da gente e alguns curiosos mais afastados, observando-nos.
— Já demoramos tempo demais, Menininha.
— Não me chame assim — suplico e suspiro, sentindo-me quase fraquejar.
Ele percebe e se aproxima mais.
— De que mais te chamaria, senão de minha Menininha?
— Não faz isso, Adam. Por favor!
— Vou tentar ser breve. Primeira coisa, é inegável o quanto você e Bruno foram vitais para o sucesso do *I AM*. Qualquer um pode dizer, os números também dizem. Por isso, fiz uma contraposta irrecusável pra ele desistir de ir pra Nova York e ficar conosco. E quero fazer o mesmo com você, para que volte. Vocês também são a alma desse programa e não abrirei mão disso. E isso nada tem a ver com o fato de eu também ter me apaixonado por você. São duas coisas diferentes.
— A gente vai falar sobre isso aqui mesmo? — questiono, quando vejo mais gente se aproximando, sem fazer a menor questão de discrição.
— Eu nunca amei ninguém. Você foi a primeira — ele continua, sem me dar ouvidos. — E, de certa forma, eu sentia que essa vinda ao Brasil me traria algo novo.
— Você reencontrou seu pai...
— E reencontrei você. Eu estava de saco cheio da minha rotina lá fora. E, sim, respondendo à sua pergunta anterior, quero e vou falar sobre isso aqui mesmo, pra dar fim às especulações e fofocas.
Ele olha em direção aos jornalistas.
— Peço desculpas por não ter te defendido quando era necessário. — Volta-se para mim novamente. — Não que precisasse de defesa. O que você escreveu nas suas redes foi maravilhoso. Eu me refiro a ter te colocado nisso e ter te deixado sozinha. Inclusive, em relação à minha ex. Desculpe-me! Mas estou aqui para tentar me redimir e te dizer que sou completamente louco por você, Tamôra Diniz. E, a menos que agora não me queira, não vou desistir de você.

Meu pai do céu!
Sua declaração causa em mim um misto de sensações. Sinto felicidade. Nunca, nem nos meus melhores sonhos, imaginei ouvir uma declaração assim de alguém. E isso, ser dito justamente por Adam, traz também à tona aquele velho medo. Medo de cair da cama e descobrir que foi um sonho.

— Eu sempre soube quem era você, Tamôra. — Eu me surpreendo. — Desde o momento em que te vi no primeiro vídeo do seu teste. — Eu arregalo os olhos, embasbacada e ele sorri. — Eu já sabia que tinha reencontrado minha aluna do ginásio. Era você. A mais dedicada, tímida, ao mesmo tempo, engraçada... que, naquela época, despertou admiração e carinho, apenas.

— Eu era apaixonada por você — revelo, emocionada.

— Eu sabia.

— Sabia?

— A gente sente, né? — diz, presunçoso. — Mas vocês eram todas muito novas. Sempre soube separar as coisas. Nunca olhei para nenhuma aluna com segundas intenções. Você era uma menina. Jamais pensaria de outra forma.

Suas íris assumem um tom esverdeado mais escuro.

— Mas a partir desse retorno, algo mudou. É óbvio que mudou. E tive a certeza quando te vi naquele hotel. Por isso, preferi fingir que não a reconhecia. Eu me apaixonei antes mesmo de te ver pessoalmente. Enxerguei aquela mesma adolescente, transformada num mulherão, cheia de presença e personalidade.

— Tudo isso num vídeo? — brinco. — Nossa!

— Pra você ver o poder que tem. Não estou te chamando só porque te quero como mulher. Você é boa, Tamôra. Fui um idiota com essa história de ciúmes de sua relação com Bruno. Sempre foi bom para o programa ter vocês juntos. Era um consenso. E isso me deu um pouco de inveja. Não fui tão profissional nesse ponto.

— Não sei o que dizer.

— Só aceita voltar. Pra o *I AM* e pra mim.

— E Bianca? Vendeu mesmo a parte dela?

— Fizemos um acordo extrajudicial. Digamos que ela se referiu a nós dois de forma que a colocou em maus lençóis. Ainda mais que, com a certeza de impunidade, ela não se sentiu intimidada com a presença de outras pessoas. — Ele me encara, buscando entendimento e eu presumo de imediato. — Com testemunhas e seu pai como advogado, ela saiu correndo daqui. Ser obrigada a se retirar desse jeito, ainda perder o que ela achava que tinha, foi um castigo e tanto pra ela.

— O que ela falou, Adam? — Suspiro audivelmente.

Suponho o que Bianca disse sobre nós, que foi grave a ponto de ela aceitar um acordo e abrir mão de tudo. Mas sabe aquela coisa de "eu só acredito vendo", aí a gente vê e diz "eu não acredito"? Difícil aceitar que ainda existam tantas pessoas racistas. E ter que, muitas vezes, desviar dos nossos caminhos para ter de lidar com isso é revoltante.

— Deixa pra lá. A última vez que soube dela, já estava se entendendo com o primo.

— O seu ex-sócio?

— Não me interessa. Bianca é passado. E gostaria que você pensasse assim também. Não estamos juntos, nem ela faz mais parte do programa. Esqueça que Bianca existe.

— E a mídia?

— O que tem a mídia?

— Como eles vão nos tratar?

— Acho que vamos descobrir agora.

Ele olha ao redor e rimos quando constatamos que a nossa DR está sendo pública. Reflito o quanto ele está sendo maduro e decidido, sempre preparado para todos os meus contra-argumentos. Passei esses últimos dias me munindo de coisas para tentar esquecer tudo isso e voltar a ter paz. Porém, como teria paz sem ele comigo e sem fazer o que gosto?

Eu o observo com atenção e pondero sobre suas palavras. O quão louca eu seria em aceitar tudo isso. De novo.

— Você pode voltar somente para o programa, porém devo repetir que só vou desistir da gente quando você quiser e se quiser. — Ele me observa com expectativa. — E aí?

— Posso pensar?

— Pode. Vou te dar 1, 2, 3, 4, 5 segundos... E então?

Eu gargalho, puxo-o para mais perto.

— Você me disse que não era homem de dar tempo...

— Tam, eu falei...

Shhh... — Boto a mão em sua boca, calando-o. — Agora é a minha vez de falar. Tenho uma condição.

— Qual?

Ele fica tenso. Sinto porque sua voz sai quase como um fio.

— Assim como você não é homem de dar um tempo, eu não sou mulher de ficar. — Eu o puxo mais e nossas bocas quase se tocam. — Quer namorar comigo, Adam Moreland?

Ele solta o ar, aliviado. Sem demora, dá-me um beijo intenso.

Nós nos desgrudamos após ouvir sons de aplausos, gritos e frases soltas "Isso é que é furo de notícias", "Conseguiu um bom ângulo?", "Você vai mesmo voltar, Tamôra?".

— Eu não ouvi nenhuma resposta, hein? — Ouço a voz de Bruno em meio ao burburinho.

— Eu pensei que esse beijo já fosse uma — Adam responde, bem-humorado. — Você gosta de botar fogo, não é, Bruno?

— Oxe, ele respondeu, Tamôra? — insiste Bruno, com o seu tom espirituoso de sempre.

Ao lado dele, vejo Jane encarnando *a paparazzo*, tirando fotos nossas e fazendo sinal de positivo, tentando me incitar a ignorar Bruno e encerrar a conversa. Até parece que ela não nos conhece.

— Respondeu não. E a minha resposta também está condicionada a isso. — Cruzo os braços e entro na brincadeira. — Como diz minha mãe, *"o combinado não sai caro"*.

— E na ausência de Horácio, assumo o posto de irmão protetor. Depois, Adam vem se fazendo de gostosão, como na entrevista, com esse negócio de *"Ai, eu disse isso alguma vez? Ai, eu nunca disse nada, não"*.

Adam volta a rir e chama a atenção das pessoas presentes, fazendo sinal para que se aproximem mais.

— Ok, ok. Entendi a referência e concordo. — Ele limpa a garganta e em um tom meio brincalhão, meio cerimonioso, diz: — Eu gostaria de dizer aqui, oficialmente, que essa é a mulher da minha vida. Como vocês viram, ela acabou de me pedir em namoro e eu respondo que ser seu namorado era tudo que eu mais queria desde o primeiro momento que a vi.

Ele pisca para mim.

— Melhor assim? — cochicha ao meu ouvido, mordendo de leve meu lóbulo. — Aceita voltar pra gente?

Olho para o seu rosto e tento vislumbrar um futuro no qual eu não precise mais me preocupar com o que os outros possam pensar, no qual eu não tenha medo de errar, acertar, errar, e tentar de novo. E Adam me provou hoje estar disposto a enfrentar tudo e todos por nós.

— Bem brega, mas é melhor. Bem melhor. E, sim, eu aceito — respondo, pendurando-me em seu pescoço, voltando a beijá-lo, aos gritos de "Procurem um quarto!" e "Para, Bruno" de meus amigos e novamente colegas de trabalho.

CAPÍTULO 37

— Bom dia, família linda! — cumprimento meus pais e Horácio, que estão aproveitando o dia ensolarado tomando café da manhã no jardim.

Eu até poderia me sentir constrangida por chegar a minha casa à essa hora, mas a essa altura, todos estão mais do que sabendo que não dormi aqui. Após o desfecho emocionante de ontem, Adam me levou com ele e passamos o restante do dia e da noite em claro, trancados em sua casa, matando a saudade nos braços do outro.

— Que dia lindo, não?

— Viu passarinho verde, filha? — comenta minha mãe num tom brincalhão enquanto coloca um pedaço de fruta em seu prato. — Quer tomar café com a gente? Acabamos de nos sentar.

— Qual é, mãe? Ela viu foi o passarinho de Adam — debocha Horácio, caindo na gargalhada.

— Olha o respeito, moleque! — repreende meu pai, porém seu tom é de divertimento. — Senta aqui, filha.

Ele me indica a cadeira ao seu lado e eu obedeço.

— Ah, pai, está todo mundo bem crescidinho aqui. — Horácio continua, jogando algo na boca, que julgo ser um pedaço de pão.

— No entanto, continuamos sendo seus pais, viu? Vocês cresceram, mas isso não mudou, não — alerta minha mãe. — E eu estou vendo o quão está crescidinho. Mastiga isso direito! Não somos obrigados a ver a comida dizendo oi na sua boca.

— Sim, senhora — zomba, em um tom solene. — Então, quer dizer que o romance entre o professor e a aluna vingou mesmo? Vocês se acertaram?

— Ele não é meu professor, Horácio.

— Mas era.

— Mas não é.

— É seu diretor agora, né? O enredo mudou. — Ri alto e cessa com os nossos olhares de repreensão. — Ok. Ok. Parei.

— É bom mesmo. Senão vou ter de colocar a Madalena aqui na conversa. Você vai ficar logo quietinho — ameaço e ele arregala os olhos num claro sinal para eu parar.

— O que é que tem Madalena? — meu pai me pergunta com curiosidade.

— Nada, não pai. Deixa pra lá — Horácio se adianta, nervoso.

— Pai, o que o senhor quis dizer quando me falou ontem sobre os seis meses? A gente vai continuar com aquele acordo idiota?

— Você achava o nosso acordo idiota? — questiona, enquanto solve o café na boca.

— Com certeza.

Ele ri e segura minha mão.

— Na verdade, não era nem pra ter começado. É que, às vezes, o empresário se sobressai ao pai. Ou o pai se preocupa mais do que o necessário. Eu só quero te ver feliz, viu, minha princesa?

Respiro aliviada e me sento em seu colo. Apesar de ele ter me dito ontem que apoiaria minha decisão, fiquei preocupada com a possibilidade de ter só adiado as coisas e eu ter de viver tudo de novo. Porque, desta vez, não cederei mais. Se eu quero começar, precisa ser direito, sem medo, sem condições...

— Filha, bom você ter chegado agora. Estávamos mesmo precisando conversar sobre um assunto antigo.

— O que foi, mãe? — Eu me preocupo.

— Horácio nos contou que você ficou sabendo sobre o irmão ou irmã de vocês que não nasceu.

— Eu sei.

— Sinto muito por não ter te contado antes. Esse assunto sempre foi doloroso pra mim. Não queria que vocês soubessem.

— Alguns problemas ficam grandes quando fazemos deles grandes. Não te julgo, mãe. Só a senhora sabe o que passou.

— Eu sei — diz, chorosa. — Mas não agi de forma correta ficando praticamente do lado de Bianca na tentativa de corrigir o erro que cometi.

— Eu entendo você. As coisas sempre pesam pra mulher e a culpa te persegue.

— Eu não precisava associar uma coisa à outra. Não vou voltar e, para me redimir, não preciso apoiar o errado. Se eu não queria que seu pai ficasse comigo por causa de uma criança, como pude achar correto Adam ter de ficar com Bianca por uma razão parecida? Mesmo que fosse possível e ela ainda estivesse grávida, filho não pode ser a razão de nenhum casal estar junto. É injusto pra todo mundo.

— É. A senhora foi bem retrógrada mesmo. Mas como te disse, não vou te julgar. Não se culpe!

— Eu era muito nova, inconsequente... Também vou tentar não ser injusta outra vez. Principalmente com você e seu irmão, que são as razões da minha vida.

— E eu? — Meu pai faz biquinho.

— Acha o mesmo que eu, que eles são as razões da sua vida.

— São mesmo. — Bate de leve em minhas costas. — Mas tem uma coisa, dona Tamôra. Não vou livrar você de algumas responsabilidades. Acabamos de trocar a agência de publicidade e, numa reunião, eles tiveram a ideia de tê-la como nossa garota propaganda. Como isso aqui também é

seu, e tenho certeza de que está dentro do que julga ser seu trabalho, aceitei por você.
— O senhor fez o quê?
— Na qualidade de seu pai, aceitei esse trabalho por você. E olhe a sua vantagem. Sou advogado e já posso dar uma olhada no seu contrato. — Ele pisca e me olha como se estivesse esperando alguma reclamação da minha parte.
— Tudo bem — respondo, pegando uma das uvas e enfiando na boca.
— Tudo bem mesmo? Não vai nem questionar eu ter te atravessado?
— Se o senhor já sabe que errou, vou falar o quê? Além do mais, o senhor está certo. Isso aqui também é meu, não é? Nada mais justo que eu zelar pela imagem do meu patrimônio — digo, divertindo-me com o olhar surpreso de todos. O que eles não sabem é que também sei jogar o jogo deles. — Eu também tenho uma novidade.
— Sabia que isso não deixaria de vir acompanhado de alguma bomba — lamenta-se Horácio. — O que é, irmãzinha do meu coração?
— Estou comprando um apartamento em Salvador — largo de uma vez.
— Você o quê? — Meu pai se levanta, quase me fazendo cair de seu colo.
Levanto-me também e me acomodo na cadeira ao lado.
— Eu decidi investir o dinheiro que ganhei nesses últimos tempos num imóvel em Ondina.
— Por quê, filha? Não está feliz aqui? — questiona minha mãe, chateada.
— Lógico que sou feliz aqui, mãe. Mas preciso de um canto meu. Passou da hora. Além disso, minha vida vai começar a ser cada vez mais para o lado de lá. Imaginem eu ter de fazer essa viagem todos os dias?
— Posso te buscar ou podemos ver essa coisa de ter um motorista.
— Não, mãe. Eu preciso caminhar sozinha.
— Você está indo morar com Adam? — meu pai interrompe.
— Não, pai. Fique calmo! Acabamos de reatar. Eu já estava me organizando há um tempo. E Adam acabou de comprar a casa dele na Praia do Forte, cada um na sua.
— Você vai nos abandonar?
Tenho um misto de sentimentos quando percebo a tristeza de minha mãe. Isso vai me amolecer. Ao mesmo tempo, quero rir, porque sei que ela é a rainha do drama. Fico imaginando o quanto a minha vida mudou nos últimos meses. Há um tempo eu queria muito ter meu espaço, com minhas coisas, ser independente... Hoje eu já não sei se isso é tão importante, embora eu continue achando necessário. É preciso romper alguns cordões.
— Mãe, aqui sempre será minha casa. Posso ter meu espaço em Salvador e esse aqui também. Só estou sendo prática e tendo visão de negócios.
— É assim que começa. Daqui a pouco, vamos ficar meses sem te ver.
— Não exagera, mãe. Não foi o papai mesmo quem disse que dinheiro no banco não serve pra muita coisa? É investimento.
— O senhor e a sua boca, hein, pai? — Ri Horácio.

— Está tendo uma festa aqui e não me convidaram? — Madalena inquire ao chegar, lembrando-me de que estou atrasada.

Marcamos um encontro hoje para eu levá-la para conhecer meu possível novo apartamento.

— Você aqui logo cedo, Madalena? — questiona Horácio com o humor completamente diferente de minutos atrás.

— Na verdade, cheguei, mas já estamos de saída. Vim só encontrar Tamôra. Vou conhecer o apartamento de... — fala e se interrompe ao lembrar que pedi segredo sobre a nossa saída. — Ai, Tam, desculpa, escapou.

— Madá! Que boca de *alopreira*, viu?

— Ah, se é assim, eu também quero ir. — Minha mãe se levanta decidida. — Preciso só escovar meus dentes. Dá tempo, não é?

— Tudo bem. Então, vamos todos. — Meu pai se levanta também. — Não vou deixar você fazer negócios sem eu estar por perto.

— Está tudo sob controle, pai. Jane também está me ajudando.

— E eu confio em você, mas sou pai. Prefiro ver com os meus próprios olhos.

Ao ouvi-los tão dispostos e preocupados comigo, questiono-me se sair de perto deles é o melhor caminho mesmo. Teve até lógica há algum tempo, quando, apesar de me sentir amada, estava mais do que claro que não acreditavam no caminho que escolhi. Porém, hoje... Será? Ainda mais estando tudo bem entre mim e Adam. Talvez seja muita mudança para uma pessoa em pouco tempo. Mas eu posso, de repente, comprar e alugar também.

— Eu não vou — diz Horácio, levantando-se e me despertando. — Alguém tem de trabalhar aqui hoje, não é? Muito obrigado por ter abençoado o nosso café da manhã, *Madalena* — ironiza, frisando seu nome, olhando para ela, irritado.

Seja lá o que esteja acontecendo entre esses dois, está pior do que novela mexicana, viu? Mas cada qual com os seus problemas.

— Pois você não sabe o que está perdendo, maninho. — Dou um beijo no seu rosto. — Prometo pensar se vou te convidar pra um chá de casa nova.

Então, ansiosa, corro para me arrumar.

Se eu não tentar, nunca saberei se dará certo ou não. O que me conforta é saber que, independentemente de qualquer coisa, sempre terei para onde voltar.

CAPÍTULO 38

— Que tipo de presente é esse, Adam Moreland? Pelo amor de Deus! — pergunto, sentindo-me cada vez mais nervosa quando percebo o pequeno avião da skydive2love, uma empresa de paraquedismo da Praia do Forte, afastar-se do solo, indo em direção ao local onde vão ocorrer os saltos.

Adam me acordou hoje cedo, dizendo que tinha uma surpresa para mim. Perdi as contas de quantas vezes reclamei com ele desde que chegamos aqui.

— Isso lá é coisa que se dê a essa altura do campeonato? Não acha que já vivemos emoções demais, não? Tem certeza de que você me ama? — complemento.

— Cada vez mais, meu amor! — Adam ri, divertindo-se com os meus comentários enquanto o instrutor Levi prende nele os equipamentos de segurança e ajeita o paraquedas dos dois.

Bendita hora em que concordei em aceitar todas as suas surpresas prometidas antes do Natal. Recebi dois envelopes e, ao sinal dele, preciso abrir um de cada vez. Hoje foi a vez do primeiro.

— Você viu no treino lá embaixo. Vai ser maravilhoso!

— Ainda dá pra desistir, Murilo? — pergunto ao instrutor que vai pular comigo e que está prendendo o outro equipamento na gente.

— Até daria, mas você não pode perder essa experiência. Depois que pular, você vai querer voltar outras vezes, garanto.

— Além do mais, é só o começo da surpresa. — Adam faz sinal para Levi, seu instrutor, que nos avisa que estamos próximos do local do pulo. — Minha Menininha, você confia em mim?

— Até ontem, eu juro que confiava. No entanto, agora, não sei mais de nada! — brinco, birrenta, fazendo os três rirem.

— Vai ter de confiar. Porque esse pulo é só uma desculpa para um salto maior. Na verdade, para o maior salto de nossas vidas.

— Eita, que salto maior é esse, Adam? Vamos tirar o paraquedas, é? — Eu o observo, desconfiada. — Por que eu estou achando que não vou gostar, hein?

— Quer casar comigo, Tamôra Maria Diniz? — pergunta de supetão, praticamente sem respirar.

Ele segura minha mão, enquanto sinto a movimentação dos dois instrutores, que seguem fazendo os últimos ajustes.

— Isso é hora de brincadeira desse tipo?

— Nunca falei tão sério em minha vida. Preciso que você me responda logo. Quer casar comigo?

— Assim?

— Agora!

— Não posso nem pensar?

— A gente já vai pular.

— Não pode ser um pedido normal não, gente? Um restaurante, um vinho, uma música romântica... Por que comigo tem de ser assim, na loucura? — questiono, lembrando-me do pedido inusitado de Lucas.

— Se fosse assim, não seria eu, não é, Tam? — Ele abre um sorriso presunçoso.

— Adam, vamos conversar direito depois daqui. Ou eu me cago de medo de pular ou me cago por conta desse pedido. Uma cagada de cada vez.

— A gente precisa pular — Murilo avisa, apressado. — Já demos uma volta a mais.

— E aí, Tam? Aceita?

Adam me olha em expectativa. Acho fofo, ao mesmo tempo, questiono se esse é o momento certo. Acabamos de nos reaproximar. Ainda estamos organizando nossas carreiras... Eu preciso me sentir fortalecida profissionalmente antes de qualquer outra coisa. Sem falar que, assim como eu, Adam nunca foi dado a essa coisa de casamento. Pelo menos, foi isso que ele me falou sobre sua relação com Bianca.

— Adam, sabe que não é o que você quer agora, certo? Não tem muito tempo que se livrou de um compromisso bizarro, não tem nem um ano que voltou ao Brasil, que colocou em prática o seu sonho profissional, se aproximou mais de seu pai e começou a organizar sua vida aqui... Pra que essa pressa agora?

— Porque eu amo você. Você quer ou não?

— Pra que se casar agora, Adam, se não é o que quer? Quando começamos a sair, você disse que não era isso que queria pra sua vida.

— Porque não era você naquela época.

— O que importa é o que a gente tem. Eu estou feliz do jeito que a gente está. Com exceção desse presente doido, é claro. Olha aonde eu vim parar? Se a gente estivesse casado, pediria o divórcio. — Rio.

— Então, você está recusando?

— Não — digo imediatamente. — Quer dizer... Não estou recusando você. Eu te quero cada vez mais. Estou só tentando abrir seu olho. Acabamos de recomeçar nossas vidas. Vamos aproveitar mais isso aqui. — Mostro nós dois, o avião e os rapazes. — Vamos pular logo desse negócio, antes que eu desista. E tem também meus pais, Adam. O que eles vão achar?

— Eu preciso te revelar logo. Nossa família e alguns amigos estão lá embaixo nos esperando com um juiz de paz. Poucas pessoas. Se você aceitar, a gente casa daqui a pouco.

— O quê? Eu vou me casar com essa roupa?

— Vamos, Tamôra. — Murilo determina, precisando nos interromper. — Não podemos mais atrasar. É perigoso e vão nos mandar descer sem fazer nada.

Olho para Adam e assinto. Eu me afasto dele e sigo para fazer as últimas instruções de Murilo.

— Agora vamos pular. Foi pra isso que te trouxe aqui, não é, medrosa? — diz, rindo e fazendo sinal para seu instrutor.

Faço careta para ele, depois solto um beijo.

Nós nos aproximamos da porta. Sinalizo que estou pronta e tento me lembrar das coisas que aprendi durante o pequeno treinamento que tivemos antes de subir. Meu coração erra uma batida e suspiro de ansiedade.

Ai, meu pai. É agora.

Vejo Adam e seu instrutor pularem e, logo depois, Murilo me envolve com seus braços e nos posicionamos também. Fecho os olhos, faço uma pequena oração e pulamos em seguida.

Nada me preparou para essa sensação. Enquanto estamos em uma pequena queda livre, só consigo gritar e chorar. Um misto de medo, excitação e alegria me toma. Eu grito mais e ouço a risada do meu instrutor logo atrás de mim.

— Preparada? — ele grita. — Agora vem a melhor parte, vou abrir o paraquedas. Aproveite esse visual que é único!

Ele aciona o paraquedas e somos levantados. Pisco algumas vezes e o que vejo me faz questionar o porquê de nunca ter feito isso antes. O sentimento é de poder e liberdade. Olho para baixo e só tenho vontade de agradecer o privilégio de morar e de estar nesse paraíso e a oportunidade de poder desfrutar disso com quem já considero o amor da minha vida.

Por alguns instantes, consigo me desligar do que me espera assim que eu colocar os pés no chão.

Depois de alguns minutos, nós chegamos ao solo. Assim que Murilo me desamarra dele e do paraquedas, corro para abraçar Adam e me jogo em cima dele, derrubando-o no chão. Caímos numa gargalhada histérica. Rimos pela tensão da experiência do salto e pelo que teremos de fazer.

Um carro se aproxima e somos colocados dentro dele, que nos leva para o galpão da empresa. Quando estamos chegando, vejo nossa família e amigos.

— E aí, Tam? Como foi? — Madalena se aproxima, sendo seguida por Horácio, que segura sua mão.

— Inexplicável! Já quero uma próxima vez. — Ainda estou com a adrenalina nas alturas.

— Não era você que estava me xingando, dizendo que não te amava por ter te trazido? — Adam me abraça, contudo, volto a me concentrar na cena à minha frente.

— O que está acontecendo entre vocês? — Aponto para minha amiga e meu irmão. — Não estou conseguindo acompanhar essa série, não. É uma saga, né? — zombo, abraçando-os. — Uma coisa meio gato e rato. Roubaram o lugar de Tom e Jerry, é?

— Depois a gente explica, Tam — Horácio se antecipa e eu reviro os olhos, porque já ouvi várias vezes esse texto.

Eles mesmos que contem a história deles, quando quiserem.

— Até porque não estamos aqui pra isso, não é? — Minha mãe se aproxima com um buquê de flores, colocando-as em minhas mãos. Meu pai me olha de uma forma que não consigo decifrar. — Vamos que o juiz de paz está nervoso. Ele tem outros compromissos e o pai de Adam está lá dentro, onde improvisamos um salão de festa, só esperando vocês.

Ela olha para um senhor mais afastado. Logo perto dele, consigo identificar Bruno e Jane, que acena e fala com alguém ao telefone. — Vocês não têm noção da correria que foi preparar tudo em tempo hábil. Jane, Bruno, Madalena e Horácio arrasaram na operação casamento.

Olho para Adam em expectativa.

— E aí, Tam? — ele me pergunta, puxando-me para perto dele, segurando minhas mãos e ficando na minha frente. — Vamos nos casar?

Ouço de novo a pergunta. Não sei se é isso que ele quer realmente. E se eu desejo isso agora também. Há menos de um ano, eu estava num relacionamento sério com o filho de um amigo de meus pais e quase seguindo a profissão que eles queriam. Agora que consegui convencê-los a respeitar minha carreira, a também morar sozinha e praticamente viver na casa de meu namorado, que era o meu professor e coincidentemente é meu chefe, vem mais essa novidade.

Adam ficou inseguro desde o dia que peguei as chaves do meu apartamento. Ele me disse que tinha comprado a casa na Praia do Forte para ficar mais perto de mim.

Coloco as palmas das mãos nas bochechas dele e respondo:

— Não. Adam, eu escolhi você. Se não consegui te esquecer em dez anos, que maluquice seria fazer isso agora? Lembra de quando me disse pra confiar na gente? Nós só vamos dar esse passo quando os dois estiverem na mesma página.

— E nós não estamos?

— Até estamos. Porém, ainda não chegamos à parte do casamento. Ainda existem muitas páginas em branco. Eu te amo, mas minha carreira precisa ser a minha prioridade nesse momento. — Ouvimos um burburinho, mas juntos caímos na gargalhada, fechando-nos em nosso mundinho, como se estivéssemos fazendo nossos votos. Vejo que Jane e Bruno já se juntaram à minha família e a Madalena. — E o que vamos fazer agora? As pessoas vieram aqui para uma festa.

— Vamos às comemorações do nosso "não-casamento" com gostinho de início de uma vida inteira juntos, ué. Você não ouviu a sua mãe dizer que tiveram um trabalhão?

— Vocês só podem estar blefando, não é? — Jane finge irritação, mas rindo.

— Alguma vez eu blefei na vida, Mary Jane? — questiona Adam.

— Mary Jane? Seu nome é Mary Jane? — Eu me surpreendo.

— E o juiz de paz? — ela corta o assunto, deixando claro não ter gostado da revelação de Adam.

— Será que a gente paga multa? — Adam pergunta em meio a uma risada. — Mary... Desculpa, Jane. Você pode segurar as pontas pra gente, dando atenção aos nossos convidados? Vamos dar um tempinho e sairemos sem despedidas. Terei de raptar essa Menininha aqui.

— Pra onde vocês vão?

— Vou levar a minha não-esposa para a nossa lua de mel. — Ele me olha maliciosamente. — Isso a gente pode ter, não é?

— Vamos ter lua de mel?

— Não era você que queria conhecer Nova York no Natal?

— Tá brincando! — grito, animada. — Mas nem fiz minhas malas.

— Você subestima mesmo seu não-marido, não é? Sua mãe preparou tudo que você vai precisar e deixou lá em casa enquanto você estava dormindo.

Olho para nossos convidados, que já estão mais afastados, indo na direção do local onde seria a festa. Eu o agarro e encho de beijos.

— Ai, meu pai. Eu já disse que te amo hoje?

— Disse. Só não sei se vai continuar amando depois que sentir o frio que está rolando lá. A minha menininha vai virar picolé.

— Não vou reclamar se tiver você para me esquentar.

— Conte com isso.

Talvez mais à frente, eu possa até me arrepender de ter dito esse *não* para Adam. Assim como aprendi com certo professor de História que "Coisas boas acontecem para pessoas boas no que fazem", a vida me ensinou que dizer não, muitas vezes, é dizer sim para quem paga para ver. E eu pago.

CAPÍTULO 39

O cheiro e o clima de New York é algo inexplicável. Ontem, não consegui conter o grito quando percebi o avião sobrevoando o céu de Manhattan. Sempre foi um dos meus maiores sonhos. Mas, infelizmente, nunca foi uma prioridade. Já estive nos Estados Unidos algumas vezes. Porém, só conheci a Califórnia. Talvez o universo estivesse guardando este momento para eu viver com o amor da minha vida e isso não poderia ter sido mais perfeito.

Como chegamos tarde, preferimos comer algo perto do hotel mesmo e fomos dormir. Parece um sonho acordar com Adam ao meu lado, longe de tudo e todos. Eu me perco admirando sua beleza enquanto dorme. Pedacinhos dele que venho reparando e registrando em minha memória ao mesmo tempo em que nossa intimidade aumenta.

— Vai ficar me olhando até quando? — brinca, abrindo os olhos e me surpreendendo com um sorriso malicioso, colocando-se em cima de mim.

— Você já estava acordado?

Abraço o seu pescoço e ele se encaixa entre minhas pernas, roçando em mim seu membro já ereto.

— Completamente. Estava só de olhos fechados, deixando você me admirar à vontade. — Ri, tomando minha boca em um beijo.

— Eu ainda nem escovei os dentes, Adam.

Tento me desvencilhar, envergonhada com o meu hálito matinal. A gente já acordou junto muitas vezes, mas sempre dou um jeito de me levantar antes dele para escovar os dentes. Hoje não deu tempo.

— Amo seu cheiro.

Puxa mais minha cabeça de encontro à dele e enfia a língua em minha boca, num beijo urgente e sem espaço para recusas. Mesmo que eu ainda quisesse, não poderia, já estou completamente rendida. Gemo quando ele desce pelo meu pescoço em direção a um dos meus seios e o abocanha com força enquanto acaricia o outro.

— Coisa boa ser acordada assim. E em Nova York. Se for um sonho, meu pai, não me acorde. — Fecho os olhos e me arrepio, erguendo meu ventre quando o sinto descer e chupar meu clitóris.

— Gostosa! Se eu pudesse, moraria neste ponto, sentindo seu gosto e seu cheiro, mas meu amigo aqui tem mais pressa.

Ele se levanta, pega o preservativo na gaveta da cabeceira, veste em seu pênis, volta para cima de mim e me preenche de uma vez, fazendo-me gemer alto, descontrolada.

— Olhe pra mim, gostosa — sussurra rouco com a voz entrecortada, enquanto investe mais rápido dentro de mim. — Eu te amo! Você foi a melhor coisa que me aconteceu nos últimos tempos.

— E o *reality*? — provoco-o, rebolando e comprimo meus lábios vaginais, divertindo-me com sua careta, colocando em prática um movimento que aprendi quando li recentemente sobre pompoarismo. — Algum problema, Adam? — tiro sarro dele com o que faço em seu *amigo*.

— Foda-se o *reality*! Foda-se o mundo! O que você está fazendo comigo, mulher?

— Me fode, teacher! Fuck me! — Prendo minhas pernas em suas costas e o sinto acelerar sem controle, fazendo-nos gemer alto. — Ah, Adam, eu vou gozar. Não para, por favor!

Minha respiração se acelera, arranho suas costas e sinto os espasmos, desabando na cama ainda com meu corpo alcançando o clímax. Ele continua investindo, acelerando e gemendo alto até que também desaba em mim, com um grito estrangulado.

— Que delícia, Menininha! Que delícia, Tamôra, minha rainha Bárbara! — diz, após se deitar ao meu lado, olhando para o teto. — A gente é muito bom juntos.

— Eu também te amo, meu Adão. — Sorrio para ele, olhando-o certamente com a cara de boba apaixonada. — O que vamos fazer hoje?

— Já estamos fazendo, não? — brinca, levantando-se, indo em direção ao banheiro.

— Você entendeu muito bem. Ai, quero passear no Central Park, fazer bonecos de neve, ver o show de luzes da fachada da loja Saks, a árvore do Rockefeller Center, ir à Times Square, comer cachorro-quente de rua e a melhor pizza de Manhattan...

Ele sai do banheiro rindo, provavelmente da minha animação. Vestindo um roupão, vai até a mala, pega um envelope, senta-se ao meu lado na cama e me entrega.

— Vamos fazer tudo que você quiser, meu amor. — Ele me dá um selinho. — Mas antes, abra.

Olho-o desconfiada, porque sei que faz parte do último presente que ele disse que me daria e que eu até já tinha esquecido ou estava tentando esquecer, porque já me surpreendi e passei nervoso demais com o pulo de paraquedas.

— É seguro? — faço charme, estendendo-lhe o envelope de volta, fingindo devolvê-lo.

— Você acha que te colocaria em risco? — Ele me olha e nós dois caímos na risada. — Tá bom. Vou melhorar a pergunta. Você acha que te colocaria em risco *de novo*?

— Adam, eu sou nova, porém não estou livre de ter um ataque cardíaco, hein? Já imaginou eu morrer aqui? É até chique, mas iria te dar um trabalho danado.

— Para de brincar com essas coisas, Tam. Abre logo.

Hesito por alguns segundos e decido descobrir o que é. Se for algo bizarro, eu posso recusar, não posso? Tento não destruir o envelope, no entanto está tão bem colado que perco a paciência e rasgo de vez. Quando leio e tenho consciência do que se trata, dou um grito histérico e começo a pular na cama.

— Eu não acredito, Adam! Eu não acredito! — Começo a chorar. — Ingressos para assistir *O Rei Leão* na Broadway. Você se lembrou?

— Gostou? — Ele ri e me puxa para seu colo, enxugando minhas lágrimas.

— Sempre tive o sonho de assistir esse musical e essa vontade começou na sua aula, quando você nos contou como era. Das fantasias, de ser um dos espetáculos mais antigos e de maior sucesso da Broadway, de ter em sua maioria atores negros. — Ele sorri e vejo emoção em seus olhos também. — Madalena e eu combinamos de vir para cá e conferir um dia, mas nunca programamos de verdade.

— Que bom que será comigo!

— Tinha de ser com você.

— Eu me lembro bem dessas minhas aulas. E naquela conversa que tivemos assim que retornei, ao telefone, em que você relembrou dessa aula especificamente e de sua vontade de ver, registrei e, felizmente, agora podemos ver juntos. No meu caso, verei pela... Deixe-me pensar... Sétima vez?

Tenho notado Adam cada vez mais à vontade para falar sobre o nosso passado como professor e aluna. Nas nossas primeiras conversas, quando comentávamos sobre isso, ele sempre me parecia desconfortável. Tem essa coisa de ele ser sete anos mais velho do que eu, além do fato de ter me ensinado. Isso dá a ele a sensação de estar abusando de mim. O que é uma bobagem, já que a diferença de idade não deveria ser um problema entre duas pessoas que se amam. Ainda mais que ele nunca me faltou com o respeito, embora eu sonhasse com isso enquanto foi o meu professor.

— Já deve saber as falas de cor. Vai aguentar?

— Com e por você, aguento tudo.

Volta a me beijar e, dessa vez, de forma ardente, fazendo-me arfar e quase esquecer que hoje temos muitas coisas a fazer na rua. Na verdade, ele, muitas vezes, me faz ter dificuldade de me lembrar até de quem eu sou. E confesso que não estou reclamando, não.

— Eu já falei que te amo hoje? — brinco quando finalmente conseguimos nos afastar, olhando-o com cara apaixonada.

— Já.

— Mas já te disse o porquê?

— Estou doido pra saber.

— Primeiro por não ter desistido de nós, mesmo quando o mundo estava contra. Depois por ser essa pessoa que eu não preciso esconder quem eu sou de verdade. Alguém maravilhoso, que me faz rir mais do que chorar. E se eu chorar, é mais de alegria, como agora.

— E quando goza também — ele me interrompe com um sorriso maroto. — Ah, você chora muito e geme também. — Eu o olho com repreensão. — O que é? E eu amo, oxe.

Ele pisca e eu me divirto quando ele mistura o seu sotaque com o baiano. É a coisa mais linda de ouvir.

— Eu queria falar bonitinho, porém você corta qualquer clima. — Finjo irritação, tentando me levantar de seu colo, mas ele me prende de volta.

— Acabou a declaração? — pergunta, desolado. — Estava tão bom!

— Acabou. Senão, você vai ficar se achando muito. Vamos, temos um musical pra assistir, uma cidade pra explorar. — Eu me levanto de seu colo e corro para o banheiro. — Além do mais, se não formos logo, vamos demorar pra voltar e eu quero passar a noite inteira chorando com você dentro de mim.

CAPÍTULO 40

Demoramos tanto para sair do The Plaza Hotel, onde estamos hospedados na Quinta Avenida, em Manhattan, que quando percebemos, já era quase noite. Fomos patinar no Bryant Park e ficamos um tempo por ali, comprando lembrancinhas na feira local The Rink na Winter Village. Aproveitamos para ver as decorações de Natal das lojas e, quando estava próximo à hora de assistirmos ao *Rei Leão*, partimos para Broadway, onde, finalmente, fui apresentada a Times Square.

Aquelas grandes telas com variadas propagandas, que vão desde espetáculos da Broadway a shows de artistas consagrados, lançamentos de álbuns, músicas, clipes, comerciais de lojas, grifes... A grande bola que fica no meio e que sobe na noite de Réveillon dando boas-vindas ao ano novo. De todos os lugares de New York, com certeza, esse foi o que mais sonhei conhecer. Por mim, viríamos direto para cá, porém Adam inventou de me mostrar milhares de outros lugares e, como estamos de férias, sem ter que cumprir compromissos, fui na sua onda.

O espetáculo começa em quarenta minutos e só precisamos chegar quinze minutos antes.

— É agora. — Adam estaca de repente, chocando-se comigo. — Tam, lembra que eu te falei que tinha uma segunda surpresa para você? — pergunta num tom misterioso, parando em frente a mim e segurando minha mão.

— Claro que me lembro. E estamos indo agora assistir ao espetáculo da minha vida. Não era isso? — Desconfio, ao observar sua expressão travessa. — O que mais você está aprontando, Adam? Vamos saltar de onde agora? Nem invente de me levar para fazer rapel no Empire State ou na Estátua da Liberdade.

Ele gargalha.

— Dessa vez não é nada tão radical. — Ele me vira de costas e coloca as mãos nos meus olhos para eu não ver.

— Ai, meu pai! Não é serenata, não, né? Pelo amor de Deus, Adam. Isso é muito mico.

Ele ri mais e me puxa para mais perto, de modo que apoio em seu peito.

— Fique tranquila. Se eu fizesse isso com você, nem eu me perdoaria. — Ele dá um beijo no meu pescoço. — Confia em mim?
— Tem outro jeito? Mas a depender do que acontecer aqui, não sei não, hein?
— Fique quieta. Está quase na hora. Faltam dois minutos.
Ele cola seu corpo ao meu, aquecendo-me diante do frio indecente de Nova York nesta época. Aos poucos, tira as mãos dos meus olhos, fazendo-me ver uma das grandes telas da praça, que está logo acima de nós, e eu estou lá, nela, no meio de tantas outras! Eu não. O *I AM*!
— O que significa isso, Adam?
— Conseguiu ler? — Ele sorri.
Eu me afasto um pouco e presto atenção na mensagem que rola pelo vídeo.
— A gente vai passar na Netflix?
— Consegui vender para o streaming americano. — Ele pisca para mim. — A partir do próximo mês, estaremos por aqui também.
— Mas e a versão americana, que foi gravada em Los Angeles?
— É como se uma página fosse virada e começássemos do zero. Eles se interessaram pela versão brasileira e até já compraram antecipadamente a segunda edição.
— Adam... Isso é maravilhoso, não? — Eu sinto minhas pernas fraquejarem e fico a ponto de hiperventilar. — Isso é tão...
— Magnífico. E talvez, daqui a um ano, não seja tão tranquilo a gente passear por aqui — brinca. — Você sabe que muito desse sucesso se deve a você, não é?
— A nós. E ao Bruno também.
— Ok! — concorda a contragosto, porém esboça um sorriso maroto. — Vocês arrasaram mesmo. Nem de perto, a versão americana foi tão boa quanto essa.
— E como você conseguiu botar isso aqui na Times Square? Isso é tão surreal!
— Tem muitas coisas que você ainda não sabe sobre seu não-marido, Adam Moreland, Menininha. E uma delas, é que consigo tudo o que quero.
— Tudo? — desafio.
— E mais um pouco.
Paro por alguns segundos e ele percebe minha expressão.
— Por que esse cenho franzido?
— Você acha que as pessoas vão continuar a dizer que estou no programa por sua causa? — Eu me prometi que, para o bem da nossa relação, não esconderia mais nada dele.
Ele segura meu rosto com as duas mãos e levanta minha cabeça.
— Você sabe que isso não é verdade, não é?
— Sei.
— É o que importa.
— Mas será que vão continuar achando que fui *privilegiada*?

— Sempre vai ter gente achando um monte de coisas. Problema deles. — Ele beija meus lábios rapidamente. — Só a gente sabe o que passou. E o que eles chamam de privilégio, pra gente é oportunidade. Você teve, Menininha. Eu também, e aproveitamos.

— Não sei se rio ou se choro.

— Que tal nem um, nem outro? Ou os dois? — provoca. — Desde que me beije também. — Ele me olha com intensidade. — Muito bom poder fazer tudo isso com você. Beije-me?

— Com prazer.

Colamos os lábios em meio ao barulho dos carros e dos transeuntes, e mal posso acreditar no que estou vivendo. E pensar que há algumas semanas estava quase decidida a me conformar com a minha vida de filha de CEO de resort de praia. Que não é o fim do mundo, mas não tem nada a ver comigo.

Estou quase me sentindo uma dessas personagens de livros de romance, nos quais a "pobre menina rica" larga tudo para correr atrás de seus sonhos, consegue e, no final, ainda encontra um rapaz para chamar de seu. Nada dessa coisa de princesa, de príncipe loiro do cavalo branco. Não preciso de príncipe, não preciso ser salva. Porém, posso ter alguém que esteja comigo, lutando ao meu lado. Só quero ser amada por ele. E sinto que sou.

Sabe também quando acontece alguma coisa muito bizarra nos filmes de comédia romântica, tipo a protagonista perder o emprego, pegar o namorado na cama com outra e soltar a pergunta: "O que mais falta acontecer?" Aí, de repente, ela cai e quebra a perna ou bate com o nariz numa porta de vidro? Pois bem. Eu sempre evito esse tipo de questionamento. Estou preferindo focar no final, quando acontece algo maravilhoso e os protagonistas ficam juntos, beijam-se, sobem os créditos do filme e as letras com o *Fim*.

Aí, sim, eu vejo vantagem. Será que já chegou o nosso *felizes para sempre*?

— Teremos mais surpresas, Adam? — pergunto com malícia.

— Teremos uma péssima, se não corremos agora para o teatro. Ainda estamos um pouco longe, Tam.

— Não faça isso comigo. Não posso perder esse show.

— Talvez não seja tão ruim assim. Podemos voltar ao hotel pra comemorar e retornamos amanhã... — insinua, beijando meu pescoço.

— Esses ingressos são muito disputados. Como teríamos outros, tão rápido? — Tento me afastar.

— Eu já te falei que existem coisas sobre mim que você não sabe, não é? — Volta a me puxar para perto.

— Devo me preocupar? Você está muito insaciável nessa nova temporada de nosso relacionamento, senhor Moreland... — brinco. Estou amando esse Adam despreocupado, mais leve, brincalhão e com repertório inesgotável de piadinhas picantes que venho conhecendo com o amadurecimento do nosso namoro. — Podemos comemorar depois. Se a gente perder esse musical hoje, te faço correr nu no Central Park nesse frio de lascar.

— Ah, é? Se eu tiver você, nua, coberta de chocolate e champagne em nossa cama depois, vou querer correr esse risco. Podemos até pular o show e ir logo para o parque, não? — insinua, levantando as sobrancelhas.

— Chocolate e champagne?! Vou ficar grudenta, né?

— Resolvo isso rapidinho. — Ele me olha, provocativo.

— Palhaço! Prometo pensar no seu caso. — Imito o gesto dele, levantando as duas sobrancelhas. — Que tal primeiro a gente assistir ao show?

Ele bufa, mas logo sorri e me puxa para correr.

— Só se for agora.

Saímos em disparada, desvencilhando-nos das pessoas, rindo, parando alguns momentos para nos beijarmos rapidamente... E, felizmente, chegamos a tempo.

Não esqueço uma frase de *O Rei Leão* que diz: *"Em algum lugar do meu coração secreto, eu sei, o amor encontrará o caminho. Onde eu for, estarei em casa, se você estiver ao meu lado"*.

É isso.

Tem gente que diz que Paris é a cidade mais romântica do mundo. Pode até ser. Porém, para mim, o lugar mais romântico é onde a gente está com o nosso amor. E hoje o meu é aqui e agora, com o meu primeiro e, creio eu, eterno amor, Adam Moreland.

AGRADECIMENTOS

Se eu pudesse agradecer a todos que me ajudaram a chegar até aqui, teria material para outro livro. Mas é o meu primeiro, então vou usar e abusar.

Vou começar por Deus e a seu exército poderoso que me enchem de axé. Ao amor da minha vida, Mike, por ser meu maior fã, meu incentivador e o dono das ideias mais engraçadas e criativas que eu conheço. À Kátia, minha irmã gostosa que eu amo.

À Catia Mourão e à LER EDITORIAL, que acreditaram na minha história, tornando-a livro físico. À Halice FRS e Jana Perla pelo incentivo e torcida a esse novo passo. À Tatiana Amaral, que eu tenho a honra em ter como amiga e a dona dos melhores pitacos técnicos para eu melhorar minha escrita. Muito luxo tê-la nesse processo!

Falando nisso, meu carinho para Felipe Colbert, meu *teacher* de escrita, com quem eu passei boa parte do ano, construindo OS BABADOS DE TAMÔRA. À Isadora Duarte, a minha incrível revisora. À Dani Mart (Gratidão!), que fez a melhor arte visual que a minha história poderia ter.

Como esquecer Renata Villa Verde, a amiga que Hawaii me deu e que eu conto para tudo? Meu afeto também para a maravilhosa Euridce de quem eu, ousadamente, me aproveitei, na busca incansável de traçar o melhor perfil da minha mocinha preta.

Às autoras das protagonistas BLACK mais babadeiras, Tayana Alvez (Eu te aluguei muito, neam? Obrigada!), Victoria Gomes, Nina Reis e Ju Marquesi. Aprendi e aprendo muito com elas e com vocês!

Agradeço também à minha patota Maristela Rosa, Biel Braga, Leandro Vicente e Marco Antônio Fera, meus *esquecidos no churrasco*. À Angelita Menezes e Seu Jura, os responsáveis por cuidar da minha saúde mental e espiritual, à nova autora e amiga de longas datas Luciana Lago, aos meus irmãos da vida Igor Epifânio e Sergio Linhares. À minhas pretas Débora Santiago, Laís Victoria Regis, Karol Senna e Tati Sacramento, que me inspiram desde quando Wakanda ainda era mato.

À minha família de sangue (Santos, Pinto, Reis, Silva, Ramos), da lei (Sherman) e da vida.

E a todos vocês que leram esse primeiro pedacinho literário de mim.

Tenho muita sorte. Obrigada, obrigada, obrigada!

Beijo da de cá!

Patricia Rammos

www.lereditorial.com

@lereditorial